하얼빈

김훈 장편소설

하얼빈

문학동네

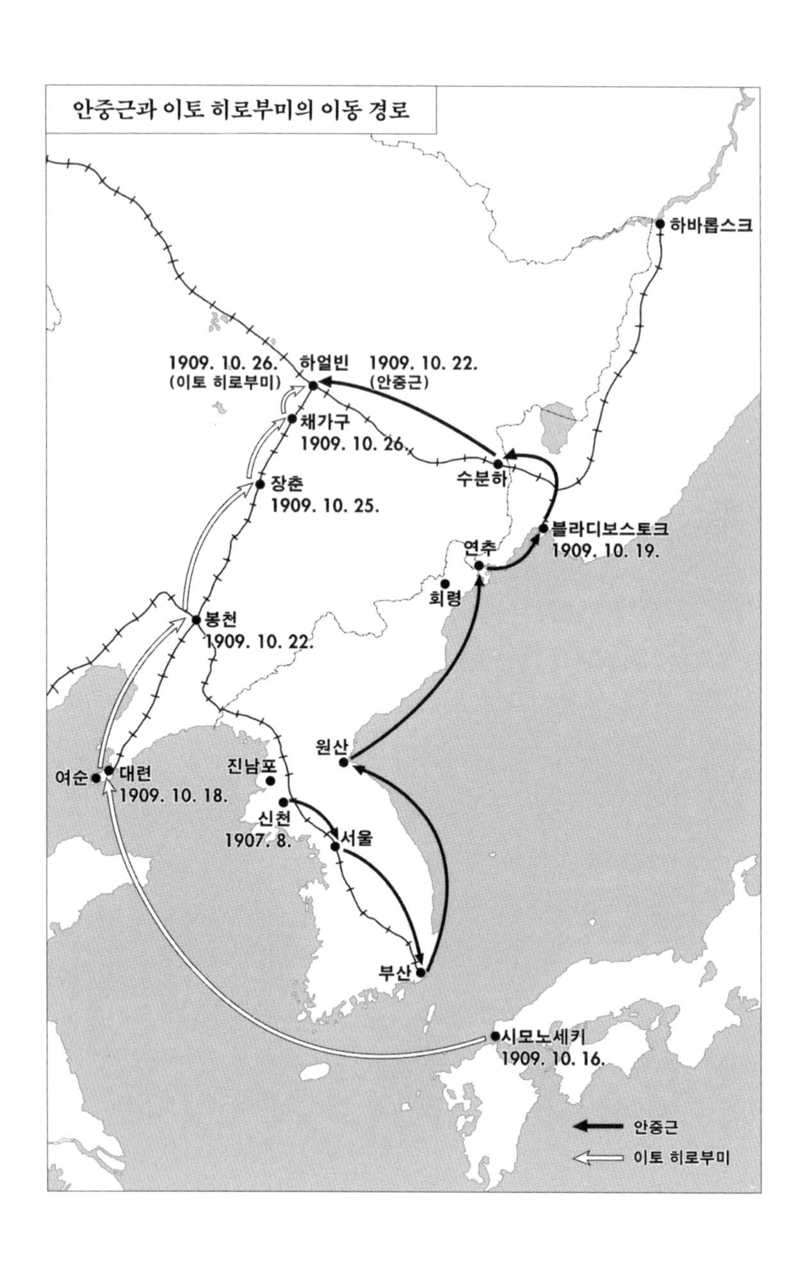

안중근과 이토 히로부미의 이동 경로
하바롭스크
1909. 10. 26.
(이토 히로부미)
하얼빈
1909. 10. 22.
(안중근)
채가구
1909. 10. 26.
수분하
장춘
1909. 10. 25.
블라디보스토크
1909. 10. 19.
연추
회령
봉천
1909. 10. 22.
원산
진남포
여순
대련
1909. 10. 18.
신천
1907. 8.
서울
부산
시모노세키
1909. 10. 16.
안중근
이토 히로부미

차례

일러두기

작품에 등장하는 중국 지명은 우리 한자음으로 표기하되, 하얼빈은 관용에 따라 중국어 표기법을 따랐다.

1

1908년 1월 7일, 일본 제국 천황 메이지明治는 도쿄의 황궁에서 대한제국 황태자 이은李垠을 접견했다. 이은은 열두 살이었다. 한국 통감 이토 히로부미伊藤博文가 한국 황태자의 보육을 책임지는 태자태사太子太師의 자격으로 작년 말 이은을 서울에서 도쿄로 데려왔고 이날 메이지의 어전으로 인도했다.

메이지는 일본 제국 대원수의 군복에 군도를 차고 있었고, 이은은 기모노를 입고 있었다. 이토는 신년 하례용 연미복 차림이었다.

메이지가 군복을 요구한 것은 아니었으나, 아침의 일정을 시작할 때 군복은 미리 준비되어 있었다. 도쿄에 주재하는 서양 여러 나라의 외교관들이 이날 접견의 분위기를 주시하고 있으므로 지엄한 법도와 위엄을 보여야 한다는 것이 신하들의 중론이었을 것으로 메이지는 생각했다. 메이지는 의전의 세부 사항은 신하들의 뜻에 따르는 편이었다. 군복 단추를 끼우면서 메이지는 조선의 어린 황태자에게 주는 인상이 지나치게 위압적이어서는 안 된다고 생각했다. 서양 외교관들에게도 일본이 조선을 문명적으로 대하고 있으며, 일본 천황이 조선의 어린 황태자를 아버지의 마음으로 자애하고 있음을 보여주어야 했다. 조선 황태자는 인질이 아니라 문명한 교육을 받게 하려는 조선 황제의 요청에 따라 일본 천황의 무육撫育에 맡겨진 것임을 세계에 알리려면 군복 차림은 어색했지만, 신년의 첫 접견이므로 범하지 못할 만큼의 위엄은 필요할 것이었다. 메이지는 군복을 입으라는 신하들의 마음을 그렇게 헤아렸다. 두려움은 못 느끼듯이 느끼게 해야만 흠뻑 젖게 할 수 있을 것이었다.

메이지는 1852년 임자생으로 만 열네 살에 황위에 올라서 재위 사십 년을 넘기고 있었다.

> 성인이 남면해서 천하의 소리를 듣고聖人南面而聽天下
> 밝음을 향해 나아가며 다스린다嚮明而治

라는 중국의 『역경易經』에서 명明, 치治 두 글자를 따서 치세의 연호로 삼았는데 사람들은 '밝음을 향해 나아간다嚮明'는 뜻으로 천황을 호칭했다. 메이지의 치세는 힘을 향해 나아갔다. 그의 시대에 밝음은 힘을 따라오는 것처럼 보였고, 시대는 그 힘을 믿었다. 천황의 군대는 청일전쟁, 러일전쟁에서 이겼다. 천황의 무위武威는 세계에 떨쳤고, 아시아의 산과 바다에 시체가 쌓였다. 천황은 신사에 나아가서 여러 전선의 승리를 열조에게 고했고, 꽃잎처럼 떨어진 충혼들을 진무賑撫했다. 천황은 사해四海가 평온하고 백성들의 삶이 아늑하기를 기원했다. 천황이 신사에 참배할 때 삼엄하고 슬픈 기운이 당내에 가득찼다고 사관은 기록했다.

이토는 대한제국 황제 고종을 위협해서 퇴위시키고 차남 이척李拓을 그 자리에 세웠다. 이척은 순종이고 황태자 이은은 순종의 이복동생이나 태황제로 밀려난 고종이 살아 있으므로 이은은 황태제皇太弟가 아닌 황태자皇太子의 자리로 나아갔다.

순종은 황위에 오른 뒤 국내 정치에 관하여 통감의 지도를 받기로 협약했다. 내각총리대신 이완용과 통감 이토 히로부미가 협약에 도장을 찍었다. 순종은 황태자 이은을 일본 유학을 명분으로 인질로 삼으려는 이토의 강요에 저항하지 못했다. 이은을 보내면서 순종은 조서를 내렸다.

황제는 말한다. 우리 황태자는 영특하고 슬기로워서 실로 군왕다운 덕이 있으므로 일찌감치 유학을 보내야 하고 깊숙한 궁중에만 있게 해서는 안 된다. 그래서 태자태사인 통감 공작 이토 히로부미로 하여금 일본에 데리고 가서 도와주고 깨우쳐 주게 하며 모든 것을 대일본 제국 대황제에게 의지해서 성취하려 한다. 이것은 우리나라에 처음 있는 일이며, 우리나라가 끝없이 경사롭게 되는 시초이다.

순종은 이가 여러 개 빠져서 말할 때 목소리가 흩어졌고, 캄캄한 입속이 들여다보였다.

황태자 이은은 인천에서 기선을 타고 바다를 건넜다. 이토와 한국의 동궁대부가 이은을 수행했다.

이은은 선실 안에서 동그란 선창으로 바다를 바라보았다. 저녁의 바다는 고요하고 막막했다. 어스름이 내려앉아서 물과 하늘을 구분할 수 없었다.

이토가 손가락으로 바다를 가리키며 말했다.

—전하, 저것이 바다입니다. 바다를 본 적이 있으신지요?

이은은 대답하지 않았다. 이은은 바다를 본 적이 없었다. 아버지도 또 그 아버지인 왕들도 바다를 본 적은 없을 것이었다.

이토는 또 말했다.

—물이 다하는 곳에 큰 땅이 있고 그 너머에 또 물이 있습니다. 큰 배를 타면 이 물을 건너갈 수 있습니다. 지금 가고 있습

니다.

이런 큰 물이 어떻게 있을 수가 있는가. 이은은 바다를 이해할 수가 없었는데, 바다는 눈앞에 끝도 없이 펼쳐져 있었다. 바다는 이은의 마음에 자리잡지 못했다. 바다는 너무 커서 실물감이 없었는데, 그 너머에 또다른 세상이 있다는 것이었다.

이은이 도쿄에 도착했을 때 신바시 정거장에 메이지의 황태자 요시히토嘉仁가 시종들을 거느리고 마중나와 있었다. 요시히토는 이십대의 청년이었다. 요시히토는 이은과 같은 마차에 타고 별궁까지 동행했다.

옆자리에서 요시히토가 뭐라고 말했으나 이은은 알아들을 수 없었다. 이은의 귀에 일본말은 음이 높았고, 새가 지저귀는 것처럼 들렸다. 마차는 도쿄 중심가를 지났다. 말들이 짐수레를 끌었고 사람이 탄 수레를 사람이 끌었다. 여자들이 유아차를 밀고 지나갔다. 칼 찬 군인들이 통행인을 밀어붙이고 이은이 탄 마차에 길을 터주었다. 거리의 사람들이 마차를 향해 절하고 만세를 불렀다.

여기가 물 건너 세상이로구나. 여기에도 왕이 있고 사람들이 짐을 끄는구나…… 그러나 여기는 어째서 이렇게 다른가……

요시히토가 몇 번 말을 걸었으나, 이은은 대답하지 않고 가끔씩 고개를 끄덕였다.

메이지는 이은이 앉을 자리를 어좌 가까이 배치하라고 지시했다. 접견의 자리에 황후가 배석했다. 황후의 얼굴에 웃음의 자취가 엷게 드러났다. 조선의 어린 황태자에게 베푸는 일본 제국의 자애의 미소였다.

메이지는 이은의 얼굴을 찬찬히 들여다보았다. 세상을 낯설어하는 아이의 두려움이 드리워져 있었다. 아이는 황태자의 지위를 힘들어하는 기색이었다. 이은이 더듬거리는 일본어로 말했다.

—한국 황제의 명령으로 유학 왔습니다. 모든 면에서 잘 지도해주십시오.

아이의 목소리는 투명하게 울렸고 눈가와 볼에서 소년의 맑음이 느껴졌다. 메이지는 일본어로 말하는 이은의 입을 바라보면서 사람의 땅 위에서 왕자 노릇 하는 일의 슬픔을 느꼈다. 이은이 말을 마치고 고개를 숙였다. 가마가 선명했고, 가마 주변의 머리카락이 고왔다.

……영리해 뵈는구나.

라는 말이 너무 무례해서 메이지는 발설하지 않았다. 메이지는 말했다.

—전하의 건강한 모습을 보니 기쁘다. 사물을 바라볼 때 고국과 다른 점이 많을 것이다. 깊이 생각하라. 학업을 성취하기 바란다.

메이지는 장난감 말馬 한 개와 황실 문장이 새겨진 탁상시계를 선물로 주었다. 메이지는 말했다.

—시간을 아껴라. 시간으로 세상을 잴 수 있다. 부디 시간과 더불어 새로워져라. 새롭게 태어나라.

시종장이 시계를 받들어 이은 앞에 내려놓았다.

메이지는 또 말했다.

—공부할 때, 시계를 책상 앞에 놓아라. 짐이 내리는 시간이다.

이토는 메이지가 이은에게 주는 시계를 보면서 흠칫 놀랐다.

이토는 한국 통감으로 부임한 후 서울의 여러 공공건물에 시계를 설치했다. 건물 정면에 대형 시계를 붙였고, 집무실과 회의실마다 벽시계를 걸었다. 통감부에 모이는 조선의 대신들은 벽시계 아래서 통감의 시정연설을 들었다. 이토는 시간이 제국의 공적 재산이라는 인식을 조선 사대부들에게 심어 넣으려 했으나, 시간의 공공성을 이해시킬 길이 없었다. 이토 자신이 설명의 언어를 갖추지 못하기도 했지만 시간을 계량하고 시간을 사적 내밀성의 영역에서 끌어내 공적 질서 안으로 편입시키는 것이 문명개화의 입구라고 설명을 해도 고루한 조선의 고관들은 알아듣지 못할 것이었다.

짐이 내리는 시간이다, 라고 메이지가 이은에게 말할 때, 이토는 그 말의 크기를 어린 이은이 감당할 수 없으리라고 생각했지만, 그렇게 짧게, 간단히 말하는 미카도帝의 위엄에 숨이 막혔다.

접견은 십오 분 만에 끝났다. 메이지가 말했다.

—이토 공은 남아 있으라.

황후와 이은과 동궁대부가 접견실에서 나갔다. 이토는 메이지와 독대했다. 메이지의 시종들이 먼 자리에서 시립해 있었다.

메이지가 말했다.

—짐은 오랫동안 공의 경륜에 의지해왔다. 공의 노고가 컸다.

이토는 머리를 조아렸다. 메이지가 무슨 말을 하려는 것인지 이토는 짐작할 수 없었다. 메이지의 목소리는 메말라 있었다. 이것은 의례적인 덕담이 아닐 것이라고 이토는 생각했다. 이토는 말했다.

—신 이토는 두려운 마음뿐입니다.

공의 노고가 컸다……라는 천황의 말은 어디를 겨누고 있는 것인가.

유학이라는 문명한 명분으로 이은을 데려온 정치 공작의 성공을 치하하는 것인지, 아니면 제2차 한일협약을사조약 이후 조선 반도의 혼란한 정세를 놓고 통감을 꾸짖는 말인지를 가늠할 수 없었다. 시국이 엄중할 때, 신하를 독대하는 메이지의 말은 때때로 짧고 모호했는데, 여러 의미가 겹치는 그 몇 마디를 신하들은 두려워했다. 메이지는 말과 말 사이에 적막의 공간을 설정했다. 한

동안의 침묵 후에 메이지는 말했다. 낮게 깔린 목소리였다.

—반도에 보낸 병력이 충분한지, 짐은 그것을 걱정한다.

메이지가 하려는 말은 이것이었구나……

다 알면서도 말을 멀리 돌리고 있었구나……

메이지는 통감부나 한국 주둔군 사령부가 아닌 다른 계통으로 보고받고 있구나…… 아니면 내 수하에 나를 경유하지 않고 도쿄에 직보하는 자들이 있구나……

이토는 다시 머리를 조아렸다.

—조선 폭민의 소요사태는 소규모 다발성입니다. 범위가 넓기는 하나 지역별로 차단되어서 일계一系의 대세를 이루지는 못합니다. 군사적 사태라기보다는 군중심리의 상황에 가깝습니다. 병력을 증파하는 문제는 육군대신과 의논하고 있습니다. 주둔군은 성심을 헤아려 분투하고 있습니다.

독대는 거기까지였다. 이 두 토막의 대화를 마치고 메이지는 자리에서 일어섰다. 메이지는 진강에 나가서 서양 법전과 『중용』의 해설을 들었다.

이토는 육군대신이 마련한 귀국 환영 연회를 연기하고 집으로 돌아왔다. 생선을 졸이는지, 집안에서 간장 냄새가 났다. 간장 냄새는 오래된 건물의 목재에 배어 있었다. 간장 냄새에 이토는 고향에 돌아왔음을 호흡으로 느꼈다. 이토는 하인들을 물리치고 침실로 들어갔다. 이토는 위스키를 거푸 마시고 침대에 누웠다.

이토의 침대 발치에는 고대 이집트의 알렉산드리아항에 건설되었던 파로스 등대의 모형물이 세워져 있었다. 이토가 주물 장인에게 의뢰해서 제작한 청동제 스탠드였다. 모형 등대에 수면등이 설치되어 있었다. 동양과 서양, 대양과 대양을 연결하는 이 문명사적인 항구의 옛 등대를 이토는 거룩히 여겼다. 그것은 이 세상 전체를 기호로 연결해서 재편성하는 힘의 핵심부였다. 신호로써 함대를 움직이고 신호로써 대양을 건너가는 기술은 바로 제국이 갖추어야 할 힘의 본질이라고 이토는 늘 생각하고 있었다. 초대 추밀원 의장으로 재직하던 이십 년 전에 이토는 조선 반도의 여러 항구와 블라디보스토크 항구를 시찰한 적이 있었다. 조선의 항구들은 어업 부두와 상업 부두가 구분되지 않았고 접안 시설이 허술했다. 조선 반도의 연안을 돌아서 대륙으로 건너가는 항로에 등대를 설치해야 한다고 그때 이토는 판단했다. 등대를 설치할 거점 항구도 이미 머릿속에 들어 있었다.

신호로 명멸하는 빛의 힘을 이토는 아름답게 여겼다. 몇 년 전에 러시아에 대한 전쟁을 기획할 때도 이토는 조선 반도의 남해안과 서해안, 인천 월미도에 등대를 세우라고 해군성에 명령했다. 이토는 이 신호의 위력을 조선의 사대부들에게 설명해줄 수가 없었다. 이토는 서울 통감부 집무실 책상 위에도 월미도 등대의 축소 모형을 세워놓고 있었다.

이토는 파로스 등대의 수면등에 불을 켰다. 흐린 불빛이 실내에 퍼졌다.

……반도에 보낸 병력이 충분한지, 짐은 그것을 걱정한다.

라던 메이지의 말에 이토는 괴로웠다.

제2차 한일협약 때, 병력으로 조선 황궁을 포위하고 조선 황제와 대신들을 헌병으로 협박하기는 했지만, 병력을 부딪치지 않고 도장을 받아내서 오백 년이 넘은 나라의 통치권을 인수한 이토의 역량을 메이지가 모르지는 않을 것이었다. 러시아를 도모할 때까지도 이토는 그것이 도장으로 가능하리라고는 생각할 수 없었으나, 그후 조선 사대부들과 자주 상종할수록 이토의 뜻은 도장 쪽으로 기울었다. 왕권의 지근거리에서 세습되는 복락을 누린 자들일수록 왕조가 돌이킬 수 없이 무너져갈 때는 새롭게 다가오는 권력에 빌붙으려 한다는 사실을 이토는 점차 알게 되었다. 도장의 힘은 거기서 발생하고 있었다. 도장으로 해결할 수 있다면 살육을 피할 수 있고, 조선에서 밀려나는 서양 여러 나라들의 간섭을 막을 수 있고, 사후 처리가 원만할 것이었다. 도장을 찍어서 한 나라의 통치권을 스스로 넘긴다는 것은 보도 듣도 못한 일이었으나, 조선의 대신들은 국권을 포기하는 문서에 직함을 쓰고 도장을 찍었다.

도장의 힘은 작동되고 있었으나, 조약 체결을 공포한 후 분노하는 조선 민심의 폭발을 이토는 예상하지 못했다. 지체 높은 사대부들이 비통한 글을 남기고 잇달아 자결했다. 그들은 독약을 마셨고 물에 뛰어들었다. 조선 황제는 자살한 신하들에게 표창을 내려서 충절을 기렸다. 오백 년을 지탱해온 나라의 관리와 식자 몇 명이 치욕을 못 견디어 자결하는 것은 있을 수 있는 일이었다. 이토는 이 죽음에 따른 민심의 동태를 주시하면서도 못 본 체했다. 이 동시다발적 죽음들은 무력하기는 했으나 충忠의 반열에 올랐다.

이토는 조선 사대부들의 자결이 아닌 무지렁이 백성들의 저항에 경악했다. 왕권이 이미 무너지고 사대부들이 국권을 넘겼는데도, 조선의 면면촌촌에서 백성들은 일어서고 또 일어섰다.

서울의 통감부 집무실에서 이토는 날마다 주둔군 사령부에서 보내오는 폭민 대처 상황 보고서를 읽었다. 정보참모는 여러 지역의 소요사태를 열거하고 문서의 말미에 상황개요라는 항목으로

일파一波가 흔들리니 만파萬波가 일어선다
산촌에서 고함치면 어촌에서 화답한다

라고 써놓았다.

……참으로 한가한 녀석이구나.

이토는 주둔군 사령관에게 전화를 걸어서

—귀 사령부의 정보참모는 문장력이 좋더구나. 풍류남아냐?
라고 말했다. 그뒤로 정보참모는 보고서에 상황개요를 쓰지 않았다.

수백 년 동안의 수탈과 억압으로 검불처럼 무기력해 보이던 조선 백성들이 무너진 왕조의 부흥을 외치며 그토록 가열하게 봉기하는 사태가 이토는 두려웠다. 농장기를 들고, 꽹과리를 치고, 과거 보러 가는 유생들처럼 갓을 쓰고 도포를 펄럭였지만 조선의 폭민들은 죽음에 죽음을 잇대어가면서 일어섰고 한 고을이 무너지면 이웃 마을이 또 일어섰다. 기생과 거지까지 대열에 합세했다. 무력집단이라기보다는 시위군중에 가까웠지만, 영명한 장한壯漢들이 지휘하는 부대는 무장과 대오를 갖추고 주둔군을 위협했다. 허튼 풍류기가 추접하기는 했지만, 주둔군 정보참모의 상황개요가 틀린 말은 아니었다. 영국인 배설이 경영하는 신문 대한매일신보가 이 폭민들을 의병義兵이라고 일컫고 기세를 부추겼다. 통감부가 신문사를 겁박했으나 배설은 굽히지 않았다.

조선이 문명개화되면 이 거친 백성들의 들뜸은 스스로 잦아들어 제국에 동화될 테지만, 시간이 너무 오래 걸려서 소요가 풍토병으로 눌어붙으면 조선 병합 정책은 순조롭지 못할 것이었다. 무리가 되더라도 빨리 정리해야 할 것이라고 이토는 판단했다. 그의 결정은 단호했고 돌이킬 수 없었다.

소요는 반도의 남쪽에서 극성하였다. 이토의 '대토벌 계획'은 빗으로 머리카락을 빗어내리듯이 반도의 중심부에서 남쪽으로 면면촌촌을 뒤져 폭민의 종자를 서캐 잡듯이 박멸해 내려가서, 나머지는 남해 바다에 빠뜨리자는 작전 구상이었다. 이토가 기획하고 주둔군 사령관 하세가와長谷川가 그 시행 방안을 확정했다.

이토는 대토벌 계획을 본국 육군성, 외무성을 경유해서 내각 총리대신에게 제출했다. 총리는 '통감의 구상을 알겠다'고 회신했다.

이미 주둔군의 병력 손실은 컸다. '컸다'는 것은 증파 부대가 오지 않으면 계획된 작전 수행이 어렵다는 뜻이었다. 총포로 무장한 천황의 군대가 조선 폭민의 농장기에 밀리는 사태를 이토는 견디기 어려웠다. 이토는 손실된 병력의 규모를 본국에 보고하지 않고 있었다.

이토는 침대에서 뒤척였다.

……반도에 보낸 병력이 충분한지, 짐은 그것을 걱정한다.

메이지의 말을 이토는 곱씹었다. 조선 정세에 대한 낙관적 보고를 메이지는 믿지 않고 있었다. 병력 손실 규모도 머지않아 메이지는 알게 될 것이었다. 이토는 상반신을 일으켜 침대에 기대앉았다. 밤이 깊어지자 파로스 등대의 수면등이 반딧불 같은 빛을 냈다. 이토는 등대를 바라보며 위스키를 한 잔 더 따라 마셨다. 위스키의 찌르는 맛을 이토는 좋아했다. 번민이 클수록, 위스키 맛은 날카로웠다.

조선에 귀임하는 즉시 주둔군 사령관 하세가와와 의논해서 병력 증파를 요청해야겠다고 이토는 결심했다. 미개한 군중을 제압하려면 경찰보다는 군대를 써야 하고 일시에 맷돌처럼 갈아버리는 방법이 좋다고 하세가와는 늘 이토에게 말했다.

2

노루는 바위에 올라 있었다. 눈 위에 찍힌 발자국이 바위 밑까지 이어져 있었다. 겁이 많은 노루가 바위 위에서 전신을 드러내기는 드문 일이었다. 뿔이 높은 수놈이었다. 잘록한 등허리에 윤기가 흘렀다. 노루는 목을 길게 빼서 안중근安重根 쪽을 바라보고 있었다. 검은 눈이 빛나서, 시선이 마주칠 듯싶었다.

안중근은 가랑잎 더미에 엎드려서 거총했다. 눈에서 가늠쇠를 지나 표적에 이르는 조준선이 총구 앞에 열렸고, 노루의 전신이 그 끝에 걸려 있었다. 햇빛 속에서 노루는 혀를 내밀어서 콧등을 핥고 있었다.

거리는 삼백 보 정도였다. 엎드려 쏘기에 알맞았다.

안중근은 왼팔로 총신을 받치고 오른손 검지를 방아쇠울 안에 넣었다. 엎드린 자리가 편안했다. 안중근은 검지손가락 둘째 마디를 방아쇠에 걸었다. 안중근은 숨을 크게 들이쉬고 반을 내쉰 다음 숨을 멈추었다. 바위는 보이지 않고 노루만 보였다. 조준선 끝에서 총구는 노루의 몸통에 닿아 있었다.

오른손 검지 둘째 마디는 안중근의 몸통에서 분리된 것처럼, 직후방으로 스스로 움직이면서 방아쇠를 당겼다.

총의 반동이 오른쪽 어깨를 때렸다. 총의 반동에 어깨로 맞서지 않고, 몸안으로 받아들여서 삭여내야 한다는 것을 안중근은 소싯적부터 알고 있었다.

조준선 끝에서 노루가 쓰러졌다. 노루는 눈 속에서 피를 흘리며 뒹굴었다. 안중근은 총을 들고 일어섰다. 총구에서 연기가 피어올랐다. 안중근은 다시 서서쏴 자세로 노루를 겨누었다. 노루는 일어서지 못하고 허우적였다. 안중근은 다시 쏘지 않았다. 노루는 옆구리가 관통되어 있었다. 사출구의 살점이 경련을 일으켰다. 노루의 몸통을 헤집고 나온 탄두가 눈 위에 떨어져 있었다.

……총이란, 선명하구나.

안중근은 노루를 짊어지고 집으로 향했다. 걸어서 한나절이 걸렸다.

1905년 12월에 조선 청년 안중근은 상해에서 돌아왔다. 그해 안중근은 스물일곱 살이었다. 상해에서, 뜻있고 힘있는 한인들을 규합해서 국권회복의 실마리를 만들려던 안중근의 의도는 좌절되었다. 상해에 돈을 가진 자들은 더러 있었으나 뜻을 가진 자는 없었다. 돈을 가진 자들은 안중근을 대문 안에 들이지 않았다. 사람들은 높은 담장 안에서 살아가고 있었다. 돈 가진 자들은 세계정세에 관심 없다는 입장을 한유閑裕한 선비의 풍류처럼 말했다. 동북아와 구미 열강의 현실을 분석하고 미래를 전망하면서, 안중근에게 허황된 사업을 도모하지 말고 조선으로 돌아가 시골에 작은 학교라도 차려서 교육으로 백 년 앞을 준비하라고 충고하는 자들도 있었다. 충고는 간곡했다. 안중근은 지금 당장과 연결되지 않는 백 년 앞을 이해할 수 없었다. 상해는 아비규환 속에서 한가한 동네였다. 애초에 상해에 뜻을 정한 것이 물정 모르는 짓이었지 싶었다. 아버지 안태훈安泰勳은 아들의 상해행을 대견히 여기며 노자를 보태주었는데, 황해도 산골의 안태훈 역시 상해의 치열함과 상해의 나른함을 알 수는 없었다. 안중근은 빈손으로 돌아왔다.

안중근은 상해에서 기선을 타고 진남포에서 내렸다. 기선은 진남포 부두에 여객 몇 명을 내려놓고 인천으로 향했다. 배에서 내린 사람들과 마중나온 사람들이 끌어안고 울었다. 안중근을 맞을 사람은 없었다.

진남포는 저녁 무렵이었다. 저물어서 돌아온 돛배들이 물고기 몇 마리를 내렸고 서너 명이 모여서 물고기를 흥정했다. 선창 앞 골목에서 늙은 여자가 버둥거리는 아이를 끌어안고 얼굴을 씻겼고, 젊은 여자들이 골목 어귀에 나와서 밥때가 되어도 돌아오지 않는 아이들의 이름을 외쳤다. 집에 돌아온 아이들이 빨랫줄에 걸린 빨래와 건조대에 널린 물고기를 거두어들였다. 바람에 가랑잎이 쓸려갔고 사람 사는 집에서 저녁연기가 올랐다.

안중근이 돌아왔을 때, 아버지 안태훈은 몇 달 전에 세상을 떠나고 없었다. 상해의 안중근에게는 부고가 닿지 않았다. 가족들은 만상제 없는 장례를 치르고 안태훈을 청계동에 묻었다.

순흥順興 안씨 문성공文成公의 일파는 황해도 해주에 세거했는데, 안중근의 조부 안인수安仁壽의 대에서 명망 높은 족벌의 세력을 이루었다. 안태훈의 장례에는 인근 고을의 여러 관장들과 황해도 지역의 서양인 선교사와 천주교인들이 조문했다. 초상은 걸게 벌어져서 먼 부락 촌민들과 떠돌이 거지들까지 모여들어서 세끼를 먹었다.

안태훈은 열여섯 살에 혼인해서 열여덟 살에 안중근을 보았다. 안중근이 소년을 벗어나자 안태훈은 열일곱 살 아래인 아들 안중근을 사내로서 대해주었다. 안태훈은 집안에 닥쳐오는 위해를 아들과 의논했고 그 전면에 아들을 세웠다. 안태훈은 아들과 함께 기울어가는 국운을 개탄하고 난세를 성토했다.

안태훈의 무덤은 눈에 덮여 있었다. 산의 언저리가 모두 눈에 덮여서 봉분은 보이지 않았고 오직 하얬다. 안중근은 뒤늦게 절하면서 통곡했다. 안태훈의 죽음에서 안중근은 친숙했던 한 세상이 끝났으며, 적의에 찬 시간 앞에 홀로 서 있음을 느꼈다.

안중근은 출입이 무상했다. 한번 나가면 멀리 다녔다. 아내에게 돌아올 날짜를 말하지 않았다. 몇 달씩 밖으로 돌다가 절기가 바뀌고 나서 돌아오는 일도 흔했다. 안중근의 아명은 응칠應七이었는데 안태훈은 어렸을 때부터 밖으로 나도는 아들의 기질을 눌러주느라고 무거울 중重과 뿌리 근根을 써서 중근으로 이름을 바꾸어주었다. 개명은 안중근의 기질을 바꾸지 못했다. 안중근은 밖에서 도모하는 일을 아내에게 말하지 않았다. 김아려金亞麗는 시댁 사내들의 말을 귀동냥해서 남편의 일을 짐작했다. 김아려는 혼인한 지 십 년이 지났음에도 나그네 같은 남편을 어려워했다.

남편이 없는 동안에 김아려는 둘째를 낳았다. 아기는 아들이었다. 안중근이 상해로 떠나기 전에 점지된 아기였다.

안중근이 상해에서 돌아오자 문중의 원로들이 안중근을 앉혀놓고 아들을 낳은 경사를 뒤늦게 치하했다. 아버지가 죽자 아들이 태어나는 질서는 삶과 죽음이 잇달음으로 해서 기쁘거나 슬프지 않았고, 감당할 만했다. 모든 죽음과 모든 태어남이 현재의 시간 안에 맞물려 있었다. 상해에서 돌아오니, 그렇게 되어 있었다.

아이는 젖 빠는 힘이 좋았다. 아이가 젖을 빨 때 김아려는 온몸이 빨려나가는 듯했다. 젖을 물리면서 김아려는 평온하게 긴장해 있었다. 아이가 젖을 자주 토해서, 김아려의 몸에서 젖 삭은 냄새가 났다. 아이의 몸과 어미의 몸이 섞인 냄새였다. 냄새는 깊고 아득했다. 안중근은 그 냄새에서 출처를 알 수 없는 슬픔을 느꼈다. 그 슬픔은 한 생명의 아비가 되고 어미가 되는 일의 근본인 것 같았다.

아내가 아기를 낳을 때 먼 외지로 돌다가 뒤늦게 돌아온 민망함을 안중근은 말하지 못했다. 말을 하려 해도 말이 꺼내지지 않았다. 말하지 않아도 아내가 알고 있을 것이라고 안중근은 스스로 우겼다. 김아려는 상해에서의 일을 묻지 않았지만, 남편의 일이 어긋났음을 알았다.

—아기가 친탁을 했다고 집안 어른들이 기뻐하셨습니다.

라고 김아려가 말했다. 안중근은 아이의 얼굴을 들여다보았다. 아이는 눈이 컸고, 이게 대체 무엇인가……라는 놀라움으로 세상을 정면으로 바라보고 있었다. 눈이 맑아서 세상이 모두 비칠 듯했다.

신접 때 안중근이 사냥총을 들고 나가서 노루를 메고 돌아오면 시댁 문중의 사내들이 모여서 노루고기를 안주로 술을 마셨다. 사내들은 문자를 써서 말했고, 시국에 비분강개하고 깊이 한숨 쉬고 크게 웃었다. 사내들은 늘 옷차림이 반듯했고 앉는 자세가 곧았다. 김아려는 그 사내들이 세상을 지키는 성벽처럼 느껴졌다. 김아려는 젖을 먹이면서 아이가 자라서 그 술자리에 앉아 있을 모습을 상상했다.

김아려가 말했다.

—눈이 아버지를 닮았다고들 합니다.

그렇다면, 나처럼 세상을 향해 부딪치려는 몸을 말리기가 힘들겠구나…… 안중근은 아이의 눈을 들여다보며 생각했다.

아이가 입을 벌려서 하품을 했다. 입가로 침이 흘러나오고 붉은 잇몸과 작은 혀가 보였다. 아이의 손가락마다 손톱이 박혀 있었다. 안중근은 아이를 포대기에 싸서 안았다. 아이는 여리고 포근했다. 안중근은 눈앞이 흐려졌다. 김아려가 말했다.

—어때요. 이마와 눈이 꼭 닮았지요.

—글쎄. 내가 어렸을 때 이랬을까.

—어렸을 때가 아니라, 지금이 똑같아요.

안중근은 아이를 아내에게 넘겨주었다.

빌렘 신부는 추수가 끝난 들판을 한나절씩 걸었다. 빌렘의 일과는 시계처럼 정확했다. 들의 가장자리로 낮은 산들이 흘러갔고 산 밑으로 초가집들이 들어서서 마을을 이루었다. 멀리서 보면, 노란 이엉을 새로 얹은 초가는 들판의 낟가리처럼 보였다. 평지는 논이고, 산 쪽으로는 옥수수밭이고 좀더 높은 비탈 쪽은 인삼밭이었다. 빌렘은 논길을 따라 걷다가 마을로 들어섰다. 빌렘은 지팡이를 들고 있었으나 지팡이에 몸을 의지하지는 않았다.

아이 업은 여자들이 빈 밭에 쪼그리고 앉아서 무언가를 줍고 있었다. 사내들이 지게에 삭정이를 싣고 산에서 내려왔다. 지게 짐이 커서, 사내들은 모로 걸으며 바람을 피했다. 양지쪽에서 공기놀이를 하던 아이들이 서양인 신부가 다가오자 떠들기를 멈추었다.

들에서 마을로 걸으면서 빌렘은 사람들을 눈여겨 바라보았다. 그가 청계동에 성당을 세우고 자리잡은 지 칠 년이 넘었으므로 사람들은 고개 숙여 인사했다. 마을의 개들도 빌렘을 알아보고 손등을 핥았다. 길에서 빌렘은 사람들과 말을 섞지는 않았지만 마주치는 사람들의 표정과 체취를 자신의 마음속에 깊이 새겨넣었다. 그렇게 각인함으로써 빌렘은 사람들에게 건너갈 수 있으리라고 생각했다. 사람들은 신부님이 걸으면서 기도하는 것이라고 말했다.

빌렘은 천천히 걸었다. 빌렘은 정기적으로 나귀를 타고 황해도 산골 마을의 공소 십여 곳을 다니며 미사를 집전했는데, 마을마다 조선인들의 표정은 똑같았다. 조선인들은 우중충했고 기진해 있었다. 빌렘은 걸으면서 이 가엾은 백성들의 어두운 영혼에 빛을 밝혀주시기를 날마다 하느님께 기도했다.

빌렘이 손가락에 성수聖水를 찍어서 아이의 이마를 적셨다. 아이는 눈을 크게 뜨고 신부를 올려다보았다. 안중근 도마와 김아려 아그네스는 신부 앞에 무릎을 꿇고 합장했다. 빌렘이

—베네딕도.

라고 아이에게 세례명을 주었다. 빌렘이 팔을 들어서 아이의 머리 위에서 십자를 그렸다.

—베네딕도야, 내가 너를 씻기되, 성부와 성자와 성령의 이름을 인하여 하노라.

베네딕도는 사랑의 힘으로 세상의 온갖 악을 물리쳤고, 인간의 야만성에 짓밟히는 인간을 사랑했고, 성령의 뜻으로 세상의 어두움을 밝혔던 성인이라고 빌렘은 이름을 내리는 뜻을 설명했다. 빌렘은 이 아이가 하느님의 아들로 새롭게 태어났으니 베네딕도 성인의 가호 아래 자라나서 이 간고한 조선의 빛이 되라며 강복했다. 조선 천주교회는 베네딕도를 한자로 옮기면서 '분도芬道'라고 바꾸어서 불렀다. 안중근은 장남의 이름을 분도로 정했다.

세례식이 끝날 때 부부는 분도 앞에서 합장하고 주기도문을 외웠다.

—하느님의 뜻이 하늘에서 이루어짐과 같이 땅 위에서도 이루어지이다.

땅 위에서……라는 구절에 안중근은 마음이 떨렸다.

빌렘이 돌아가려는 안중근을 불러 앉혔다. 김아려가 분도를 업고 먼저 돌아갔다. 빌렘은 안중근을 데리고 성당에서 나와 사제관으로 들어갔다. 사제관은 맞배지붕에 홑처마의 기와집이었는데 내부는 입식으로 꾸며져 있었다. 방안에는 십자가에 달리기 전날 밤에 겟세마네에서 기도하는 예수의 그림이 걸려 있었다. 장작난로 앞에서 빌렘은 안중근과 마주앉았다.

—나는 세례를 줄 때가 가장 기쁘다.

빌렘은 안중근에게 포도주를 한 잔 따라주었다.

—나는 너에게 세례를 주었고, 또 너의 아들에게 세례를 주었다. 나와 너에게 진실로 은혜가 넘친다.

빌렘은 머릿속으로 문법을 엮어가면서 느린 한국어로 말했다. 빌렘은 눈언저리가 깊숙했고 귀밑에서 턱밑까지 수염이 무성했다. 그의 수염은 흰 터럭과 검은 터럭이 섞여서 사자의 갈기처럼 퍼져 있었다. 빌렘은 태어날 때부터 늙음을 지니고 있었던 것처럼 보여서 나이를 짐작할 수 없었다. 사람들은 빌렘의 느린 말투를 어려워했다.

—신부님이 가까이 계시니 저의 복입니다.

라고 안중근은 말했다.

안중근은 이 마을에서 빌렘에게 세례를 받고 입신入信했다. 그

때 안중근은 열아홉 살이었다. 안씨 가문의 위세는 서양인 신부들이 이끄는 천주교회의 세력에 기대고 있었다. 안중근은 자신의 가문과 밀착된 교회의 세력과 신앙의 순수성을 구태여 구분하지 않았다. 안중근은 그 양쪽을 모두 받아들였다.

오래전에 세례를 받던 때의 기쁨은 때때로 안중근의 마음속에서 솟구쳐올랐다. 그때, 멀리서 빛이 다가왔고 안중근은 밝아오는 영혼의 새벽을 느꼈다. 그때, 안중근은 악과 더불어 살아가야 하는 세상이 두렵지 않았다. 아들이 세례를 받는 날 안중근은 그때의 기쁨이 부활하기를 기도했다.

빌렘이 말했다.

—너의 아이는 하느님의 자식이다. 아이를 보니까 어떠냐?

안중근은 젖내 나는 아이를 안았을 때의 그 출처를 알 수 없는 슬픔을 빌렘에게 말하지 못했다. 조선 땅에서 벌어진 외국 군대들끼리의 싸움으로 많은 사람들이 죽었고 일본군의 의병 진압으로 날마다 산야에 시체가 쌓여가는데, 그 많은 목숨보다도 젖내 나는 내 자식의 목숨 하나가 유독 안쓰러운 까닭을 안중근은 빌렘에게 묻지 못했다. 안중근은

—아들이라고, 집안 어른들이 기뻐하십니다.

라고 말했다. 안중근은 제 말이 싱거워서 얼굴을 붉혔다. 빌렘이

—그야 그럴 테지. 조선은 아들 세상이다.

라고 말했다. 빌렘이 다시 포도주 한 잔을 따라주며 말했다.

—상해에서 일찍 돌아왔구나.

빌렘이 나를 따로 부른 이유가 이것이었구나…… 안중근은 빌렘의 속내를 알아차렸다. 빌렘의 말투는 안중근의 실패를 예견하고 있었다는 것처럼 들렸다.

—일이 여의치 않았습니다.

—무엇이 어려웠느냐?

—사람을 만날 수가 없었습니다.

—그랬구나. 이제 여기 있어라. 영혼을 가진 사람은 어디에나 있다.

빌렘은 안중근의 성정을 위태롭게 여겼다. 안중근은 소년 시기를 거치지 않고 유년에서 청년으로 바로 건너온 사람처럼 보였다. 안중근은 소문난 사냥꾼이었고, 저보다 나이 많은 청년들을 수하로 거느리고 다녔다. 안중근은 열여섯의 나이에 고을 사내들을 이끌고 나서서 마을로 접근하는 동학군을 격퇴했다. 안중근은 말하지 않았지만, 빌렘은 이 싸움의 유혈과 사상死傷을 알고 있었다. 안중근은 동학군과 싸웠지만, 세상을 못 견뎌하는 성정은 그가 싸웠던 동학군과 별 차이 없을 것이었다.

안중근의 자식에게 세례를 주면서, 빌렘은 똑 닮은 부자의 눈을 번갈아 바라보며 그렇게 생각했다. 안중근은 어쩐지 하느님의 자식이라기보다는 세속의 아들 쪽에 더 가까워 보였는데, 안중근에게는 그 안팎의 구분이 없는 것 같기도 했다. 구분이 없다는 것은 결국 그 양쪽이 합쳐진다는 것인지를 생각하다가 빌렘은 생각하기를 멈추었다.

일 년 전에 안중근이 성당으로 찾아와서 상해로 가겠다고 말했을 때, 빌렘은 왜 가는지를 묻지 않았고, 말리지도 않았다. 빌렘은 안중근이 세속의 길로 나아가려는 것을 알았다. 그때 빌렘은

—너의 영혼을 위해 기도하겠다.

라고 말했다. 빌렘은 '영혼을 위해'라는 말을 안중근이 알아듣지 못할 것을 느꼈다.

서양인 신부들은 조선 땅에서 지난 백여 년 동안 벌어진 박해와 순교의 역사를 거룩하고 또 두렵게 여겼다. 하느님의 특별한 은총이 아니고서는 그처럼 치열하고 순순하게 죽음에 죽음을 잇대어가면서 신앙을 증거할 수는 없을 것이었다. 그것은 이 낙후된 나라에 쏟아진 축복이었다.

조선 교회가 신앙의 자유를 누린 기간은 이제 겨우 이십 년이었다. 자유는 뿌리내리지 못해서 위태로웠다. 교회는 세속을 지배하는 거대한 세력과 부딪치게 되는 사태를 피해가려 했다. 순교의 역사가 주는 교훈은 성聖과 속俗에 두루 걸쳐 있었고, 교회는 그 양쪽의 교훈들을 무언중에 감지하고 있었다.

장상長上인 조선 대목구代牧區의 뮈텔 주교와 파리 외방 전교회 본부의 품계 높은 사제들도 그 교훈의 복합적 의미를 알고 있을

것이라고 빌렘은 생각했다. 거기에 교회와 세속의 경계선은 보이지는 않지만 명료히 그어져 있을 것이었는데, 빌렘은 그 경계 밖으로 나가려는 안중근의 들뜬 영혼을 걱정했다.

빌렘이 물었다.

—다시 대륙으로 나가려느냐?

—……

안중근은 대답하지 않았다. 빌렘은 대답 없는 뜻을 짐작했다.

종탑에서 만종晩鐘이 울렸다.

부활의 은총이여, 신앙의 신비여…… 빌렘이 겟세마네의 예수 그림을 향해 무릎을 꿇고 저녁기도를 올렸다. 안중근이 그 뒤에서 무릎 꿇고 합장했다.

3

황제의 열차는 1909년 1월 7일 아침 여덟시 십분에 서울역에서 출발했다. 대한제국 황제 순종은 6박 7일의 남순南巡 일정에 올랐고 한국 통감 이토가 동행했다. 황제는 왕자 의양군과 궁내부, 승녕부, 장례원, 규장각, 탁지부, 내각, 군부, 학부, 법부 등에서 고위직 아흔 명가량을 수행원으로 거느렸다. 이토는 통감부 고위직과 주둔군 장교들을 데리고 나왔다.

출발하기 전에 황제는 칙령을 내려서 순방지의 선현들의 사당을 보수하고 묘역을 가지런히 할 것을 지시했다.

순행에 앞서 황제는 조서를 내렸다.

짐은 지난해에도 종묘사직에 공경히 맹세하고 조금도 게을

리하지 않았건만, 지방의 소란이 안정되지 않고 이 추위 속에서 백성의 간난은 끝이 없으니 가슴 아프다. 그래서 단연코 분발해서 여러 관리들을 데리고 지방을 시찰하여 백성들의 고통을 알아보려 한다. 통감 공작 이토 히로부미가 특별히 짐을 수행하면서 도와주고 있으니 너희들 높고 낮은 신하들과 백성들은 그리 알도록 하여라.

열차가 출발하기 전에 역 구내 응접실에서 순종은 이토를 접견했다. 이토가 수행원을 물리치고 순종 앞에 나와 인사했다.

—폐하, 저의 소청을 받아들이시어 이처럼 추운 날씨에 원행에 나서시니 만민의 복이옵니다.

—순행하는 뜻을 이미 조서로 백성들에게 알렸소. 통감께서 동행하시니 든든한 바 있소.

이토는 얼굴을 펴서 웃었다. 이토의 웃음은 얼굴에 가득 퍼졌다가 삽시간에 사라졌다. 이토는 말했다.

—순행은 군주의 덕과 위엄을 보이는 일입니다. 일본의 메이지 폐하께서도 자주 순행하시어 백성을 살피십니다. 본 통감은 메이지 폐하의 뜻을 받들어 황제 폐하를 수행하게 되었습니다. 이로써 두 나라 황제의 뜻이 혼연일치함을 내외가 알게 될 것입니다.

—통감께서 우리 황태자를 일본 천황 폐하께 인도하여주

신 노고를 잊지 말라고 우리 신료와 백성들에게 일러놓고 있소이다.

이토는 또 웃었다. 붉은 얼굴에 흰 이가 드러났다.

—황태자 전하께서 천품이 영특하시어 일본에 오신 뒤 학문이 일취월장한다고 들었습니다. 메이지 폐하께서도 자주 불러서 가까이하시고 자애하고 계십니다.

시종장이 들어와서 열차 출발 시간을 고했다.

순종과 이토가 열차에 올랐다. 승강장에 도열한 주둔군 의장대가 총을 받들어 경례했고 백성들이 역 건물 밖에서 만세를 불렀다.

열차가 한강철교를 지날 때, 머리 위로 쇳덩어리들이 다가오고 지나갔다. 순종은 쿵쾅거리며 달리는 쇠붙이의 리듬을 전신으로 느꼈다.

이것이 쇠로구나…… 쇠가 온 세상에 깔리는구나.

순종은 차창 밖 쇳덩이 너머로 한강을 바라보았다. 한강은 행주 쪽으로 아득한 강폭을 벌리면서 굽이쳤다. 하류 쪽은 멀어서 하늘에 닿아 보였고, 그 너머에 잔산殘山의 봉우리들이 그림자처럼 어른거렸다. 모래톱에 겨울 철새들이 내려앉아서 햇볕을 쪼이고 있었다. 새들도 임금의 백성일 것이라고 순종은 생각했다.

……이것이 한강이로구나. 이 넓은 물을 쇠붙이가 건너다니는구나…… 이렇게 가면 고을들이 잇달아 나타나는구나.

쇠붙이에는 말을 붙일 수가 없었다. 쇠붙이의 차가움과 한강의 크기에 순종은 불안했다. 열차가 수원을 지났을 때 이토는 수행 무관을 보내서 순종에게 알현을 청했다. 순종은 허락했다.

순종은 테이블을 사이에 두고 이토와 마주앉았다. 이토는 테이블 위에 지구의를 올려놓았다. 이토가 차창 밖으로 시선을 주며 말했다.

—조선의 산천은 참으로 수려합니다.

산천은 헐벗어 있었다. 빈 들판에 눈이 쌓였고, 바람이 불어서 눈을 몰아가고 있었다. 들판에는 인기척이 없었다. 순종도 창밖을 내다보면서 말했다.

—산천은 옛날과 같으나 민심이 들떠서 소요가 계속되니 걱정이오.

이토가 말했다.

—심려하시는 뜻을 알고 있습니다. 이번 순행으로 조선과 일본이 우애로움을 백성들이 알게 되면 소요는 가라앉을 것입니다.

—그러기를 바라오.

—이걸 보십시오.

이토는 지구의를 돌려가며 조선, 일본, 중국과 서양, 미국의 위치를 설명했다. 이토는 손가락으로 조선 반도를 가리키면서 말했다.

—지금 폐하께서는 서울에서 부산으로 가고 계십니다.

부산에서 시모노세키까지는 기선으로 바다를 건너가고 거기서부터 도쿄까지는 철길로 연결되고, 조선에 깔린 철길은 서울에서 신의주로, 신의주에서 압록강을 건너서 하얼빈으로, 하얼빈에서 러시아로 연결되고 있다고 이토는 설명했다. 순종은 눈을 가늘게 뜨고 지구의를 들여다보았다.

이토는 또 말했다.

—땅이 아닌 곳은 모두 물입니다. 기선은 모든 물을 건너갈 수 있습니다. 지금 일본의 메이지 폐하께서는 이 세계의 바다와 대륙을 들여다보고 계십니다.

일본의 군주가 물을 들여다본다는 것은 무슨 말인가를 물으려다가 순종은 머뭇거렸다. 이토는 계속 말했다.

—지금 철로가 깔렸으므로 조선과 일본은 하나가 되어 세계로 나갈 수 있습니다. 쇠가 이 세상에 길을 내고 있습니다. 길이 열리면 이 세계는 그 길 위로 계속해서 움직입니다. 한번 길을 내면, 길이 또 길을 만들어내서 누구도 길을 거역하지 못합니다. 힘이 길을 만들고 길은 힘을 만드는 것입니다.

순종이 말했다.

—세상의 땅과 물을 건너가는 길도 있지만, 조선에는 고래古來로 내려오는 길이 있소. 충절과 법도와 인륜의 길이오.

순종이 입을 벌려서 말할 때, 빠진 이 사이로 입안의 어둠이 보였다. 이토는 그 어둠 속을 들여다보았다. 이토는 말했다.

—일본 또한 그러합니다. 고래의 길이 현재에 닿아서 미래의 길로 나아가고 있습니다. 이 철로가 그 길입니다.

순종이 말했다.

—그렇다면 상서로운 일이오.

열차가 충청도 성환역에서 정차했을 때, 거기까지 수행해온 일본인 주둔군 헌병대장이 순종에게 하직하고 돌아갔다. 순종이 헌병대장의 노고를 치하하고 금일봉을 내렸다.

이토가 순종의 자리로 다가와서 말했다.

—폐하와 함께 성환을 지나니 기쁜 일입니다.

십오 년 전 청일전쟁 때 일본군은 성환에서 청군을 대파했다. 평택 쪽에서 내려온 일본군은 경계를 풀고 있던 청군을 야습했다. 날이 밝자, 성환의 들판에 청군의 시체가 깔렸다. 살아남은 자들은 군복을 벗어 버리고 조선 백성들의 옷을 뺏어 입고 달아나다가 굶어죽고 더위 먹어 죽었다. 성환의 옹기장이, 고리장이, 방짜장이, 미장이, 대장장이들의 마을은 흩어졌다. 조선 반도에서 청군은 세력을 회복하지 못했다.

성환 전장에서 일본군 나팔수 기구치 고헤이木口小平는 숨이 끊어질 때까지 나팔을 불어서 돌격 명령을 유지시켰다. 기구치의 사체는 나팔을 입술에 대고 있었다. 기구치는 사무라이가 아니라 전장에 징집된 하급 병졸이었다. 일본 시인이 시를 써서 기구치의 충혼을 기렸다.

메이지는 대본영에서 성환의 승리를 보고받았다. 메이지는 몸소 군가 〈성환 전투〉를 지어서 병사들에게 내렸다. 노래의 가사는

우리의 씩씩한 용사는
피아의 시체를 넘고 넘어
용감하게 나아간다
(……)
만세삼창을 불렀다오
만세삼창을 불렀다오

와 같았다. 군악대가 나팔로 이 노래를 연주했다.

이토는 성환의 승리와 기구치의 용맹을 순종에게 설명했다.

—일본이 중국을 물리치고 조선을 보호하는 토대가 성환에서 마련되었습니다. 성환은 상서로운 땅입니다.

—성환 싸움의 전말은 대충 알고 있소.

—기구치는 천출이고 무명 병졸인데 죽을 때까지 나팔을 불었으니 메이지 폐하께서 어여삐 여기십니다.

—귀국 병졸의 충혼이 가상하오.

열차는 대구를 지나고 초량을 지났다. 대구역에서 정차했을 때 순종은 관리를 보내 이퇴계의 사당에 제사 지냈고 초량을 지날 때는 신라 왕들의 무덤과 김유신의 무덤에 제사 지낼 것을 하명했다.

황제의 열차가 정차하는 고을마다 지방 관장들이 백성들을 부려서 옛 성현, 충렬의 사당에 얽힌 거미줄을 걷고 묘역의 잡초를 뽑았다. 효자와 열녀를 표창했고 늙은이들에게 밥과 술을 대접했다.

열차가 부산역에 도착했을 때 순종은 삼백여 년 전 임진년 전쟁 때 부산성에 쳐들어온 일본 군대와 싸우다 죽은 동래부사 송상현과 부산진첨절제사 정발의 사당에 제사 지낼 것을 지방 관리에게 일렀다. 이토를 수행하는 통감부 정보관리가 순종의 동태를 염탐해서 이토에게 보고했다. 이토는 말했다.

—못 본 체하라. 민심을 덧나게 하지 마라. 발설을 금한다.

메이지는 제2함대의 기함 아즈마吾妻호를 부산항으로 보내고 순종에게 전보를 쳤다.

—순행하시며 백성들의 형편을 살피시는 귀 황제 폐하의 노고에 경의를 표합니다. 짐의 함대를 부산항으로 보냈으니 배를 순시하여주시면 다행이겠습니다.

순종은 마차를 타고 항구로 갔다. 이토의 일행을 태운 마차가 순종의 마차를 뒤따르고 있었다.

흰옷 입은 백성 수천 명이 부두 앞 공터에 모여 있었다. 백성들은 땅바닥에 꿇어앉아서 머리를 조아렸다.

—폐하, 일본 배에 오르지 마소서.

—저들이 폐하를 일본으로 모셔갈까 두렵습니다.

—폐하, 날씨가 춥사옵니다. 속히 대궐로 돌아가소서.

순종의 마차로 다가오려는 백성들을 기마헌병대가 막고 있었다. 이토가 정보관리에게 물었다.

—무슨 소란인가?

—저들은 조선 군주가 납치되지 않을까 두려워하고 있습니다.

—무장은 어떠한가?

—폭민은 아닙니다. 다만 울며 소리치고 있습니다.

—가엾고 무지한 백성들이구나.

—병력으로 밀어내시겠습니까?

—아니다. 상서롭지 못하다. 다만 부두에 접근하지 못하도록 차단하라. 경비대에 그리 일러라.

순종의 마차는 군중이 모인 공터를 우회해서 부두에 닿았다. 기함 아즈마호는 멀리서도 보였다. 아즈마호는 인정전仁政殿보다 커 보였다. 쇠로 된 선체가 햇빛에 번쩍거렸고 높이 걸린 욱일기가 펄럭였다. 깃발에서 붉은 기운이 사방으로 뻗쳐나가고 있었다. 저것이 물을 건너다니는 배로구나…… 순종은 숨이 막혔다. 순종이 이토와 함께 기함에 올랐다. 제2함대 사령관이 참모들을 거느리고 승선장에 도열해서 경례를 올렸다. 군악대가 주악을 울렸고 기함이 포신을 들어서 예포를 쏘았다.

갑판 위에서 함대 사령관이 상황판을 걸어놓고 기함의 성능과 무기의 위력을 설명했다. 순종은 알아들을 수 없었지만 가끔씩 고개를 끄덕였다. 사령관의 설명이 끝나자 순종이 말했다.

—귀함의 무위武威가 실로 장함을 알겠소.

순종이 일본군 장교들에게 금일봉을 내렸다.

부두 밖 공터에서 백성들이 울부짖었다. 울음소리는 기함에까지 닿았다.

순종이 이토에게 물었다.

—부두 밖 공터에 군중이 모여 있으니 어떤 일이오?

—폐하의 안위를 염려하는 무리입니다. 이제 군함에 오르셨으니 만안하십니다.

순종은 더이상 묻지 않았다. 순종은 메이지에게 전보를 보냈다.

—귀국의 군함에서 사령관 이하의 환대를 받았습니다. 기쁘고 감사합니다. 귀 해군이 더욱 융성하기를 축원합니다.

순종은 또 덕수궁의 태황제에게 전보를 보냈다.

―가는 곳마다 백성들의 열렬한 환영과 환송을 받았습니다. 일본 군함에서도 극진한 환대를 받았습니다. 멀리서 전보로 부황 폐하께 고합니다.

황제의 열차는 마산을 거쳐서 1월 13일에 서울로 돌아왔다. 서울역에 도착하자 순종은 덕수궁으로 가서 태황제에게 문안하고 대궐로 돌아갔다.

조선 황제와 이토 통감의 남방 순행은 일본 제국의 문명화된 우호 정책을 조선 민중과 세계만방에 이해시키는 전기가 되었고 일본 천황이 보낸 함대의 위용으로 조선 황제를 영접함으로써 강과 약 사이의 친선을 과시한 것으로 통감관방의 보고서는 평가했다. 조선의 양민들은 점차 통감 통치 안으로 순입順入되고 있으나 폭민들의 발호가 전역으로 확산되고 있으니 이 같은 시국 속에서 양민에게는 유화宥和로, 폭민에게는 무단武斷으로 대처하는 두 방향이 선명히 떠오르고 있다고 보고서는 결론지었다.

남행에서 돌아온 다음날, 이토는 통감부로 출근해서 보고서를 읽었다. 통감관방의 보고서는 종합과 분석이 부실하고 보고자의 의견이 돌출해 있었다. 판단을 미리 하지 마라, 귀관들은 사실과 의견을 분리해서 보고하라, 뒤섞지 마라……라고 이토는 늘 지시했으나 충성의 앞자리를 다투는 관료들은 스스로의 말에 현혹

되어 통감의 지시에 미치지 못했다.

통감관방의 보고는 틀린 말은 아니었지만 뻔한 소리여서 하나 마나 했다.

이토의 책상 위에는 남행 때 일본인 사진사를 시켜서 찍은 사진들이 놓여 있었다. 이토는 사진사에게 사진의 구도와 초점을 미리 지시했다. 이토의 지휘로 일본 기함에서의 영접 의전은 선실이 아닌 갑판에서 열렸다. 테이블 중앙에 이토와 순종이 나란히 앉고, 그 양쪽으로 해군 장교들과 관료들이 마주앉았다.

사진에 기함의 크기와 포신의 힘이 드러나고, 포신을 배경으로 순종의 표정이 편안하게 나타나고, 뱃전 너머로 수평선이 지나가게 구도를 잡으라고, 이토는 종이에 그림을 그려가며 사진사에게 지시했다. 이토는 사진사에게 근접 촬영을 허용했다.

사진은 대체로 지시 사항을 담아내고 있었다. 이토는 사진을 꼼꼼히 들여다보았다. 순종의 표정은 미소도 아니고 찡그림도 아니고, 그 양쪽을 다 섞은 것도 같았다. 이토는 비서관을 불러서 같은 앵글로 찍은 다른 사진을 찾아오라고 지시했다. 다른 사진에서도 순종의 표정은 마찬가지로 모호했다. 다시 찍을 수는 없었다. 미흡하기는 하지만 이 사진을 공포하면 정책 효과가 클 것이었다. 이 사진이 조선 민심의 상처를 자극하겠지만 위력으로 압도하는 힘이 있을 것이고, 그보다도 폭민과 양민 사이에 장벽을 쌓아서 폭민들을 고립시키는 결과를 낼 것이라고 이토는 판단했다. 남행의 성과는 작지 않았는데, 그 크기는 서서히 나타날 것이었다.

……계속 순행을 이어가자. 이번엔 서북이다.

이토는 비서관을 불러서 서북행을 지시했다. 조선 황제와 함께 개성, 평양, 신의주를 순행하는 사업을 조선 황실에 통지해서 확정하되 수일 안에 출발하도록 준비를 갖추라고 이토는 지시했다. 잇따른 순행에 비서관은 크게 놀라면서 통감의 지시 사항을 공책에 적었다.

이토는 이날 일찍 퇴근했다. 동행은 없었다. 이토는 남산 아래 요정 천진루天眞樓에서 기생을 앉혀놓고 술을 마셨다. 기생은 조선 여자였는데, 옆구리가 터진 기모노 차림이었다.

—너와 둘이 있겠다. 아무도 들이지 마라.

송이버섯볶음과 은행구이, 도미회가 안주로 나왔다.

—내가 여기 있는 동안, 너는 말을 하지 마라. 위스키를 다오.

위스키가 목구멍을 내려가며 전류를 일으켰다. 몸이 고단해서 술은 첫 잔부터 몸에 스몄다. 취기는 깊고 혼곤했다. 신의주에서 압록강을 건너서 하얼빈, 북경, 모스크바, 유럽으로 뻗어가는 철로가 이토의 눈에 어른거렸다. 철로는 쇠비린내를 풍기며 대륙으로 뻗어 있었다. 이토는 혼자서 와카和歌 조로 중얼거렸다.

조선의 도미회는 향기롭고
서울의 여자들은 꽃처럼 어여쁘다

주둔군 장교들이 회식 자리에서 합창으로 부르는 노래였다. 이토는 기생의 넓적다리를 베고 누웠다. 기생은 아무 말도 하지 않고 긴 머리채를 손으로 쓸어내렸다. 이토의 얼굴이 기생의 가운데 쪽으로 향했다. 이토는 기생을 쓰러뜨려서 끌어안았다. 초저녁이었다.

서북 순행 열차는 귀로에 개성역에서 정차했다. 이토가 설계한 일정이었는데, 개성은 고려 오백 년의 도읍지이므로 조선 황실은 일정에 동의했다. 고려 왕궁 터인 만월대滿月臺를 돌아보는 일정도 미리 잡혀 있었다. 순종과 이토는 만월대 돌계단 앞에서 마차에서 내렸다. 내관들이 일산을 받쳤다. 경비 병력은 미리 와서 도열해 있었고 수행원 백여 명이 뒤따랐다. 돌계단은 단차가 커서 연輦을 쓸 수 없었다. 순종은 돌계단 서른세 개를 걸어서 올라갔다. 계단을 밟을 때 몸이 굽어졌다. 내관들이 황제의 몸을 부축했다. 이토가 뒤따랐다. 마지막 계단 위로 올라서자 풀밭이 한눈에 보였다. 만월대는 오백여 년 전 홍건적이 부수고 간 폐허로 남아 있었다. 지방 관장이 가끔씩 잡초를 걷어내서 풀밭 위에 주춧돌들이 드러나 보였다.

송악산의 부드러운 능선이 멀리서 만월대를 외호하고 있었는데, 주춧돌들은 풀밭을 건너서 산 밑까지 이어져 있었다. 정전正殿인 회경전會慶殿의 자리는 그 산 밑이었으므로 수많은 문루를 지나서야 닿을 수 있었음을 주춧돌들이 말해주고 있었다. 주춧돌마다 목재 기둥을 받치던 홈이 파였고, 무너진 전각들의 환영을 하나씩 이고 있었다.

순종은 주춧돌의 대열 사이를 걸었다. 일산이 바람에 펄럭여서 내관들이 쩔쩔맸다. 이토가 말했다.

—고려조의 폐허를 보니 오백 년 전 홍건적의 말 울음소리가 들리는 듯합니다.

—그때 고려 왕이 파천하고 왕궁이 불탔지만, 고려는 곧 개성을 회복하고 적들을 압록강 밖으로 내몰았던 것이오.

—폐하께서 고사에 해박하십니다. 사백 년을 경영해온 고려 대궐이 무너진 지 또 오백 년이 지나서 이처럼 풀밭이 되었습니다.

—주춧돌을 보니 심란하오.

이토가 고개를 돌려서 순종을 힐긋 쳐다보았다.

—심란하실 테지요. 그러나 돌들은 이제 고요합니다. 세월이 지나고 보면 폐허가 오히려 편안해 보이는군요.

라고 말하고 나서 이토는 소리 내서 웃었다. 순종은 고개를 숙여서 주춧돌을 들여다보면서 천천히 걸었다.

큰 구도가 필요하다. 폐허를 크게, 조선 황제를 작게 나타내라고 이토는 만월대 돌계단 앞에서 일본인 사진사에게 명령했다. 이토는 손짓으로 송악산 능선과 계단을 가리키며 지시했다. 무너진 돌계단과 그 너머의 송악산 능선을 구도의 횡축에 들어앉히고 조선 황제의 대열이 그 폐허에 종축으로 길게 늘어선 사진을 이토는 요구했다. 미리 현장을 답사한 사진사는 이토의 요구를 무리 없이 소화해냈다.

사진사는 멀리 떨어져서 카메라를 설치했다. 시야의 범위를 넓게 잡고, 렌즈의 각도를 위쪽으로 오 도쯤 올려 잡았다. 뷰파인더 안에서 돌계단의 폐허가 화면 중앙에 가득차고 그 너머로 송악산 능선이 구름처럼 떠 보였다. 조선 황제의 얼굴이 또렷이 보이지는 않았지만 일산이 받쳐져 있어서 거기가 황제의 자리임을 알 수 있었다. 이토는 그 옆에 희미하게 보였고 군도를 찬 일본군 장교가 그 앞에서 대열을 인도하고 있었다. 돌계단을 내려오느라고 황제의 대열은 흐트러졌다. 대열이 폐허를 배경으로 종축을 이루었을 때 사진사는 셔터를 눌렀다.

이토는 일본 해군 기함에서 찍은 사진과 만월대에서 찍은 사진에 만족했다. 이 사진 두 장이 조선의 운명과 조선의 앞날을 보여주는 것이라고 이토는 판단했다. 사진은 무리 없고 과장 없이 찍혀 있어서 보는 사람들에게 편안하게 다가갈 것이었다. 아직 오지 않은 시간들, 앞으로 다가올 시간들까지도 사진에 찍힐 수 있다는 것을 확인하면서 이토는 혼자서 놀랐다.

이 사진 두 장을 한 쌍으로 묶어서 일본, 조선, 그 밖에 여러 나라의 언론기관에 배포하라고 이토는 비서관에게 지시했다.

4

안중근은 진남포로 이사해 작은 학교를 열고 학생들에게 영어와 지리, 국사를 가르쳤다. 가르치는 일은 답답했으나 안중근은 거기에 마음을 붙이려고 애썼다. 학생들이 모르던 것을 알게 되는 사태를 안중근은 놀랍게 여겼다.

명절 때나 아버지 안태훈의 기일에 안중근은 솔가해서 청계동의 본가에 갔다. 본가에 머무는 동안 안중근은 엽총을 메고 산야에 나가 노루나 꿩을 잡았다. 안중근은 개를 데리고 다니지 않았지만 개 없이 멧돼지를 잡는 날도 있었다.

안중근이 노루를 잡아온 다음날 안씨 문중의 사내들은 안중근의 집에 모였다. 안중근의 숙부 태건泰健, 태민泰敏과 그 아들들이었다.

사내들이 술상에 둘러앉으면 저절로 항렬이 이루어졌다. 노루 백숙과 통마늘을 안주로 사내들은 소주를 마셨다.

안씨 문중의 2대 소작농인 절름발이 박만교의 아버지가 임종에 가까웠으므로 묫자리를 주선해주고 장례 비용을 부조하는 일을 사내들은 의논했다. 지난여름부터 마을의 소들이 눈곱이 끼고 침을 흘리고 하품을 자주 하고 기력이 빠져서 쟁기를 깊이 끌지 못하는데, 더위를 먹은 것인지 무슨 돌림병인지 알 수 없었다. 사내들은 신식 공부를 했다는 해주 읍내의 수의사를 모셔오는 비용을 집안의 공금으로 지불하기로 결정했다.

안태건이 노루 발바닥의 굳은살을 찢어서 안중근 앞으로 내밀었다.

—먹어봐라. 산짐승은 발바닥이 맛있다.

안중근은 발바닥 살을 소금에 찍어서 입에 넣었다. 살아서 산야를 뛰어다니던 짐승의 힘이 발바닥에 뭉쳐 있었다. 힘차고 탄력 있는 살이었다.

안태건이 소주 한 잔을 단숨에 마신 뒤 카, 소리를 뱉었다.

—이번에 큰 놈을 잡았구나. 살이 실하다.

—큰삼촌 댁에 뒷다리 한 짝을 보냈습니다.

—몇 발로 잡았느냐?

—한 발 쐈습니다.

안태건이 안중근의 얼굴을 들여다보면서 잔을 채웠다.

—아름다운 솜씨다. 짐승을 쏘기에는 아깝구나.

안태건은 혼잣말처럼 중얼거렸다. 술자리에 모인 사내들에게 그 말은 이 세상을 향해서 하는 말처럼 들렸다. 사내들은 한동안 침묵했고, 누가 먼저 말을 꺼냈는지 모르게 시국의 위태로움을 말했다. 안씨 가문의 사내들은 마을의 우물을 청소하는 일이나 홍수에 터진 개울 둑방을 다시 쌓는 일을 논의하는 것처럼 시국의 일을 말했다. 일본이 청을 무찌르고 러시아를 무찔러서 조선의 독립은 탄탄해졌다고, 한다하는 식자들이 신문과 강연으로 필설을 펼쳤다. 말은 자욱했는데, 아무도 말을 믿지 않았다.

가끔씩 서울이나 평양에 다녀온 사람들이 날짜 지난 대한매일신보를 가져왔다. 대한매일신보는 조선 전역의 소요사태를 상세히 보도했다. 신문은 소요군중을 '의병'이라는 두 글자로 일컬었는데, 글자 두 개가 더 큰 무리를 불러모았다. 신문의 문장은 곧고 단단해서 읽는 사람을 찌르고 들어왔다. 이 신문의 영문판에 '지난 목요일 경기도 양주와 포천 접경에서 벌어진 전투에서 일본군 열두 명이 반란군insurgents에 의해 살해되었고, 죽은 자들의 시신은 서울로 운구되었다고 보고되었다'라는 내용의 기사가 실려 있었다.

청계동 사내들은 신문을 돌려 보며 영문을 아는 사람의 설명을 들었다. '반란군'이라는 말의 뜻을 놓고 사내들은 여러 말을 뒤섞었다.

통감부 집무실에서 이토는 신문을 보다 말고 공보관리들을 불러서 질타했다.

—이 신문의 말 한마디에 조선 군중이 놀아나고 있다. 배설이 통감이냐?

공보관리가 정무비서들과 의논해서 신문의 자금 관리와 금전 출납을 조사했다.

중국에서 돌아온 상인과 천주교인들이 청계동 안씨 마을에 들러서 넓은 세상 돌아가는 소식을 전했다. 소문은 청계동에 모여서 웅성거렸다.

이강년李康秊은 문경에서 일어서서 큰 세력을 이루었다. 이강년은 안동부관찰사 김석중金奭中과 그의 순검들을 군중 앞에서 목 베고 기세를 올렸다. 이강년은 일본군 통신선을 절단하고 일본인 마을을 불질렀다. 뒤따라온 일본군이 조선인 마을을 불질렀다. 이강년의 휘하 장졸들은 지리에 밝아서 산협에 기대어 싸웠다. 이강년은 안동에서 이겼고, 백담사, 용소동에서 이겼고, 청풍에서 붙잡혀 처형되었다.

열아홉 살 청년 신돌석申乭石은 경북의 바닷가 영해에서 백여 명의 민병으로 일어섰다. 신돌석은 동해안을 따라 울진, 삼척, 강릉, 양양을 아우르며 북상했고 청송으로 진격할 때는 군세가 천에 달했다. 날이 추워지고 군량이 떨어지자 봄에 다시 모이기로 하고 신돌석은 병을 해산했다. 신돌석은 부하의 집에 몸을 숨기고 봄을 기다리다가, 배신한 부하들에게 살해되었다.

이인영李麟榮이 원주에서 일어서자 수천의 민병들이 모였다. 이인영은 탐학하는 관료배들의 재산을 빼앗아 군자금을 조달했다. 이인영은 여러 고을의 의병들과 연합해서 통수 계통을 세우고 스물네 군진을 편성했다. 이인영은 서울을 회복하려고 동대문 밖에 병력을 집결시켰다. 이때 부친의 별세를 알리는 부고가 도착했다. 이인영은 상을 치르려고 문경으로 내려갔다. 부하들이 울면서 매달렸으나 붙잡지 못했다. 이인영은 문경에서 삼년상을 치렀고, 그후 노모와 처자식을 데리고 추풍령 아래 황간 산골에 숨어살다가 족적을 찾아 따라온 일본 헌병에게 체포되었다. 이인영은 경성감옥에서 죽었다.

이인영이 부친상을 당해 문경으로 내려간 뒤 이인영의 중군장 이은찬李殷瓚은 임진강 일대에서 세력을 이루었다. 이은찬의 세력은 수십 명에서 수백 명의 부대를 이루어 산악과 섬에서 유격으로 싸웠다. 국내에서 일본군의 토벌 작전이 가열해지자 이은찬은 간도로 들어가서 군사를 길렀다. 배반한 부하들이 군자금을 줄 터이니 서울로 오라고 이은찬을 유인했다. 이은찬은 열차를 타고 서울로 향했다. 용산역에 내리자 잠복하고 있던 일본 경찰들이 이은찬을 체포했다. 이은찬은 경성감옥에서 죽었다.

최익현崔益鉉은 국권회복을 위해 우선 임금의 성심聖心을 바르게 할 것을 거듭 상소했다. 그의 정조는 비통했고 문장은 거칠었다. 그는 말을 내질러서 글에 머뭇거림이 없었다. 임금은 '너의 충정을 알겠다'고 비답했고, 그의 말을 쓰지 않았다. 그는 당상의 벼슬을 버리고 초야로 돌아갔다. 최익현은 일흔네 살에 전북 태인에서 봉기했다. 최익현은 군진의 전개를 몰랐고 군사들은 의기충천했으나 명령을 받을 줄을 몰랐다. 일본군이 총검으로 밀어붙이자 군사들은 흩어졌다. 최익현은 대마도로 끌려가서 곡기를 끊고 옥사했다.

일본군은 달아나는 자들을 추적해서 퇴로를 끊었다. 수색대는 빗질을 하듯이 마을을 뒤졌고 의병에게 먹을 것과 옷가지를 준 백성들을 죽였다.

의병들은 소규모 부대로 흩어져서 산속으로 숨었고, 모여서 큰 군세를 이루면 일본군 부대를 기습했다. 일본군은 병영 앞에 모래 가마니를 쌓고 기관총좌를 설치했다. 의병 돌격대들은 기관총좌로 달려들다가 사격을 받고 쓰러졌다. 작은 부대들은 산속에서 굶어죽었고 싸움에 진 군장들이 이마로 바위를 들이받아 자살했다.

붙잡힌 자들은 일본군 부대 연병장에서 부대장의 재량으로 총살되었다. 이토는 조선에서 전사한 일본군 장졸의 명단과 공적 사항을 본국으로 보냈다. 메이지는 죽은 자들의 위패를 청일전쟁, 러일전쟁에서 죽은 자들의 위패와 야스쿠니신사에 합사하고 공물을 보냈다. 메이지는 사해가 평안하고 풍우가 순조롭기를 기원했다. 메이지의 황궁은 늘 고요해서 겨울에는 눈 쌓이는 소리가 들렸다.

이런 소식들이 안씨 문중의 술자리에 모였다. 사내들은 한 토막씩 말을 해서 이야기를 엮어나갔다. 이미 다 아는 일을 다시 말했고, 말할 때마다 처음 듣는 것처럼 귀를 기울였다. 먼 곳의 일이 집 마당에서 벌어진 일처럼 가깝게 들렸다.

술을 마시면서도 사내들은 어깨에 힘을 주고 똑바로 앉아 있었다. 김아려는 술상으로 안주와 토렴 국물을 날랐다.

밤이 늦으면 사내들은 촛불 빛 속에서 거뭇거뭇했다. 김아려는 이 사내들과 자신의 운명이 시국이라는 거수巨獸의 발자국에서 벗어날 수 없으리라는 것을 예감했다.

—이제 일본을 누가 막겠는가? 급한 일이다.

—백성들이 몸으로 부딪쳐서 될 일이 아닙니다.

—그렇게 되어가는구나. 그러니 급한 일이다.

사내들의 말은 가깝고 다급했지만, 말 끝난 자리의 허허로움을 다들 알고 있었다. 안중근은 몸속에서 들끓는 말을 느꼈다. 말은 취기와 뒤섞여 아우성쳤다. 안중근은 말하지 않고 술을 마셨다.

5

안중근의 어머니 조마리아는 며느리 김아려가 큰아들인 분도에게 어미의 정을 과도하게 베푸는 일을 나무랐다. 조마리아는 아이가 여름의 더위와 겨울의 추위를 스스로 즐거워하도록 키우라고 며느리에게 일렀다. 김아려는 겨울에도 아이를 아랫목에 덮어두지 않고 대청마루에서 놀게 했고, 여름에는 벗겨서 길렀다. 아이는 맨땅을 기면서 흙과 풀을 들여다보았고 봄의 냄새와 가을의 냄새가 다름을 알았는데, 아이는 아직 말을 할 수 없었으므로 아이의 앎은 혼자만 아는 것이었다. 아이는 어둠 속에 혼자 있어도 보채지 않고 혼자서 버둥거리며 놀았다. 젖꼭지를 깨무는 버릇이 있었는데, 볼기짝을 맞고도 고치지 못했다.

분도는 말이 느려서 돌이 지나서야 겨우 옹알이를 했다. 조마리아는 걱정할 일이 아니라고 며느리의 조바심을 달랬다.

—사내는 입이 무거워야 좋다. 말이 빠른 녀석들은 똥을 오래 못 가린다.

라고 조마리아는 말했다.

분도의 잇몸에서 하얀 젖니 두 개가 올라왔을 때, 식구들이 모여서 아이의 입술을 비집고 이를 들여다보았다. 이는 작지만 선명하게 박혀 있었다. 조마리아가 아이의 이에 손가락을 댔다. 아이가 입을 오므려서 손가락을 깨물었다. 조마리아가 크게 웃었다.

—아프다 아파, 이 녀석아. 네 아범도 내 젖을 많이 깨물었다. 네 어미 젖은 깨물지 마라.

아이의 몸이 여려서 안중근은 아이를 힘껏 안지 못했고, 자신의 몸이 깨끗지 못하게 여겨져서 아이의 볼에 입맞추기를 저어했다. 아이의 이를 들여다보면서 안중근은 빛을 떠올렸다. 그 빛은 빌렘에게 세례를 받던 때 멀리서 다가오던 빛과 같았다. 빛이 아이의 분홍빛 잇몸 속에서 젖니를 밀어올리고 있었다. 빛은 분명해서 빛을 증거하는 일은 쉬웠다.

그 빛 속에서, 안중근은 문득 삼남의 들판을 뒤덮은 시체들을 생각했다. 한곳에서 퍼져나오는 빛 위에 아이의 젖니와 삼남의 시체가 동시에 떠올랐다. 아이의 젖니를 밀어올리는 빛이 더 멀리 퍼져나가서 삼남 들판의 시체를 비추고 있었다. 농장기를 들고 일어선 사람들은 총 맞아 죽고 베어져 죽고 매맞아 죽고 얼어 죽고 굶어죽고 앞선 자들의 주검 위에 포개져서 죽었다. 시체들의 흩어진 살점과 터진 창자까지 빛 속에서 환히 보였다. 상처는 벌렁거리고 있었다.

아이를 들여다보는 식구들은 옹알이 사이사이에 젖니가 드러날 때 박수를 치며 웃었다. 큰 웃음소리가 대청마루에 울렸다.

아이의 젖니에 삼남 들판의 시체가 겹쳐서 보이는 환각을 안중근은 식구들에게 말하지 못했다. 언젠가 빌렘 신부에게 그 까닭을 물어보게 될 수도 있을 것이라고 안중근은 생각했다. 신부님은 알려나? 신부님도 모르려나?……

한동안 안중근의 조준선은 흔들렸다. 먼 짐승을 겨누면 표적 너머에 무언가 흔들려서 맞힐 수 없는 것들이 어른거렸다. 표적은 조준선 너머의 안개 속으로 녹아들어간 듯싶었다. 오른손 검지가 방아쇠를 당길 때 총구가 오른쪽으로 쏠리면 총알은 빗나갔다. 가늠쇠가 움직일 때 안중근은 실패를 예감했다. 짐승이 달아난 자리가 휑했고, 총구에서 연기가 피어올랐다. 골짜기를 울린 총소리가 잦아들고 나면, 표적을 맞히지 못한 총의 무게가 허허로웠다.

빌렘 신부는 고해성사를 마치고 사제관으로 돌아왔다. 토요

일에는 고해꾼들이 많아서 성사가 길어졌다. 신자들은 고해소에 꿇어앉아서 사제에게 죄를 고백하고 용서를 빌었다. 고해소의 가림막이 허술해서 가는귀가 어두워 목소리가 큰 노인들이 죄를 고백하는 소리가 고해소 밖에까지 들렸다. 순서를 기다리던 신자들이 킬킬 웃었다.

—웃지 마라. 네 죄하고 똑같구나.

—똑같아서 웃는다. 너는 왜 웃냐?

라고 떠들면서 사람들은 또 웃었다. 웃음소리가 고해소 안에 들렸다. 고해소 안에서 빌렘이 목소리 큰 노인을 나무랐다.

—작은 소리로 말하라.

빌렘의 목소리도 고해소 밖에 들렸다. 사람들은 소리를 눌러서 웃었다.

세습벌족으로 태어나 뒷짐지고 거들먹거리는 유생들이나 송곳 꽂을 땅도 없는 무지렁이들이나 죄의 규모는 차이가 있었지만 죄의 내용과 죄의 계통은 대체로 비슷해서 인간의 죄는 몇 개의 유형을 이루고 있었다. 그러하되 어떠한 유형에도 속하지 않는 내밀한 죄들을 다들 깊이 지니고 있을 터인데, 그 죄는 마음에 사무치고 몸에 인 박여서 인간은 결코 자신의 죄를 온전히 성찰하거나 고백할 수 없을 것임을 빌렘은 알고 있었다. 그런 생각이 떠올라서, 빌렘은 고해성사를 베풀 때마다 하느님께 민망했다. 죄인과 하느님 사이에서 사제의 자리는 늘 거북했다. 빌렘은 고백받지 못한 죄까지를 합쳐서 하느님께 고하고 용서를 빌었다.

안중근은 그날 저녁에 빌렘을 찾아왔다. 빌렘은 사제관 아궁이에 장작불을 때고 있었다. 안중근은 잉걸불을 화로에 담아서 방안으로 들여갔다. 빌렘은 책상 앞 의자에 앉고 안중근은 방바닥 화로 앞에 앉았다.

—고해를 하러 왔느냐? 오늘 성사는 끝났다. 다음주에 오너라.

—고해가 아니고…… 인사를 드리러 왔습니다.

—말하라.

—다음달에 우라지블라디보스토크로 가기로 했습니다.

빌렘이 의자에서 일어나서 방바닥으로 내려와 안중근 앞에 앉았다. 빌렘은 마음이 다급할 때 느리게 움직였다.

—거기에 무슨 연고가 있느냐?

—연고는 없습니다.

안중근은 연해주나 두만강 너머에 다녀오는 사람들에게 블라디보스토크에 대해 풍문처럼 들었다. 블라디보스토크는 러시아의 극동 해군항인데, 태산 같은 군함들이 정박해 있고 번화가에는 서양풍의 높은 건물이 줄지어 들어서 있으며, 거기 무도장에서는 살결이 흰 러시아 여자들이 먼바다에서 돌아온 선원들과 끌어안고 춤을 춘다고 했다. 술은 독한 화주火酒를 마시는데 찌르기가 면도날 같고 차가운 바닷물에서 나는 가재와 대구를 싼 값에 먹을 수 있다고 다녀온 사람들이 말했다.

거기는 일본의 밀정들이 숨어 있기는 하지만 일본 군대나 경찰의 힘이 미치지 못하고, 조선 땅에서 견디지 못한 조선인들이 모여서 분통을 터뜨리며 뒤숭숭한 세월을 보내고 있는데, 돈이 있으면 러시아와 중국에서 오는 총포와 탄약을 구입할 수 있다고 했다. 거기에 거주하는 조선인의 숫자는 말하는 사람마다 크게 달랐지만, 한국어로 신문을 발행할 만큼의 집단을 이루고 있었다.

잉걸불이 할딱거려서 빌렘의 얼굴은 달아올랐고 희고 검은 수염 속에 벌건 불빛이 스몄다. 연고는 없습니다……라고 말하면서 안중근은 그 연고 없고 가본 적 없는 이국 항구의 거리를 떠올렸다.

—거기는 왜 가느냐?

라고 빌렘은 물었는데, 그 대답을 기다리지는 않았다. 빌렘은 동학당과 싸우던 소년 안중근의 생명의 혈기를 기억하고 있었다. 자라면서 그 혈기는 순치되어 몸속 깊이 잠겼는데, 가끔씩 그의 눈빛에 어른거렸다. 안중근은 빌렘의 시선을 피해서 화롯불을 들여다보면서 말했다.

—거기서…… 동포들과 더불어…… 회복을 도모하려……

안중근은 말끝을 맺지 못했다. 안중근은 신부의 뜻이 블라디보스토크에 있지 않음을 예감하고 있었다. 안중근의 마음속에 펼쳐지는 거친 대륙을 빌렘은 짐작했다.

빌렘이 말했다.

—너는 조선에서 교육 사업에 힘쓰라. 그것이 나의 뜻이다. 선량한 신도와 착실한 국민을 길러내야 한다. 영혼을 구해야 나라를 구할 수 있다. 너는 기어이 우라지로 가려느냐?

안중근은 빌렘이 말하는 교육의 의미를 알고 있었다. 안중근은 대답하지 않았다. 안중근은 신부의 동의나 축복을 기대하지 않았고, 다만 인사를 하려고 온 것이었다. 빌렘의 말투 역시 혼잣말처럼 들렸다. 빌렘은 안중근을 붙잡을 수 없다는 것을 알고 있었다. 빌렘은 성호를 긋고 묵상했다.

……도마야, 악으로 악을 무찌른 자리에는 악이 남는다. 이 말이 너무 어려우냐? 네가 스스로 알게 될 때는 이미 너무 늦을 터이므로 나는 그것을 염려한다.

빌렘은 그 말을 안중근에게 하지 않았다. 잉걸불이 사위어가고 있었다. 안중근은 화로 속의 재를 쑤셨다.

이 세상이 끝나는 먼 곳에서 빌렘이 기도를 드리고 있고, 그 반대쪽 먼 끝에서 이토가 흰 수염을 쓰다듬고 있고, 그 사이의 끝없는 벌판에 시체들이 가득 쌓여 있는 환영이 재 위에 떠올랐다. 시체들이 징검다리처럼 그 양극단을 연결시키고 있었다.

……신부님은 여기에 계시렵니까?

라는 말을 안중근은 참았다.

빌렘이 말했다.

—너는 가기로 작정을 하고 나를 찾아왔구나. 나는 너의 사람됨을 알고 있다. 너의 영혼을 나는 가엾게 여긴다.

안중근이 일어서서 물러가려 할 때 빌렘은 돌아앉아서, 겟세마네의 예수를 향해 기도드리고 있었다.

안중근이 상해에서 돌아와 집에 머물 때 김아려는 세번째로 임신했다. 김아려는 거듭되는 임신이 밤이 되고 아침이 되는 것처럼 느껴졌다. 김아려의 배가 불러오자 조마리아는 며느리에게 칼로 생선을 자르거나 닭을 잡지 말라고 일렀다. 초상난 집이나 대장간, 푸줏간 쪽으로 가지 말고 찬 바람을 쐬지 말고 파, 마늘, 고추, 생강을 먹지 말라고 일렀다. 김아려는 숨어서 입덧을 했다. 몸의 먼 곳에서 구역질이 치밀었지만 넘어오는 것은 없었다. 분도를 남편이 없을 때 낳아서 남편 없는 시댁에서 길렀는데, 태어날 아이도 그렇게 되는 것인지를 김아려는 생각했다. 남편은 또 어디론지 떠날 것 같았다. 집에 와 있을 때도 남편은 늘 나그네 같았다. 남편에게는 넘어서지 못할 낯섦이 있었다. 김아려는 남편 앞에서 수줍어했다. 그 사내는 땅에 결박되어 있으면서도 땅 위에 설 자리가 없었다. 김아려는 남편의 운명을 감지하고 있었다.

안씨 문중의 사내들은 안중근의 블라디보스토크행에 가타부타 말이 없었으나 그것이 어쩔 수 없고 말릴 수 없는 일이라는 것을 알고 있었고, 외부에 알려지는 것을 꺼려했다.

안태건이 안중근을 불러서 말했다.

—우리는 너의 처를 걱정하고 있다. 젊은것이 자식까지 딸려서 서방 없이 시집살이를 하려면 그 심정이 어떠하겠느냐.

—제가 우라지에서 자리잡게 되면 처자식을 데려가겠습니다.

기약 없는 이야기라는 것을 말하는 안중근도 듣고 있는 안태건도 알았다. 안태건이 말했다.

—심란한 얘기다. 우라지가 어디냐? 거기서 살림이 되겠느냐?

시댁 사내들은 김아려의 눈치를 살피면서 말을 걸지 않았다. 김아려는 자신과 아이에게 와닿는 시댁 어른들의 연민어린 눈길을 느꼈다.

조마리아는 아들을 붙잡지 않았다. 왜 가느냐, 언제 오느냐, 거기서 먹고살 자리는 마련했느냐를 묻지 않았다.

—거기는 춥다던데, 너는 한뎃잠을 좋아하니 견딜 만하겠구나.

—잠은 어디서나 잘 잡니다.

—네 처가 가엾게 되었다. 성정이 고우면 속마음이 더 힘들다. 내가 잘 살필 터이니 그리 알아라.

안중근은 새벽에 떠났다. 짐은 겨울옷 한 벌에 책 몇 권뿐이었다. 천주교 기도서도 보따리에 넣었다. 갈 길이 멀수록 남편의 짐은 단출하다는 것을 김아려는 알았다.

김아려는 대문에서 남편과 작별했다. 분도는 방안에서 잠들어 있었다. 헤어질 때 무슨 말을 했는지 김아려는 기억하지 못했다. 안중근은 문중 사내 몇 명과 함께 새벽의 어둠 속으로 사라졌다. 멀어지는 남편의 뒷모습을 보면서 김아려는 남편이 결코 땅의 속박에서 풀려나지 못하리라는 예감에 눈물을 흘렸다. 마을 어귀까지 따라온 사내들은 개울가에서 돌아갔다.

황해도 신천에서 블라디보스토크로 가려면 먼저 서울로 가서 기차를 타고 부산으로, 부산에서 기선을 타고 함경남도 원산으로, 원산에서 기선을 갈아타고 러시아령으로 들어가야 했다.

부산으로 가는 기차를 기다리면서 안중근은 서울 명동대성당 아래 여관에서 이틀 동안 머물렀다. 명동성당은 남산 자락의 언덕 위에서 우뚝했다. 성당 건물은 오백 년 된 왕도王都에서 가장 높았고, 첨탑으로 하늘을 가리켰다. 안중근은 뮈텔 주교가 집전하는 새벽 미사에 참례했다. 일본 군인 몇 명이 미사에 와서 영성체를 했다.

안중근이 서울에 도착하기 며칠 전에 한국 통감 이토는 한국 군대를 해산했다. 강제해산 당한 한국군이 일본군과 도심지에서 싸우고 있었다. 이토는 한국 대신들을 겁박했고, 대신들은 황제를 몰아붙여서 군대 해산의 윤허를 받아냈다. 주둔군 사령관 하세가와가 무장해제의 과정을 지휘했다. 하세가와는 맨손체조 훈련을 하겠으니 서울의 한국군 병력은 모두 비무장 상태로 훈련원으로 모이라고 명령했다. 부대 지휘관들이 맨손의 병력을 인솔해서 훈련원에 모였다. 무장한 일본군이 맨손의 한국군을 에워싸고 해산을 통고했다. 훈련원에서 일본군 대대장의 구령에 따라 해산식이 진행되는 동안에 일본 군대가 병력이 없는 한국군 부대를 접수해서 무기를 가져갔다. 황제가 조서를 내려서 군인들을 달랬다.

—너희들은 나의 뜻을 헤아려서 각자 맞는 일거리를 찾아서 살아라.

황제는 이어 내각에 지시했다.

—군대를 해산시킬 때 폭동에 미리 대비하라. 혹시 폭동을 진압할 일이 있으면 이토 통감에게 의지하고 부탁하라.

이토는 전국의 한국군 지방 병력을 해산시키라고 각 도의 경찰관서에 지시했다. 여러 고을의 연병장에서 한국군 병력이 총검을 내려놓고 맨손체조를 하는 동안에 경관들이 무기를 수거했다.

군대가 해산되기 한 달 전에, 고종 황제가 헤이그에 밀사를 보낸 사실을 대한매일신보가 보도했다. 이토는 고종을 꾸짖어 퇴위시키고 그 아들 순종을 황제의 자리에 앉혔다. 새 황제가 해산하는 군인들에게 은사금을 내렸다. 하사에게 팔십원, 일 년 이상 근무한 병사에게 오십원, 일 년 미만자에게 이십오원이었다. 병사들이 돈을 찢으면서 통곡했다.

시위侍衛 1연대 1대대장 박승환朴昇煥이 명을 받지 않고 자살했다. 참위參尉 남상덕南相悳이 부대원들을 이끌고 거리로 나가서 일본군과 싸웠다. 일본군이 숭례문 문루에 기관총을 걸어놓고 쏘았다. 거리에 시체가 쌓였다. 한국군 병사들이 흩어져서 민가로 숨었다. 일본 군인들이 일본 여자를 앞세워서 민가의 내실을 수색했다. 잡히는 자들은 그 자리에서 때려죽였다. 달아나던 한국군 병사들은 고립된 일본 군인들을 만나면 묶어놓고 때렸다. 때려서 죽였다. 일본군이 대궐 문 양쪽에 기관포를 설치하고 한국 대신들의 집에 헌병을 세웠다. 일본군은 일본인 밀집 거주지역인 진고개의 경비를 강화했다. 한국 고관들이 가족들을 진고개 안쪽으로 옮겼다. 해산된 군인들이 의병 부대에 가세했다. 의병들은 전국 산골, 도회지, 섬에서 싸우다 죽었고, 저서 자살했고, 잡혀가서 죽임을 당했다.

서울에 머무는 이틀 동안 안중근은 진고개, 원구단圜丘壇, 숭례문, 서울역, 종로의 거리에 나가서 시가전을 들여다보았다. 안중근은 길모퉁이나 건물 안에 숨어서 거리를 살폈다.

한국군은 일본군에게서 뺏은 소총을 들고 싸웠다. 실탄이 떨어진 한국군 병사들이 소총에 착검하고 달려들다가 기관총에 흩어졌다. 신발이 없고 모자가 없고 총이 없는 병사들이 악을 쓰다가 쓰러졌다. 피가 흙에 스몄다. 한국군 병사가 길에서 똥을 누던 일본 군인을 등을 찔러 죽였다. 일본군이 상점을 부수고 들어가서 물건을 약탈했다. 인력거를 끄는 부대가 약탈품을 싣고 갔다. 일본 여자와 조선 여자가 머리채를 잡고 뒹굴면서 싸웠다. 날이 저물자 진고개 입구에서 일본 군인들이 대오를 맞추어서 거리에 앉아 경계병을 세워놓고 주먹밥을 먹었다. 명동성당의 저녁 종소리가 서울 도심으로 퍼져나갔다.

안중근은 저물어서 여관으로 돌아왔다. 동생 안정근安定根이 여관에서 기다리고 있었다. 안정근은 안중근보다 여섯 살 아래로, 서울 양정의숙에서 법학을 공부하고 있었다. 안정근은 어렸을 때부터 사려 깊었고 글공부를 좋아했다. 문중 어른과 마을 연장자들에게 공손했고 문중의 대소사를 꼼꼼히 살폈다.

아버지 안태훈은 씩씩한 큰아들을 대견히 여겼으나 큰아들은 늘 나돌아다녔으므로 집안일은 둘째 아들에게 의지했다. 안정근은 종로 남문동의 하숙방에서 형의 전보를 받고 시가전이 벌어진 도심지의 뒷골목을 걸어서 명동의 여관까지 왔다.

형제는 여관방에서 마주앉아 거리에서 사온 도시락으로 저녁을 먹었다. 안중근은 두만강 너머 대륙으로 가려는 계획을 동생에게 말했다.

—내일 아침, 서울역에서 기차를 타고 부산으로 가서 배를 타고 원산으로……

안정근은 형이 가려는 이유를 묻지 않았다. 그날 서울 도심에서 눈으로 본 일들이 형이 가려는 이유를 설명해주고 있었다. 안정근은 형이 여기에 남아서 함께 견디면서 함께 살기를 바랐다. 여기서나 거기서나, 견딜 수 없는 것들을 견뎌야 하기는 마찬가지일 듯싶었다. 안정근이 말했다.

—형님은 장자長子 아니오.

장자라는 말이 안중근의 가슴을 때렸다.

—대륙으로 건너가도 나는 여전히 장자다.

—어머니는 내가 모실 테지만 형수님과 아이들은 어찌하시려오.

—어쩔 수 없는 일을 자꾸 얘기하지 마라. 내가 자리잡히면 데려가겠다.

—형님, 가지 마시오. 여기서 삽시다.

—여기는 이미 이토의 땅이다. 나는 살아 있기 때문에 살길을 찾아가겠다. 이것은 벌레나 짐승이나 사람이 다 마찬가지다. 이것이 장자의 길이다.

안정근은 형이 의논하러 온 것이 아니고 통고하러 온 것임을 알았다. 안정근은 길게 말하지 않고 자리에서 일어섰다.

—그럼, 먼 길에 조심하시오. 어머님께 형님이 우라지로 가셨다고 전하리다.

안정근은 돌아갔다. 안중근은 어둠 속에서 누웠다. 총소리와 호각 소리, 고함소리, 빠르게 달려가는 말발굽 소리가 들렸다.

6

—지금 조정에는 국운을 의탁할 만한 신하가 없고 높은 관을 쓰고 옥관자를 드리운 자들은 모두 이토의 권세를 따르는 무리입니다. 방방곡곡에서 서러운 백성들이 농장기를 들고 일어서 왜에 맞서고 있으니 그 충절이 아름답고 의기가 장하나 대세를 돌이키기는 어렵습니다. 지금, 나라의 존망은 폐하의 성심에 달려 있습니다. 부디 성심을 바르고 굳건히 하시옵소서. 을사년 조약 때 임금을 핍박하고 조정을 능멸한 자들을 모두 어명으로 끌어내서 대한문 앞에서 목 베어 백성들에게 보이소서. 폐하의 칼로 책상을 내리치시며 위엄을 보이소서.

—너의 문장이 곧고 높음을 내가 모르지 않는다. 너는 천리

를 말한다마는 시세를 따르는 것도 또한 순리가 아니겠느냐. 임금이 천하를 헤아림은 서생이 문장을 짓는 일과 같지 않다.

—반역으로 나라가 망하고, 외침으로 나라가 주저앉았다는 역사는 서책에서 읽었으나, 문서를 써주고 나라를 넘기는 일은 만고에 없습니다. 폐하, 저들이 세력의 강약을 들어서 겁박을 해오면 오직 강상과 인륜으로 대항하소서. 오백 년 사직이 폐하를 외호하고 있사옵니다.

—너는 여러 상소에 대한 나의 비답을 보지 못했는가. 어찌 이리 번거롭게 구는가. 의義를 앞세워 웅대한 문장을 짓는 일은 임금의 일이 아니다. 돌아가서 수신에 힘쓰라.

—신은 충忠과 의義 두 글자를 우러르며 초야에서 통곡하고 있습니다. 지금 간사한 무리가 외국 군대의 위세를 업고 폐하를 위협하고 있습니다. 오직 성심을 바르게 하시고 폐하의 위엄으로 나라를 바로 세우소서.

—너의 충심을 알겠다. 너만 그리 말하고 있는 것이 아니다. 나는 이미 다 말했다. 임금은 같은 말을 반복하지 않는다. 무리를 지어서 울부짖으며 달려드는 백성들아, 서로 타이르고

이끌어서 집으로 돌아가 생업에 힘쓰라. 나는 어린아이를 달래고 꾸짖듯이 말한다. 아아 백성들아, 아아 백성들아.

이토는 조선 조정에서 군신 간에 오고간 상소와 비답의 대강을 알고 있었다. 황제의 지근에 있는 조선 관료들이나 상소를 올리고 황제의 답을 받은 자들이 그 내용을 통감부에 밀고해왔다.

이토는 일본의 추밀원 의장직에 내정되어 있었다. 이토의 후임 통감직에 소네曾禰가 오르리라는 소식이 들렸다. 이토는 조선을 떠날 채비를 하고 있었다.

이토는 후임 통감에게 줄 시정 권고 방침을 문서로 작성했다.

조선 군중의 소요를 진정시키지 못한 채 통감의 직을 넘겨주게 됨을 민망하게 여긴다. ……소요의 수괴들은 대부분이 유가의 사상을 가진 식자들이고 조선의 임금도 이 유생들의 세력에 크게 의지하고 있다. ……유자들은 대부분이 백수공권의 서생들로 물리력이 없지만 조선의 폭민들에게 미치는 감화력이 매우 커서 이를 경계하지 않을 수 없다. 조선 황제, 조선 유생, 조선 민중이 불온의 축이다. 그러므로 조선 유생 세력이 조선 황제에게 근접하는 통로를 차단하면 민중의 소요는 점차 무력화될 것으로 기대된다. 그러나 저항의 정신과 뿌리가 심원한 역사에 근원해 있으므로 돌출하는 저항에 대해서는 무단으로 대처하는 방안이 또한 작동되어야 한다. ……조선 통감은 일본 제국 천황의 직속으로 조선 황제를 대신해서 조선을 통치한다.

이토는 후임 통감에게 주는 문서를 비서관에게 맡기고 나서, 경시총감을 불러서 지시했다.

—위생에 관한 명령이다. 서울 도성 안 거리에서 방분, 방뇨를 금하라. 아동들도 포함시켜라. 집안의 분뇨를 길에 버리지 못하게 하라. 분뇨는 반드시 수거해서 처리장에 버리도록 행정을 조직해서 시행하라. 걸인과 부랑자들의 문전걸식을 금한다. 이들을 도성 밖에 수용하라. 훈령으로 알리고, 병력으로 단속하라. 같은 명령이 반복되면 권위가 훼손되어서 시행하기 어려워진다. 분뇨의 문제는 거듭 말하지 않겠다. 이번에 엄단해서 통감의 뜻을 보여라.

이토는 서울에 처음 부임했을 때 똥냄새에 질겁을 했다. 어른과 아이들이 길바닥에서 엉덩이를 까고 앉아 똥을 누었고, 집집에서 아침마다 요강을 길바닥에 쏟았다. 장마 때는 변소가 넘쳐서 똥덩이가 떠다녔다. 똥냄새는 마을 골목마다 깊이 배어 있었고 남대문 거리, 정동 거리에도 똥 무더기가 널려 있었다. 통감부 직원들이 밤길을 돌아다니다가 똥을 밟고 미끄러졌다는 얘기를 이토는 요정에서 술 마시다가 기생들한테서 들었다.

이토는 덕수궁에서 만난 조선 대신들을 불러 세우고 거리의 똥을 치우라고 말했다. 통감이 똥 문제를 이야기하자 조선 대신들은 얼굴을 돌렸다.

—통감 각하의 살피심이 이처럼 세밀하시니 두렵습니다.

—분뇨의 문제는 인의예지에 선행하는 것이오. 이것이 조선의 가장 시급한 당면 문제요. 즉각 시정하시오.

이토는 통감부와 조선 조정을 거듭 다그쳤으나 거리는 여전히 똥바다였다. 똥은 틀어막을 수가 없었고, 먹고 누는 일을 금할 수가 없었다. 통감부를 떠나면서 이토는 서울 도심에 공중변소를 늘리고 분뇨를 길에 버리는 자들을 엄단하라고 거듭 지시를 내렸다. 목숨의 안쪽에서 발생하는 것이므로 똥이란 당하기 어렵다……라고 이토는 속으로 중얼거렸다. 날마다 새 똥이 거리에 널려 있었다.

조선 조정은 떠나는 이토를 위해 칙사급의 송별연을 준비하고 있었다. 통감부의 고위직 관료들, 주둔군의 지휘부와 조선 조정의 내각 대신들과 민간인 대표들이 참석하는 자리였다. 음식은 조선식과 서양식의 절충으로 펼치고 조선의 장악부에서 여악女樂을 베풀기로 되어 있었다.

이토는 송별사 원고를 써오라고 관방에 지시했다. 유신維新으로 시간을 새롭게 하는 메이지의 개벽의 뜻을 앞세우고 동양 평화의 큰 틀 안에서 조선을 경영하는 일본의 대의를 밝히고 풍전등화의 위기에서 조선을 구원하려는 일본의 문명적이고 우호적인 역할을 강조하라고 이토는 지침을 내렸다.

이토는 관방에서 제출한 원고를 읽어보고 버렸다. 관방에서 글 잘 쓰기로 소문난 비서관이 작성한 연설문은 메이지의 존재를 추상개념에 가두고 있었고, 일본이 조선에 진출하는 대의를 말하면서 후생복리와 식산증진, 질서회복에 역점을 두고 있어 문명사적인 차원에 미달하고 있었다.

이토는 원고를 직접 쓰기로 하고 만년필을 들었다.

도쿠가와 막부의 말년에 미국의 흑선黑船이 에도 연안을 침범했을 때, 우리의 젊은 지사志士들은 그 검고 추악한 배의 출현이 무엇을 의미하는가를 알고 두려움에 몸을 떨었다. 우리는 다가오는 세기의 공포를 각자의 젊은 몸으로 느낄 수 있었다.

앎이 통절한 자들은 세상을 바꿀 수 있는데, 앎이란 곧 사물의 실상을 보는 정신의 작용이다. 실상을 보는 자는 몸 둘 자리를 알고 몸 쓸 방편을 스스로 안다.

이 세계는 인간이 만드는 구조물이다. 이것이 우리의 앎이다. 우리의 앎은 사물을 향해 나아간다. 이것이 제국의 길이다. 이제, 풍운은 울고 있다.

이 개벽을 서양인들은 혁명이라 일컫지만 제국의 깃발은 유신이다. 유신은 만세일계萬世一系의 황통皇統을 제국의 추기樞機로 삼는다. 황통은 제국의 체體로서 불가침하고 이 존엄의 핵심부는 고요하다.

추기는 천래天來의 은총이며 인간이 만드는 신성神性이다. 여기서 제국의 권능은 비롯된다.

이토는 쓰기를 멈추었다. 치솟으려는 문장의 숨을 죽여서 주저앉혀야 하는데, 한번 들뜬 문세文勢가 가라앉지 않았다. 제국정신 핵심부의 천기를 누설하는 것이 아닌가 싶었다. 조선 대신들도 참석하는 송별연의 자리에서 일본의 높고 깊은 부분을 말하기보다는 후임 통감의 시정에 도움이 되는 말을 해주는 것이 합당할 것이었다. 이토는 사환을 불러서 차를 마셨다.

……알아듣지 못할 자들이 많다. 쉽게 말하자. 이토는 만년필을 들어서 계속 써나갔다.

거듭 말하지만, 이 세계는 인간이 만드는 구조물이다. 제국은 동양천지에서 고래古來의 거악巨惡과 싸워가며 이 구조물을 제작하고 있다. 이것이 동양 평화의 틀이고 조선 독립의 토대이다. 조선은 스스로 이 틀 안으로 들어옴으로써 존망의 위기를 벗어나 황제와 백성이 함께 신생을 도모할 수 있다. 헛된 힘을 쓰지 마라. 쉬운 길을 두고 험로로 들어가지 마라. 제국은 미래를 향해 나아가고 있다. 조선은 닦여진 길로 들어오라. 조선의 사직은 제국의 품안에서 안온할 것이니 한때의 석민惜閔을 버리고 장대한 미래를 맞으라.

이토는 또 만년필을 놓았다. 글이 멀리 돌고 있었다. 글을 돌릴수록 군더더기가 많아져서 당면 문제의 핵심을 찔러 들어가지 못하고 문장이 너덜거리고 있었다.

……썩은 왕조의 탐학으로 껍질만 남은 조선 민중이 무너져가는 왕조를 이처럼 치열하게 옹위하고 있는 사태는, 어려운 일이다. 쉬운 일이 아니다……

이토는 다 버리고 다시 쓰기 시작했다.

지금, 조선의 병통病痛은 고루한 유생의 세력이 황실과 밀착하고 군중을 선동해서 소요를 일으키는 사태이다. 이 유생들은 대대로 산림山林에 칩거하면서 유수流水와 부운浮雲을 바라보면서 공맹의 치교治敎를 뇌까리며 사물을 외면하고 인간의 성리性理를 갑론을박하면서 음풍농월과 공리공론으로 허송세월해온 무리이다. 이자들은 사리에 우원迂遠하고 시무에 오활迂闊하다. 조선 유림의 사표師表로 일컬어지는 최익현의 고루함을 보라. 그가 이 세계의 물성에 관하여 무엇을 아는가. 그가 역사의 층위와 발전 원리에 관해서 무엇을 알고, 시대의 전개 방향에 대해서 무엇을 아는가. 그가 힘의 작동 원리를 아는가. 그가 웅장하고 허망한 언사를 설파함으로써 약동하는 세계의 풍운을 감당할 수 있겠는가. 이런 무리에게 시운을 기탁한다면 조선은 스스로 보전할 수 없다. 스스로 독립할 힘이 없는 자는 적대하는 여러 방면의 힘을 끌어들여서 그 완충의 자리에서 홀로 설 수 없다. 여러 힘들이 조선 반도에서 부딪치면 평화는 기약할 수 없다. 조선이 평화와 독립을 동시에 누릴 수 있는 길은 제국의 틀 안으로 순입하는 것이다. 이것이 조선의 독립이고 동양의 평화이다.

이토는 이 글이 사세를 조리 있고 알기 쉽게 설명할 것이라고 판단했다. 이토는 계속 써내려가서 연설문 원고를 끝냈다.

송별연은 경복궁 경회루慶會樓에서 열렸다. 이토는 연미복에 훈장을 달았고, 조선 대신들은 양복을 입었다. 주둔군 참모들은 군복에 칼을 차고 있었다. 기모노 차림의 예기藝妓들이 샤미센을 안고 왔다.

조선 대신 세 명의 전별사가 끝나고 이토가 연단에 올랐다. 이토는 준비된 원고를 따라서 읽다가 원고를 덮고 연설했다. 이토의 목소리는 떨렸다.

—조선인들은 중국을 섬겨왔으므로 열복悅服이라는 말을 알 것이다. 열복은 기뻐서 스스로 따른다는 뜻이다. 이제 조선의 독립을 보장하고 동양의 평화를 실현하려면 조선인들의 열복이 필요하다. 열복은 일본 제국의 틀 안으로 순입하는 것이다. 열복은 문명개화의 입구이고 동양 평화와 조선 독립의 기초이다.

연설 끝에 이토는 엣푸쿠열복, 엣푸쿠를 외쳤다. 음식을 물리고 나서 장악부에서 여악을 바쳤다. 조선 대신들은 춤을 바라보면서 고개를 끄덕이기도 했고, 먼 데를 바라보기도 했다. 자신의 연설이 조선 대신들에게 잘 스며들고 있지 않다고 이토는 느꼈다. 춤은 지루하게 이어지고 있었고, 주흥이 일지 않아서 분위기는 썰렁했다.

이토는 건배의 잔을 올리면서

—엣푸쿠, 엣푸쿠.

를 외쳤다. 조선 대신 몇 명이 엣푸쿠를 따라서 외쳤다.

이토는 다시 잔을 올리면서

—분메이카이카문명개화.

를 외쳤다. 조선 대신들이 잔을 올리고

—카이카, 카이카.

를 외쳤다.

이토는 송별연을 일찍 끝내고 남산 아래 천진루로 갔다. 사복 차림의 호위병들이 따라왔다. 이토는 내실로 모셔졌고 호위병들이 그 옆방으로 들어갔다.

―위스키를 다오.

기모노 차림의 조선인 기생이 술상을 들여왔다. 도미조림과 은행구이가 안주로 차려져 있었다.

이토는 혼자서 중얼거렸다.

―술이란, 참 좋구나.

이토가 조선인 기생에게 물었다.

―하나코는 안 나왔느냐?

―하나코는 비번입니다.

조선인 기생은 긴 머리를 한 갈래로 모아서 가슴 위로 늘어뜨리고 있었다. 머리 타래에서 윤기가 흘렀다.

―몇 살이냐?

―스물다섯입니다.

―영리해 뵈는구나.

기생이 머리를 숙였다. 가르마가 뽀얗게 드러났다.

―고향이 어디냐?

―전라도 만경입니다.

―좋은 고장이다. 들이 넓고 쌀이 많이 나온다. 거기에 너희 집 땅이 있느냐?

기생은 대답하지 않았다. 이토가 물었다.

―경도는 순조로우냐?

기생이 경도라는 말을 몰라서 이토를 쳐다보았다. 이토는 크게 소리 내서 웃었다. 웃음이 칼로 끊듯이 사라지고 이토의 얼굴이 하얗게 굳었다. 이토는 기생을 끌어안고 쓰러졌다.

7

두만강을 건너와서 안중근은 정주定住하지 않았다. 안중근은 간도와 러시아령의 내륙 산간 마을들이나 연해주의 바닷가를 다니면서 한인들이 사는 꼴을 살폈다. 안중근은 하바롭스크에서 기선을 타고 아무르강을 거슬러올라갔다. 강변의 선착장에 내려서 눈에 묻힌 마을에서 묵었다. 안중근은 마을들의 이름을 기억하지 못했다. 용건 없고 연고 없는 마을들이었으나, 눈으로 보고 발로 디뎌야 할 자리처럼 여겨졌다. 거기까지 이주해온 한인들이 서너 집씩 모여 있었다. 집들은 납작했다. 진흙과 돌을 섞어서 지은 집들이 담을 서로 기대고 있었다. 집집마다 여름 푸성귀를 새끼줄로 엮어서 처마밑 토담에 걸어놓았고, 사내들이 언 강에 구멍을 뚫고 낚시를 드리우고 있었다. 그들은 이동중에 내려

앉은 야생 조류들처럼 보였다.

이주한 지 얼마 되지 않은 사람들은 제 고장 말투를 지니고 있었다. 함경도 사람들은 함경도 말을 썼고 평안도 사람들은 평안도 말을 썼다. 전라도 말투도 있었다. 안중근이 한국어로 말을 걸면 우선 고향을 물어왔고, 그다음으로 행선지를 물었다. 안중근과 동향인 황해도 사람들은 쌀밥에 조껍데기술을 내놓았다. 울타리 밖에서 강물이 철썩거렸다. 아무르강은 넓어서 건너편이 보이지 않았고 흐린 하늘 아래서 강은 늘 검었다.

날이 저물면 안중근은 도주막都酒幕에 들었다. 도주막에서는 한 방을 예닐곱 명이 같이 썼다. 러시아인, 중국인, 만주인, 한인이 섞여 있었다. 도주막의 숙박객들은 소지품 보따리를 끌어안고 잠들었다. 자면서 코를 골았고, 마신 술을 토했고, 헛것에 가위눌려 소리를 질렀다.

이토를 어떻게 해서든지 눌러야 한다는 생각이 언제부터 마음에 자리잡은 것인지는 확실하지 않았다. 확실하지 않았으나 분명히 자리잡고 있었다. 그것은 어찌할 수 없는 골병처럼 몸속에서 자라나고 있었다. 멀리서 다가와서 넓게 퍼진 골병처럼 그것은 몸속에 자리잡고 있었으나 집어서 드러내 보일 수는 없었다.

도주막의 어둠 속에서 잠을 청하는 밤에, 안중근은 이토의 육

신에 목숨이 붙어서 작동하고 있는 사태를 견딜 수 없어하는 자신의 마음이 견디기 힘들었다. 이토의 목숨을 죽여서 없앤다기보다는, 이토가 살아서 이 세상을 휘젓고 돌아다니지 않도록 이토의 존재를 소거하는 것이 자신의 마음이 가리키는 바라고 안중근은 생각했다.

그렇다기보다도, 이토가 애초에 이 세상에 태어나지 않은 것처럼, 이토의 한 생애의 자취를 모두 소급해서 무화無化시키는 쪽이지 싶기도 했는데, 그 지우기가 결국 이토의 목숨을 제거하는 일이 되는 것인지는 생각하기가 머뭇거려졌다.

이토의 목숨을 제거하지 않고서, 그것이 세상을 헝클어뜨리는 작동만을 멈추게 할 수는 없을 것이었다.

그러니, 그렇기 때문에, 이토를 죽여야 한다면 그 죽임의 목적은 살殺에 있지 않고, 이토의 작동을 멈추게 하려는 까닭을 말하려는 것에 있는데, 살하지 않고 말을 한다면 세상은 말에 귀 기울이지 않을 것이고, 세상에 들리게 말을 하려면 살하고 나서 말하는 수밖에 없을 터인데, 말은 혼자서 주절거리는 것이 아니라 이 세상에 대고 알아들으라고 하는 것일진대, 그렇게 살하고 나서 말했다 해서 말하려는 바가 이토의 세상에 들릴 것인지는 알기가 어려웠다.

이 세상에서 이토를 지우고 이토의 작동을 멈춰서 세상을 이토로부터 풀어놓으려면 이토를 살할 수밖에 없는 것인지를 안중근은 어둠 속에서 생각했다. 생각은 어둠의 벽에 부딪혀서 주저앉았다. 생각은 뿌연 덩어리로 엉켜 있었다.

이토는 몸이 작고 이마가 넓고 턱수염이 많다는 얘기를 안중근은 황해도에서 들었다. 이토는 서울의 통감부에 있는데, 아무르강에서 서울은 멀어서 몸이 닿지 않는다는 것을 안중근은 도주막의 어둠 속에서 알았다.

……이토는 멀리 있구나. 이토는 덩치가 작다는구나……

도주막에서 하룻밤을 지낸 사내들은 아침에 흩어져갔다. 아무도 서로의 행선지를 묻지 않았다. 안중근은 선착장에서 하류 쪽으로 가는 배를 기다려서 탔다. 안중근은 하바롭스크에서 배를 내려 연해주 연추로 갔다.

1908년에 연해주의 한인들이 삼백여 명의 병력으로 의병대를 결성했다. 안중근은 참모중장參謀中將의 계급을 받고 우영장右營將의 직책으로 오십여 명을 거느렸다. 여름에 한인 의병대는 두만강을 건너서 함경북도 경흥의 산악고지로 출병했다.

출병 전날 병력은 두만강 북안에 모였다. 패퇴하는 러시아 군인들이 팔아먹는 무기를 밀매상들이 매집했고, 한인 재력가들이 그 무기를 사서 의병대에 제공했다. 무기들은 모두 두만강 연안으로 운반되었다.

출병 전에 안중근은 부하들에게 말했다.

—우리는 강토를 모두 잃고 어디로 가려는가. 이번에 한 번 싸워서는 성공하지 못한다. 이것은 분명하다. 우리는 승패와 유불리를 돌아보지 말고 싸워야 한다.

승산이 없다기보다는 처음부터 승산을 헤아리지 않은 싸움이라는 것을 대원들은 모두 알고 있었다.

안중근의 부대는 일본군 부대를 상대로 기획된 작전을 펼치지 못했다. 산속을 이동하다 마주친 일본군 분견대와 그들의 척후병 두어 명을 상대로 작은 전투를 벌였다. 쌍방에서 서너 명씩 죽고 다쳤다. 죽은 자들은 피아의 구별이 없이 쓰러져 있었다. 의병들은 죽은 일본군의 신발을 벗겨서 신고 군복을 벗겨서 입었다.

안중근의 장교들이 포로 세 명을 끌고 왔다. 두 명은 일본 사병이고 한 명은 민간인이었다. 포로들은 실탄이 들지 않은 소총을 지니고 있었다. 교전중에 도망치는 자들을 추격해서 붙잡아 왔다고 장교들이 포획 경위를 보고했다. 투항한 자들이 아니라는 것은 분명했다. 민간인 한 명이 왜 깊은 산속에서 전투를 수행하는 군인과 함께 있었는지는 알 수 없었다.

포로들은 다들 늙어 보였다. 그들은 강제로 전쟁에 끌려왔다며 빌었다. 이 지경이 된 것은 모두 어쩔 수 없는 일이었다고 울먹이며 말했다. 안중근 앞에서 포로들은 살기를 갈구하고 있었다. 포로들은 살아 있었다. 살기를 갈구하는 것이 살아 있다는 증거였다. 이자들을 죽여 없애는 것이 국권회복에 도움이 되는지를 안중근은 생각했다. 그 생각은 무의미하게 느껴졌다. 이자들을 데리고 다니면서 먹여줄 수는 없었고, 전투원으로 쓸 수도 없었다.

안중근은 말했다.

—너희들은 돌아가라. 돌아가서 포로가 되었던 일을 입 밖에 내지 마라.

포로들 중 선임병이 말했다.

—총기 없이 돌아가면 군법으로 처형됩니다. 어쩌면 좋겠습니까!

안중근은 포로들의 소총을 돌려주었다.

—가져가라. 가서, 발설하지 마라.

포로들은 돌아갔다.

장교들이 안중근에게 항의했다. 장교들은 일본군이 생포한 의병들을 학살한 사례를 들며 분노했다.

—우리는 적을 죽이려는 목적으로 이 고생을 하고 있는 것 아니오!

—포로를 죽이는 것은 다른 문제다. 너희들은 여러 말을 하지 마라.

장교 한 명은 추종자들을 데리고 부대를 떠났다.

석방된 일본군 포로는 부대로 돌아가서 안중근 부대의 위치와 병력 규모를 보고했다. 일본군 부대는 즉각 출동했다. 석방된 자들이 선두에서 길을 인도했다. 회령에서 일본군이 사방을 포위하고 조여들어왔다. 안중근 부대는 대항하지 못했다. 장교들은 포로를 풀어주어서 부대의 위치가 노출된 것이라고 안중근에게 들이댔다. 안중근 부대는 지휘 통제가 허물어져서 예닐곱 명씩 무리를 지어서 흩어졌다. 산속을 헤매다가 우연히 두어 명씩 만났고 또 헤어졌다. 투항해서 포로가 되자는 대원과 집단자살하자는 대원이 싸웠다. 장맛비가 며칠째 쏟아졌고 안개가 끼어서 봉우리도 골짜기도 보이지 않았다. 풀뿌리를 캐 먹고 열매를 따먹었다. 옷을 찢어서 다친 발을 싸매고 걸었다. 닭 소리나 개 소리가 들리면 민가로 내려가 밥을 얻어먹었다.

안중근은 출병한 지 한 달 반 만에 두만강을 건너서 러시아령 연추로 돌아왔다. 산속에서 흩어진 대원들은 한두 명씩 연추로 돌아왔고, 또는 돌아오지 않았다. 작전의 성과는 없었다. 의병대원들은 저마다의 열혈과 충정으로 자원입대한 사람들이었지만 의기義氣가 치열할수록 명령에 따르지 않았고 군율로 통제하기 어려웠다. 반도의 면면촌촌에서 죽음을 잇대면서 무너지고 또 일어서는 의병 부대들을 안중근은 생각했다. 계통이 없고 대열이 없는 복받침이었다. 한없는 죽음이었고 한이 없을 죽음이었지만, 국권회복은 죽음을 잇대어서 이룰 수 있는 일은 아닐 것이었다.

산속에서 붙잡은 일본군 포로들을 그때 죽였어야 옳았던가를 안중근은 스스로 물었다. 안중근은 그 물음에 대답할 수 없었다.

러시아령 연추는 두만강의 끝이다. 백두산에서 거기까지 흘러온 두만강이 동해와 만나는 어귀에 녹둔도가 들어앉아 있었다. 강 건너편 경흥 땅에는 강가에 작은 포구 마을들이 몇 개 들어서 있었는데, 러시아령 쪽으로는 인기척이 없었다. 삼백여 년 전에 조선의 장군 이순신이 녹둔도에 쳐들어온 여진족을 물리쳐서 그 전승비가 남아 있었고, 녹둔도 앞 서수라 마을의 우암 봉수는 동북면 봉수의 시발점으로 봉수는 두만강을 거슬러올라갔다가 다시 동해안으로 내려가 안변에서 반도를 가로질러 서울 남산에 닿았다.

조선의 자취는 거기까지였고 강을 건너서 러시아령으로 들어가면 거기서부터 블라디보스토크까지 무인지경의 벌판이 펼쳐지는데 흉년에 거덜나고 탐학에 뿌리 뽑힌 조선의 세민細民들이 오래전부터 강을 건너와서 마을을 이루었다. 조선 이주민들은 낮은 땅에 물을 가두어 벼를 심었고 물을 댈 수 없는 땅은 돌을 골라내고 콩을 심었다. 러시아의 지방정부는 악착스럽게 일하는 한인들의 이주를 막지 않았다.

연추에서 안중근은 한인들의 집에 기식하거나 여관에 묵었다.

안중근이 물색없이 포로를 살려주어서 기습 공격을 자초하게 된 것이라고 연추로 돌아온 대원들이 말을 퍼뜨렸다. 연추에서 안중근은 운신할 수 없었다. 사람들과 더불어 세력을 일으키기는 점점 어려웠고 혼자서 가야 하는 길은 보이지 않았다. 연추에서 안중근은 늘 엎드려 있었고, 가끔씩 마을에 나가서 멀리서 온 소식들을 귀동냥했다. 소식들은 엇갈렸고 출처가 없는 소문은 더 빨리 퍼졌다. 그해 겨울은 뒤숭숭했다.

이듬해, 이토가 곧 만주에 온다는 소문이 연추의 한인사회에 퍼졌다. 미국 신문에 실린 기사를 청나라 신문이 옮겨서 실었고, 그 기사를 읽었다는 사람이 말을 퍼뜨렸다. 러시아 신문에 나고 만주의 지방신문이 옮겨 실은 기사를 읽었다는 사람도 있었다. 일본 신문은 이토가 한국 통감 자리를 내놓고 한직인 추밀원 의장 자리로 옮겨가서 풍류 목적으로 만주를 여행하는 것이라고 보도했고, 러시아 신문은 이토의 방만訪滿 목적은 철도 시찰인데, 이토가 철도를 시찰하는 의도는 동양을 경영할 구도를 짜려는 것이라고 보도했다고, 러시아 신문을 읽을 수 있는 사람이 말했다. 이토는 곧 온다는데 곧이 언제인지, 어디로 오는지 왜 오는지는 아무도 알지 못했으나 사람들은 이토를 기다리는 것처럼 수군거렸고, 수군거리는 날들이 계속되자 이토가 온다는 것은 기정사실로 되었다.

연추의 날들은 답답했다. 10월 중순의 저녁 무렵에 안중근은 하숙집에서 날짜 지난 일본 신문 한 조각을 보았다. 하숙집 주인의 친척이 품팔이 일자리를 잡아서 서울에서 연추로 왔는데, 그때 이삿짐에 묻어온 신문 조각이었다. 제호가 찢겨나가서 무슨 신문인지는 알 수가 없었으나, 발행 일자는 1909년 2월이었다. 여덟 달쯤 전에 나온 신문이었다.

거기에 고려 왕궁 만월대의 폐허를 순행하는 순종과 이토의 사진이 실려 있었다. 멀리서 찍어서 얼굴을 알아볼 수는 없었지만 사진 중앙에 일산이 보여서 그 밑이 순종이고 그 옆이 이토임을 알 수 있었다. 칼 찬 일본군 장교가 직각 보행 자세로 따르고 있었다.

순종과 이토의 뒤쪽으로 무너진 만월대 계단이 보였고 호종대열이 사진의 중앙에 늘어서 있었다. 계단 너머의 폐허가 하늘과 잇닿아 있었다. 오백 년 전에 멸망한 고려 왕조의 폐허가 오늘 아침의 멸망처럼 보였다. 안중근은 일산 옆을 유심히 들여다보았다. 이토가 거기에 있었다.

……이것이 이토로구나.

사진 속의 이토는 체구가 작아 보였다.

……듣던 대로, 이토는 덩치가 작구나. 이것이 이토의 몸이로구나.

신문은 '황제를 시행侍行하시는 이토 공'이라는 제목을 붙이고 있었다. 안중근은 신문 조각을 접어서 천주교 기도서 갈피에 넣었다.

만월대에서 찍은 이토의 사진은 벼락처럼 안중근을 때렸다. 벼락이 시야를 열었다. 몸속의 먼 곳에서 흐린 구름처럼 밀려다니던 것이 선명한 모습을 갖추고 눈앞으로 다가왔다. 이토의 몸이 안중근의 눈앞에 와 있었다.

……시간이 없구나. 연추를 떠나자. 운신할 수 있는 자리로 가자. 내 몸을 내가 데리고 가서 몸을 앞장세우자. 몸이 살아 있을 때 살아 있는 몸으로 부딪치자……

신문 속 이토의 사진을 보면서 안중근은 조준점 너머에서 자신을 부르는 손짓을 느꼈다.

우선 블라디보스토크로 가서 이토의 일정에 대한 정확한 정보를 수집해야 했다. 얼마 전까지만 해도 이토를 죽여야 한다는 생각은 내내 분명하지 않았다. 이토를 죽여야 한다는 생각은 자각증세가 없는 오래된 암처럼 마음속에 응어리져 있었는데, 만월대의 사진을 보는 순간 암의 응어리가 폭발해서 빛을 뿜어내는 것 같았다. 안중근은 몸을 떨었다.

안중근은 10월 19일 아침에 하숙집을 나왔다. 안중근은 방향이 맞는 마차를 얻어 타고 연추의 포시예트항으로 갔다. 포시예트는 작은 어항이었다. 어선들은 먼바다로 나가지 못하고 가까이 오는 물고기를 잡았다.

포시예트항에서는 이 주일에 한 번씩 기선이 블라디보스토크를 왕래했다. 기선은 석탄 수송이 주업이었고, 그 남은 자리에 여객을 태웠다. 기선은 출항 시간이 일정하지 않아서 미리 온 승객들은 선창 앞 여관에 묵었다.

안중근이 포시예트항 부두에 도착했을 때 블라디보스토크로 가는 기선은 이미 탑승을 마감하고 시동을 걸어놓고 있었다. 안중근은 겨우 배에 올랐다. 배는 해안선을 바싹 끼고 북으로 올라갔다.

블라디보스토크에 도착한 안중근은 바로 대동공보사에 들렀다. 대동공보사에는 딱히 볼일 없는 한인들이 약속도 없이 불쑥 찾아와 한나절씩 시국담을 늘어놓거나 한인사회에 떠도는 파벌들 간의 험담을 전했다. 대동공보는 일본 신문, 중국 신문, 러시아 신문에서 조선 관련 기사들을 뽑아서 한글로 번역해서 뉴스면을 만들었고 상해, 북경, 서울에서 오는 여행자들이 전하는 소식을 실었다. 이강李剛 주필이 매호 논설을 썼고, 간도와 연해주 지역 한인 식자들의 투고를 실었다. 대동공보는 일주일에 두 번 발행되었는데, 중국 내륙 도시들과 미주 한인사회에까지 우송되었다. 조선 국내로 반입된 대동공보는 대부분 통감부가 압수했으나 몇 부는 시중에 퍼졌다.

저녁 무렵의 편집실은 한산했다. 이강 주필이 직원 한 명을 데리고 여러 신문들의 기사를 검색하고 있었다. 안중근은 이강과 안면이 있었으나 이강의 지식인다운 풍모에 거리감을 느끼고 있었다.

—이걸 좀 봐. 이토가 하얼빈에 온다는군.

이강 주필이 일본 신문 한 장을 안중근 앞으로 내밀었다. 기사는 일본 내각의 공식 발표를 인용하고 있었다. 이토는 10월 하순께 하얼빈에서 러시아 재무장관 코콥초프와 회담할 예정이었다. 신문은 이토의 만주 방문은 개인 자격의 여행인데, 유람중에 남만주철도를 시찰할 예정이라고 전했다. 신문 1면 상단에 이토의 인물 사진이 실려 있었다.

이강이 말했다.

—안선생, 어떤가?

안중근은 이강이 무엇을 묻고 있는지 알 듯도 했으나 대답하지 않았다. 이강은 더이상 묻지 않았다. 이토의 얼굴 사진을 들여다보면서 안중근은 숨이 막혔다. 이토의 얼굴은 차가운 평면의 느낌이었다. 턱수염이 무성했다.

……이것이 이토의 이목구비로구나. 보통 사람과 아무 차이 없구나……

남만주철도를 시찰한다면 이토는 시모노세키에서 기선 편으로 대련에 와서, 열차를 타고 봉천, 장춘을 거쳐서 하얼빈으로 올 것이었다.

블라디보스토크에서 하얼빈으로 가려면 만주의 내륙을 서북

쪽으로 관통해야 했다. 여러 산맥과 강들과 산골 마을의 정거장들을 지나는 철도가 안중근의 눈앞에 펼쳐졌다. 철도는 눈과 어둠 속으로 뻗어 있었다. 그 먼 끝에서 이토가 오고 있었다. 멀리서 반딧불처럼 깜박이는 작은 빛이 다가오고 있는 느낌이었다. 빛이라기보다는, 거역할 수 없이 강렬한 끌림 같은 것이었다. 두 박자로 쿵쾅거리는 열차의 리듬에 실려서 그것은 다가오고 있었다. 문득 빌렘에게 영세를 받을 때 느꼈던 빛이 생각났다. 두 개의 빛이 동시에 떠올라서 안중근은 이토의 사진을 들여다보던 눈을 감았다.

이강이 말했다.

—이토는 추밀원 의장 신분인데, 개인 자격의 여행이라니 어불성설이오. 게다가 러시아 재무장관을 하얼빈에서 만난다고 하니까, 청국과 조선을 제치고 무슨 흥정을 하려는 것이 틀림없소. 아마도 만주횡단철도의 관리권에 관한 협상이 아닐까 싶소.

이강은 늘 지식인의 어조로 말했다. 이강의 정세 분석을 안중근은 건성으로 듣고 있었다. 이토가 온다는 것은 중대한 일이었지만 이토가 왜 오는지는 안중근이 알 필요가 없을 것이었다. 왜 오는지는 중요하지 않았다. 그것은 이토에게만 중요했다.

—그렇겠습니다. 그렇겠군요. 신문을 가져가도 됩니까?

—다 본 것이니, 가져가시오.

안중근은 이토의 기사가 실린 신문을 주머니에 넣고 대동공보사를 떠났다.

안중근은 우덕순禹德淳의 하숙방으로 갔다. 이토가 하얼빈에 온다는 소식을 듣자 왜 우덕순의 하숙방으로 발길이 향했는지는 알 수 없었으나, 그것은 왜, 라기보다는 그렇게 되어질 수밖에 없는 일이었다.

지난해에 안중근이 연해주 일대에서 모집한 병력으로 두만강을 건너서 조선 땅으로 진공할 때 우덕순은 총을 들고 따라왔다. 그때 안중근은 의군義軍 참모중장의 직위를 맡고 있었다. 안중근은 그 직위가 너무 커서 민망했다. 회령에서 일본군 부대와 부딪쳐서 패전했을 때 우덕순은 안중근 부대 하부의 대원이었다. 우덕순은 안중근으로부터 멀리 있었다.

우덕순은 말수가 적고 부대 안에서도 늘 혼자서 떨어져 있었다. 우덕순은 의병대원들의 목청 높은 시국담에 끼어들지 않았고, 투쟁의 대의를 말하지 않았다. 우덕순이 싸움의 대열에 끼어든 것을 사람들은 의아하게 여겼다. 우덕순은 제 손으로 밥을 벌어먹듯이 혼자서 싸우는 사람처럼 보였다. 산속 어디에선가, 이름을 알 수 없는 나무 열매를 따와서 먹으라고 내밀던 우덕순의 모습이 안중근의 기억에 남아 있었다. 회령에서 흩어질 때 우덕순은 부대를 떠났고, 혼자서 두만강을 다시 건넜다.

안중근이 블라디보스토크에 와보니 우덕순이 먼저 와 있었다.

안중근과 우덕순은 회령에서 흩어지던 일을 말하지 않았다.

우덕순은 기묘생 토끼띠로 안중근과 동갑이었다. 연해주의 한인 거리에서 가끔씩 마주치면 서로 반말을 쓰기도 했지만 우덕순은 안중근의 마음의 힘을 느끼면서 어려워했다.

우덕순의 하숙방은 블라디보스토크 북쪽의 영세민 밀집 지역이었다. 이층짜리 슬래브 건물 안이 벌집처럼 나뉘었고 칸마다 세입자가 들어 있었다. 우덕순의 방은 일층으로 길가에 쪽문이나 있었다.

안중근이 문을 두들기자 우덕순이 쪽문으로 얼굴을 내밀었다. 초저녁잠이 들었던지 부스스했다.

—들어오라.

—아니다. 나오라.

안중근은 우덕순을 대게를 안주로 파는 술집으로 데려갔다.

우덕순은 대동공보사의 수금원이었다. 신문 구독자들의 집을 찾아다니면서 구독료를 받아서 회사에 입금시키는 것이 우덕순의 일이었다. 세 번, 네 번 찾아가야 구독료를 받을 수 있었고 떼어먹고 이사가는 사람도 있었다. 우덕순은 한 달에 십 루블을 월급으로 받았다. 우덕순의 하숙비는 한 달에 십팔 루블이었다.

수금 일이 없는 날 우덕순은 목판에 담배를 담아서 목에 걸고 번화가에 나가서 팔았다. 담배팔이 수입이 대동공보사 월급보다 많았으나, 대동공보 수금원은 명예직처럼 여겨졌고 고정급이 나왔다. 블라디보스토크로 오기 전에 우덕순은 러시아 내륙의 광산촌을 돌아다니면서 내복이나 장갑, 양말을 팔았고 광부들에게 물품을 사다주는 심부름을 했다. 우덕순은 명색이 대동공보사 직원이었지만, 편집실의 인텔리들과는 어울리지 않았다. 우덕순은 일주일에 한 번씩 회사에 가서 수금한 돈을 입금하고 바로 돌아갔다. 대동공보사의 급료가 너무 적어서 우덕순은 다음달쯤에 회사를 그만둘 작정이었다. 우덕순은 서울에 두고 온 처자들에게 일 년째 송금하지 못했다. 우덕순은 탄광촌으로 들어가서 행상을 하려고 숙소를 알아보고 있었다.

안중근은 등대가 바라보이는 술집에서 우덕순과 마주앉았다. 찐 대게와 가리비를 안주로 시켰다. 대게는 굵은 다리가 세 뼘이 넘었고 가리비는 손바닥만했다. 우덕순은 과음하는 편이었다.

안중근이 우덕순의 잔에 보드카를 따라주며 말했다.

—먹어라. 우라지 대게는 영덕 대게보다 세 배는 크구나. 속이 꽉 찼다.

—바닷물이 차가워서 물고기들이 탄탄하다.

—난 아버지 돌아가신 후에 술을 끊었는데, 오늘은 한잔하겠다.

안중근이 제 손으로 보드카를 따라 마셨다. 그리고 주머니에서 신문을 꺼내 우덕순 앞으로 내밀었다. 우덕순은 일본 글이 서툴러서 읽기를 더듬거렸다.

우덕순이 말했다.

—이토가 온다는 얘기냐?

—그렇다. 하얼빈으로 온다.

—온다고?

항구 앞 루스키섬의 등대 불빛이 어둠을 휘저었다. 불빛은 술집 안까지 들어왔다. 불빛이 스칠 때 우덕순의 얼굴은 벌겋게 달아올랐다.

8

메이지는 하얼빈으로 떠나는 이토에게 여행중에 마시라고 사케와 마른 생선을 하사했다.

—이번 여행으로 경의 시심詩心이 맑아지기를 바란다. 풍류 속에서 경륜이 무르익겠구나.

라는 옥음과 함께였다.

도쿄에서 시모노세키까지는 열차로, 시모노세키에서 대련까지는 기선으로, 대련에서 여순, 봉천, 장춘을 거쳐서 하얼빈까지는 다시 열차로 이동하게 되어 있었다. 메이지유신 이후에 동양의 바다와 대륙은 한길로 이어져 있었다. 이토는 그 이어짐의 의미를 깊이 새겼다. 등대와 철로가 이어지면서 동양은 새로 만들어지고 있었다.

—이번 여행은 만유漫遊다. 모처럼 이국의 경관과 풍류를 즐기려 한다. 황송하옵게도 폐하께서 이번 여행에 어주御酒를 내리셨다. 폐하의 당부대로 망가진 시심을 회복하려 한다. 그리 알고, 과도한 보도를 삼가달라.
라고 이토는 기자들에게 당부했으나 언론은 이토의 만주 여행에 무거운 정치적 의미를 부여하고 있었다.

시모노세키로 가는 열차는 신바시역에서 출발했다. 기모노를 입은 조선 황태자 이은이 시종들을 거느리고 이토를 배웅했다. 공작, 백작 내외들이 그 자식들을 데리고 역에 나와서 이토에게 눈맞춤을 시켰다.

추밀원 의장 비서관, 궁내성 비서관, 외무성 비서관과 주치의가 공식 수행했고 이토의 가종家從들이 따라왔다. 현지 경호는 대련의 관동도독부 주관으로 경유지의 병력이 맡기로 했다.

이토는 프록코트 차림에 지팡이를 들었다. 이토는 얼굴 가득히 미소를 깔고, 플랫폼에 한 줄로 늘어선 배웅객들과 차례로 악수했다. 악수의 사이사이에 이토의 얼굴에서 웃음기가 가시고 맨얼굴이 돌아왔다. 맨얼굴이 드러날 때 이토는 멀리 있는 사람처럼 보였다.

열차가 신바시역을 떠날 때 배웅 나온 사람들이 만세를 불렀고 열차가 사라진 쪽을 향해 손을 흔들었다.

기선 데쓰레이마루鐵嶺丸는 10월 16일 오후 한시에 시모노세키를 떠났다.

승선 전에 기자들의 요청으로 사진 촬영이 있었다. 시모노세키의 지방 관리들이 이토 옆에 관등순으로 서서 사진을 찍었다.

십사 년 전, 청일전쟁에서 노대국老大國 청은 늙고 비대한 몸집을 추스르지 못하고 무너졌다. 청의 극동 병력은 작동되지 않았다. 그때 이토는 청나라 북양대신北洋大臣 이홍장李鴻章을 시모노세키로 불러서 항복받았다. 청은 대련을 떼어내서 일본에게 넘겼고 전쟁배상금을 물었다. 그때 청은 조선에 대한 수백 년 종주권을 포기하고 조선의 '독립'을 일본에 약속했다. '독립'은 조선 문제에 간여하지 않겠다는 뜻이었다. 그해에 동학 수괴 전봉준이 붙잡혀서 처형되었고 일본 낭인들이 경복궁을 습격해서 조선 왕비를 죽였다. 시모노세키에서 이토는 이홍장을 압박해가면서 조선 사태를 멀리서 뒷감당하고 있었다. 대련으로 가는 배를 기다리다가 이토는 그때의 일들이 떠올랐다. 청나라는 무너져가고 있었지만 이홍장은 대국의 권력자답게 항복문서에 조인할 때도 위엄이 있었다. 그것은 난해한 조화였다. 그때 이홍장과 먹던 시모노세키의 복어탕과 사케 맛도 다시 살아나고 있었다. 세계를 만들어가는 사업은 달리는 차창처럼 지나간 풍경과 닥쳐올 풍경이 이어져 있었다.

배는 조선 반도의 서남단을 우회해서 바다가 거칠지 않으면 대련까지는 오십여 시간이 걸려서 18일 오후 네시쯤 도착할 예정이라고 선장이 보고했다.

목포를 멀리 돌아나가자 조선 반도의 연안이 보였다. 저녁의 어스름 속에서 반도의 연안은 희끄무레했다. 연안은 다만 저무는 물 위에 뜬 한줄기 산맥의 흔적일 뿐이어서, 거기서 벌어지는 살육과 저항을 바다에서는 상상하기 어려웠다.

이토는 선실에서 메이지가 하사한 사케를 마셨다. 뱃전에 부딪치는 파도가 물보라를 일으켜 선창을 때렸다. 바다는 캄캄했다.

……일본, 중국, 조선 사이의 바다를 제국의 기선이 이처럼 다니고 있으니, 동양은 이미 가지런하다.

이토가 생각에 잠겨 있는데 추밀원 의장 비서관이 들어와서 일정을 보고했다. 대련에 도착한 후에는 특별열차가 머무는 경유지에서 전승지, 관동도독부 공관, 박람회장, 상공회관, 일본 거류민 단체를 시찰하는 일정이 있었고 숙박지에서는 저녁마다 환영연과 교민 대표 접견, 기념 연설이 예정되어 있었다. 이토는 보고를 중단시켰다.

—이번 만주 방문은 풍류 여행이라고 나는 이미 말했다. 그러므로 러시아 재무장관과의 용건은 공식적으로 발표하지 마라.

비서관이 수첩을 꺼내 이토의 지시를 받아 적었다.

—대련, 여순 지구에서 지난 십여 년 동안 피아의 피가 강처럼 흘렀다. 전승지를 참배하더라도 전운戰雲의 기억을 되살리지 말고 유혈을 위무하는 방향으로 여론을 유도하라.

—시찰 일정에 학교 방문을 여러 건 넣어라. 학동들에게 줄 선물도 넉넉히 준비하라. 학용품과 먹을 것을 두루 갖추어라. 평화의 실상을 보여라. 내가 학동들의 머리를 쓰다듬어주겠다. 메이지 폐하께서도 전국 순행중에 여러 학교를 몸소 방문하시었다.

이토는 추밀원 의장 비서관을 돌려보내고 궁내성 비서관을 불렀다. 이토는 지시했다.

—기념 연설문은 평화를 중심으로 해서 작성하라. 일본 제국이 설정하는 평화의 틀 안에서 동양 삼국과 러시아가 조화롭게 온존할 수 있고, 문명개화의 혜택을 누릴 수 있으며, 일본은 이 틀을 강고히 할 중대한 책임이 있음을 밝히라. 문명은 선진에서 후진으로 흐르는 것이며 평화와 문명개화가 같은 방향임을 말하되, 언사를 숙여서 순하게 하라.

지시를 마치고 이토는 궁내성 비서관에게 술 한 잔을 주었다.

—마셔라. 폐하가 내리신 술이다.

비서관이 무릎을 꿇고 잔을 받아 마셨다. 비서관은 자정이 넘어서 돌아갔다. 발해만 어귀에서 바다는 물결이 높았다. 이토는 파도의 흔들림에 몸을 맡기고 깊이 잠들었다.

데쓰레이마루는 예정 시간에 대련항에 도착했다. 비가 내리고 있었다. 부두 맞은편 언덕에서 축포가 올랐다. 불꽃이 항구 위로 흩어졌다. 데쓰레이마루가 접안하는 동안에 환영 나온 거류민 대표들이 보트를 타고 나서서 기선 주변을 돌면서 만세를 불렀다.

관동도독부 고등관이 부두에서 이토를 맞았다. 이토가 배에서 내릴 때 군악대가 기미가요君が代를 연주했고 환영객들이 합창했다. 황동빛 관악기가 햇빛에 번쩍였다.

도독부 서기관이 이토의 궁내성 비서관을 통해서 의전과 경호에 관한 사항을 통고해왔다.

—이토 공작이 통과하거나 숙박하는 지역의 일본 관공서와 일본인 가정은 일장기를 게양한다. 거리의 요소要所에는 큰 일장기를 교차로 게양한다. 공관의 판임관 이상 관리와 각급 학교 학생 및 중요 시민들은 역에 나와서 환영 환호한다. 단, 소학생들은 야간에는 나오지 아니한다.

—대련의 연회장 참가자들은 모두 프록코트나 하오리, 하카마를 입는다.

—연회장 문 앞에 전등 간판을 설치한다.

—여흥으로는 예능을 갖춘 게이샤가 데오도리手踊를 추고 육군 군악대가 연주한다.

—전승지 방문의 의전과 경호는 별도의 지시에 따른다.

이토는 만주에 거주하는 중국인, 러시아인들의 정치 정서를 고려해서 의전과 경호의 수준을 낮추라고 도독부에 요청했다. 도독부 고등관은 경호에 무장 병력을 동원하려던 계획을 기마경관으로 격하시켰으나 나머지 의전 절차는 원안대로 유지했다.

—제국의 위엄을 과시해야 하고 승전 후 최초로 본국의 위인을 맞는 거류민들의 자발적 존경심의 표출을 막을 수 없다.

라고 고등관은 문서로 보고해왔다. 이토는 더이상 말리지 않았다. 이토는 비서관에게 말했다.

—도독부 관리들에게 소리 내지 말고 매끄럽게 하라고 전해라. 이것이 중요하다.

도독부 관리들이 모여서 이토의 본심이 어디에 있는지를 놓고 수군거렸다.

9

안중근을 만난 다음날, 우덕순은 대동공보사에 사직서를 냈다. 회사에서 어디로 갈 작정이냐고 물으면 담배팔이에 전념하려 한다거나 광산촌으로 가서 행상을 하겠다고 대답하려고 했는데, 아무도 우덕순의 향방을 묻지 않았다.

안중근이 하숙방으로 찾아와서 술을 사주면서 이토가 하얼빈에 온다는 말을 했을 때 우덕순은 안중근이 왜 왔는지를 대번에 알았다. 안중근은 우덕순에게 동행할 것인지를 대놓고 물어보지 않았고, 우덕순도 같이 가자고 대놓고 말하지 않았다. 안중근이 이토의 만주 방문을 알리는 신문을 보여주었을 때, 우덕순은 안중근과 함께 가기로 되어 있는 운명을 느꼈다. 자신의 생애는 이 불가해한 운명의 예감에서 벗어날 수 없으리라고 우덕순은 생각했다. 그 예감은 이토를 쏘아야 한다는 뚜렷하고 밝은 목표로 귀결되고 있었다. 이토를 쏘면 이토는 그 사격의 결과로 죽게 될 것이었고, 총알이 급소를 치지 못해서 이토가 죽지는 않더라도 총을 쏜 이유를 말할 자리는 마련될 것이었는데, 우덕순은 총알이 급소에 정확히 박히기를 원했다.

그날, 우덕순과 술집에서 마주앉았을 때 안중근은 우덕순을 찾아온 이유를 설명할 필요가 없음을 저절로 알았다.

우덕순의 사직서는 즉각 수리되었다. 경리 직원이 전별금이라면서 흰 봉투를 내밀었다. 우덕순은 거리로 나와서 봉투를 열었다. 전별금은 십 루블이었다. 하숙비 십칠 루블이 밀려 있었다. 우덕순은 전별금으로 받은 십 루블을 하숙집 주인에게 주었다. 남은 칠 루블은 언제 갚을는지 알 수 없었다.

우덕순은 안중근의 거처로 갔다. 안중근의 방은 마당 모퉁이에 들어선 별채였다. 나무들이 창문을 가려서 방안은 종일 어두웠고 새들이 나무에서 퍼덕거렸다. 블라디보스토크의 새 울음소리는 조선의 새 울음소리와 같았다.

—들어오라.

안중근은 기다리고 있었다는 듯이 우덕순을 방안으로 들였다. 온돌방 위에 앉은뱅이책상을 놓고 안중근은 우덕순과 마주앉았다. 안중근이 흰 종이를 펼쳐놓고 연필로 만주 지도를 그렸다. 엉성한 그림이었다.

안중근은 대련항에서 하얼빈으로 오는 철로를 표시했고, 블라디보스토크에서 만주를 가로질러 하얼빈으로 가는 철로를 표시했다. 철로는 하얼빈에서 만나고 있었다. 안중근이 말했다.

—하얼빈은 만주의 중심이다. 이토는 대련에서 북상해서 하얼빈으로 오고 우리는 우라지에서 서행해서 하얼빈으로 간다. 러시아 재무장관 코콥초프는 모스크바에서 하얼빈으로 온다.

우덕순이 안중근이 그린 그림을 들여다보면서 말했다.

—그렇구나. 일본은 대련에서 크게 이겼는데, 이토는 대련에서 또 하얼빈으로 오는구나.

—나는 하얼빈에 가본 적이 없다. 자네는 간 적이 있는가.

—나도 간 적이 없다.

한동안 침묵이 흘렀다. 안중근과 우덕순은 서로의 시선을 피해서 벽 쪽을 바라보았다. 안중근은 침을 삼키고 나서, 머뭇거리다 말했다.

—자네는 왜 나를 따라나서는가? 왜 이토를 쏘려고 하는가.

—그런 것은 말할 필요 없다. 앞으로도 말하지 말자.

거기까지 말하고 나니까 말을 이어가기가 쉬워졌다. 우덕순이 물었다.

—이토는 지금 어디 있는가.

—이토는 이미 대련에 들어왔다. 내일이나 모레쯤 전용열차로 북행할 것이다. 오늘 아침 대동공보사에서 정보를 얻었다.

—시간이 없구나.

우덕순이 혀로 마른 입술을 적셨다. 안중근이 냉수를 우덕순 앞으로 내밀며 물었다.

—자네는 권총이 있는가?

—있다. 광산촌에서 행상질 할 때 호신용으로 사둔 것이다. 중고품을 팔 루블 주고 샀다. 거기서는 다들 총을 지니고 다닌다. 좋은 물건은 아니지만 쓸 만하다.

—총알은 몇 발 있는가?

—세 발 있다. 처음에 열 발 있었는데, 일곱 발로 꿩을 쏘고 세 발 남았다.

—권총으로 꿩을 쏘는가?

—꿩이 가까이 왔을 때 쏘았다. 모두 한 방에 맞혔다. 한 마리는 먹었고 나머지는 팔아서 밥을 사 먹었다.

—꿩을 쏘고 남은 총알로 이토를 쏘는구나.

우덕순이 소리 없이 웃었다. 웃음은 엷게 얼굴에 번졌다.

—우습지만 그렇게 되었다. 겨누어 쏘기는 마찬가지 아닌가.

—총을 많이 쏘아보았는가?

—많이 쏘지는 않았다. 나는 사냥꾼이 아니지만 이토는 꿩보다 덩치가 크니까 어렵지 않을 것이다.

안중근이 소리 내어 웃었다.

—그렇겠구나. 그렇겠어. 나는 이토의 덩치가 너무 작아서 어

렵겠다고 생각했다.

—그것은 좋지 않은 생각이다.

둘은 마주보며 웃었다. 웃음은 흐렸고 소리 끝이 어둠에 스몄다.

—총알 세 발은 너무 적지 않겠나. 좀더 구할 수 있겠나?

—세 발은 많지 않지만, 적지도 않다. 세 발이면 적당하다. 이토는 경호원을 여럿 데리고 있을 테니까 아마도 나는 세 발 이상은 쏘지 못할 것이다. 근접할 수만 있다면 세 발 이상은 필요 없다. 경호원이 많아도 먼저 쏘는 자를 당하지는 못한다. 그것이 총이다.

너는 참으로 총을 아는 자로구나……라는 말을 안중근은 참았다. 맞을 수도 있고 안 맞을 수도 있지만 총은 한번 쏘면 돌이키지 못한다. 생각에 잠긴 안중근에게 우덕순이 물었다.

—자네는 몇 발 가지고 있는가.

—일곱 발짜리 탄창 한 개다. 그리고 몇 발 더 있다.

—다 쏠 수 있을까? 탄창을 갈아 끼울 시간은 없을 것이다.

—총을 많이 쏴본 사람 같구나.

—몇 번 쏴보면 다 알 수 있다.

우덕순이 잠시 말을 멈추고 안중근이 그린 지도에서 하얼빈을 손가락으로 가리켰다.

—대륙의 철도가 모두 하얼빈으로 모이는구나.

—조선 반도의 철도도 압록강을 건너서 하얼빈으로 이어진다.

—이토는 철도를 좋아한다는데, 하얼빈역 철길은 총 맞기 좋은 자리다.

—나도 철도를 좋아한다. 쏘기도 좋은 자리다.

어둠 속에서 둘이 다시 마주보며 소리 없이 웃었다. 웃음은 짧게 스치고 지나갔다.

—역마다 경비 병력이 많이 깔릴 것이다.

—나는 달아날 생각이 없으므로 그것은 문제되지 않는다. 나는 쏘기만 하면 된다. 근접할 수 없다면 이토의 열차를 쏘겠다.

너는 일을 할 줄 아는 자로구나. 그러나 달아나지 않는 것보다 세 발 안에 마무리하는 것이 중요하다. 조준선이 흔들려서는 안된다……라는 말을 안중근은 또 참았다.

—돈은 얼마나 가지고 있는가?

—오 루블이 전부다. 밀린 하숙비가 칠 루블인데, 하얼빈으로 가면 갚을 길이 아예 없다. 집주인한테는 말을 못했다.

—내가 곧 여비를 마련하겠다. 그때 돈을 좀 줄 터이니 밀린 하숙비를 갚아라.

—고맙다. 나는 돈을 마련할 길이 없으니 그리 알아라.

—알았다. 여비는 내게 맡겨라.

—생업이 없이 떠도는 사람이 어찌 돈을 구할 수 있겠는가?

무슨 방편이 있는가?

—그런 것은 말하지 않겠다. 앞으로도 묻지 마라.

안중근과 우덕순은 밤에 다시 만났다. 둘은 그날 밤 안중근의 방에서 함께 잤다. 잠이 들 때까지 둘은 아무 말도 하지 않고 어둠 속에 누워 있었다. 우덕순이 뭐라고 잠꼬대를 했다.

대륙의 산맥과 강 위로 뻗어나간 철도들이 어둠 속에 펼쳐졌다. 철도의 저쪽 끝에서 이토는 오고 있었다. 그날 밤 안중근은 깊이 잠들었다.

10

이토의 마차 행렬은 대련시 중심부를 통과했다. 도독부 민정장관, 만주철도 총재, 비서관들이 동승했고, 그 뒤로 수행원들이 탄 마차가 따랐다. 기마헌병대가 대열의 선두를 인도했다. 행렬의 양옆에는 서양식 고층 건물 사이로 중국식 건물, 러시아풍 건물이 늘어서 있었다.

네거리에 대형 일장기가 교차 게양되어 있었다. 프록코트와 기모노를 차려입은 일본인들이 거리에 나와서 일장기를 흔들며 만세를 불렀다. 이토의 행렬은 시내의 간선도로를 동서로 지나가고 남북으로 지나가고 외곽으로 돌면서 환영을 받았다.

점심시간에 이토는 공립학교를 시찰했다. 교장과 교직원들이 일장기를 들고 정문에 도열해서 이토를 맞았다.

교장실에 군복을 입은 메이지의 어진이 걸려 있었다. 이토는 교직원들과 함께 어진에 배례했다.

학교장이 설명판을 세워놓고 학교의 연혁과 현황을 보고했다. 이토는 교직원들에게 훈시했다.

—본국에서 멀리 떨어져서 이국인들 틈에서 자라나고 있으니, 생도들의 정서가 퇴폐와 방종으로 흐르지 않도록 교육하라.

교장이 전교생 이백여 명을 운동장에 집합시켰다. 이토와 교장은 구령대 위에 차일을 치고 앉았다. 일동이 음악 교사의 오르간 반주에 맞추어 기미가요를 합창했다.

이토는 일어서서 함께 불렀다.

임의 시대는
천년만년 동안
자갈이 바위가 되어
이끼가 필 때까지

체육 교사의 지도로 생도들이 체조를 펼쳤다. 타격 동작을 율동으로 바꾼 격술 체조였다. 교사의 호루라기에 맞추어서 오와 열이 전개되었다.

체조가 끝나고, 이토가 또 생도들에게 훈시했다.

—제군들의 용모가 단정하고 동작이 절도 있고 규칙이 엄정함

을 알겠다. 강인한 정신은 반듯한 외양으로 나타난다. 그러므로 몸을 바르게 하라. 지금 처해 있는 자리가 인간의 근본이다. 제군들의 자리는 학교이고 가정이고 마을이고 국가이다. 그래서 제군들은 국가에 속해서 혼연일체이다. 이것이 수신修身의 요체다.

생도들이 박수 쳤다. 생도대장이 대표로 감사의 말씀을 올렸다. 이토는 전교생에게 기념품으로 연필과 센베이를 주었고, 성적이 우수한 세 명에게 특별상으로 영어 사전을 주었다.

환영연은 공회당에서 열렸다. 공회당 마당에 만국기가 걸렸고 정문에 'welcome'이라고 적힌 간판의 전등이 켜졌다. 이토가 중앙 테이블에 앉고 청국 공사, 러시아 공사와 그 부인들이 옆에 앉았다. 도독부 고등관, 대련시 관리들이 섞여서 앉았고 군복을 입은 무관들도 보였다. 사내들의 기름 바른 머리가 번들거렸고 여자들의 화장품 냄새가 자욱했다. 시내 유명 요정에서 선발된 게이샤들이 테이블을 돌며 포도주를 따랐다.

러시아 공사가 이토에게 영어로 말했다.

—공작께서 멀리 와주시고 또 옆자리를 허락해주시니 영광이다.

이토가 영어로 대답했다.

—러시아와 전쟁을 치른 자리에서 러시아 공사와 이처럼 만나서 술잔을 나누니 평화의 감미로움을 알겠다.

대련 시장이 이토에게 기념 연설을 부탁했다. 이토는 자리에서 일어섰다.

—모처럼 한가한 시간을 얻어서 풍류 여행에 나섰는데, 러시아와 청국에서 여러 고관들이 이처럼 나를 맞아주시니, 여러 나라가 문명의 혜택을 공유하기를 원하고 있음을 알겠다. 이제, 동양에 있어서 고래古來의 모든 역사는 물러가고 새로운 미래가 열리고 있다. 문명의 길에서는 앞선 자가 선의로써 뒤처진 자를 개발 유도할 책무가 있다. 나는 이 책무를 수행함으로써 동양의 평화를 이루고자 한다.

일본인 관리들이 연설 중간중간에 박수 쳤다. 이토가 손짓으로 박수를 제어했다. 러시아와 청나라 외교관들이 머뭇거리면서 박수 쳤다. 예기들이 샤미센 반주에 맞추어 춤을 추었다.

이토는 밤늦게 호텔로 돌아왔다. 대련 상공인 협회에서 보낸 건의서들이 호텔 로비에 도착해 있었다. 이토는 침대에 비스듬히 누워서 건의서를 읽었다. 위인의 방문에 감읍하고 위인의 용모와 업적을 찬양하는 문장이 길게 이어진 뒤에 건의 사항들이 적혀 있었다. 대련의 상공인들은 금융기관 설립에 본국에서 투자해줄 것, 대련-인천, 대련-시모노세키 항로의 운항 횟수를 늘리고 운임을 낮추어줄 것, 공산품 박람회에 자금을 지원해줄 것, 거류민의 의견을 수렴하는 기구를 만들어줄 것 등을 건의했다.

이토는 비서관을 불러서 건의서를 넘겨주었다.

—내각총리대신 관방으로 이첩하라. 다만, 진정 내용이 모두 건실하고, 나의 방문길에 접수된 민원이니, 우선적 배려가 있기를 바란다고 전해라.

전승지 백옥산白玉山 참배 행사는 필수 인원만으로 단출하고 경건하게 진행하라고 이토는 지시했다. 이동 대열은 마차 열 대였다. 기마헌병대가 선도했다.

이토의 대열은 대련에서 여순 쪽으로 길을 잡아 백옥산을 향했다. 여순 도심지 중앙로에는 관동도독부, 관동군 사령부, 관동군 헌병대가 들어서 있었고, 그 너머에 일본 고위 관리들의 주택단지와 요정들이 잇닿아 있었다.

백옥산 아래서 이토는 마차에서 내렸다. 이토는 준비된 가마를 물리치고 걸어서 백옥산 정상으로 올라갔다.

이토는 백옥산 신사에 향을 피우고 절했다. 흐르는 연기 속에서 이토는 오랫동안 혼자서 고개를 숙이고 서 있었다. 신사에는 여순 전투에서 죽은 일본군 이만여 명의 유골이 봉안되어 있었고 충혼탑이 세워지고 있었다. 이토는 신사에 금일봉을 주고 203고지로 향했다.

청일전쟁을 치를 때 일본군은 조선 반도 서해에서 이기고 성환에서 이기고 평양에서 이기고 압록강에서 이겼다. 그때 이토는 여러 고위 문관직을 두루 거치고 있었다. 이토는 날마다 승전보를 전하는 군대의 사기에 비위를 맞추어가며, 전쟁의 결과에 개입하려는 서양 여러 나라들의 압력에 대처하고 있었다. 거듭 이기고 나면 그 결과를 외교적으로 감당하기는 더 어려워질 것이었으나 메이지 자신도 거듭되는 승전에 들떠 있었다. 메이지는 히로시마로 대본영을 옮겨서, 전장에 가까이 감으로써 몸소 참전하는 모습을 보였다.

평양에서 청나라 군대는 일만 이천의 병력과 중화기로 평양성 안에 진지를 구축했다. 청나라 병사들은 조선 백성들을 약탈하고 강간하고 불지르고 논밭을 짓밟았다. 청나라 군대는 무겁게 버티었고 일본 군대는 가볍게 찔러 들어갔다. 일본 군대는 새벽에 평양성을 넘어 들어왔다. 평양은 불바다가 되었고, 불길이 잦아들자 가루가 되었다. 백성들이 달아나는 청나라 군대의 은신처를 일본 군인에게 알려주었다. 평양에서 청나라 군대는 패잔병들도 살아남지 못했다. 평양성의 조선 관리들은 청나라 편도 일본 편도 백성의 편도 아니었다. 평양 관리들은 평양성에서 청군과 일군이 전투를 시작하기 전부터 처자식들을 데리고 인근의 산속으로 들어갔다가 청나라 군대가 패해서 달아난 후에 평양성으로 돌아왔다. 평양성 관아 마당과 거리에 시체가 널렸다. 그해 가을은 더워서 시체는 빨리 썩었다. 군복을 벗겨간 시체는 어느 나라 군인인지 구분할 수 없었다. 썩은 시체들이 뭉개져서 흘러내렸다. 성으로 돌아온 관리들이 백성을 부려서 시체를 성 밖으로 끌어내고 관아를 물청소했다. 청나라 군대의 주력은 압록강을 건너서 달아났다. 육군이 평양에서 이긴 다음날 일본 해군은 서해에서 이겼다. 평양 전투에 앞서 경기도 남양만 풍도楓島 앞바다에서 싸움이 벌어졌다. 해전은 원거리 포격전으로 시작되었다. 일본 해군의 포격은 정확했고, 화력이 집중되어 있었다. 청나라 군함들은 발사 때마다 선체가 크게 흔들렸고, 조준이 빗나갔다. 청나라 군함이 가라앉을 때 물에 빠진 청병 수백 명이 헤엄을 쳐서 풍도에 올라왔다. 청병들은 대부분 사지가 온전하지 못했다. 섬까지 헤엄쳐온 부상병들은 갯벌에 올라서자 기진해서 죽었다. 풍도에 사는 조선인 주민들이 청군의 시신 수백 구를 묻었다고 하는데, 묻은 자리는 확인되지 않았다.

일본 함대와 청나라 함대가 풍도 앞바다에서 근접하고 있을 때, 남양만 갯벌의 바위벼랑 위에서 조선의 요망병瞭望兵 한 명이 하루종일 먼바다를 바라보고 있었다. 요망병은 갯벌에서 바지락을 줍던 늙은이였는데, 관에 징발되어 있었다. 요망병의 임무는 바다의 특이 사항을 관찰해서 관에 보고하는 일이었다.

수평선 안쪽에서 연기 몇 줄기가 올라왔다. 배들이 파도 위에서 들락날락했다. 바람이 불어서 연기의 줄기들은 뒤엉켰다. 요망병은 눈을 끔벅이며 계속 들여다보았다.

요망병이 벼랑에서 내려와 동헌으로 달려가서 마당에 엎드려서 고했다.

—수평선에서 배 같은 것들이 보였다 안 보였다 했습니다. 검은 연기가 올랐습니다. 배들은 북쪽으로 향했고 연기는 남쪽으로 흘러갔습니다.

원이 말했다.

—알았다. 돌아가라.

원이 요망병의 보고를 감영에 올렸다. 관찰사가 지침을 내렸다.

—늙은이를 세우지 말고, 눈 밝은 젊은이를 내보내라. 계속 요망하라.

이토는 조선 남양만 갯벌 요망병들의 존재를 통감 부임 후에 알게 되었다.

—조선에 눈 밝은 백성들이 많은 모양이구나.

이토는 조선 모든 연안의 요망병 운영 실태를 조사해서 보고하라고 지시했다. 보고는 올라오지 않았다.

서해에서 이긴 일본 해군은 청나라 북양함대의 모항인 여순을 공격했다. 청군은 여순항에 백오십 문의 대포를 배치하고 있었다. 일본 해군은 원거리에서 포격했고, 포격이 끝나자 육전대가 상륙했다. 여순은 쉽게 무너졌다. 청군이 패퇴하자 일본군은 여순 전역에서 학살을 벌였다. 늙은이, 임신부, 어린아이, 불구자와 개, 고양이, 말, 당나귀를 모두 죽였다. 포로를 생포하지 않고, 투항하는 자들까지 모두 죽였다. 이 학살의 전술적 목표는 잔적殘敵 소탕이었다. 일본군은 시가지에 시체로 방벽을 쌓고 그 뒤에 기관총좌를 들여앉혔다.

시가지 소탕전이 끝나고 일본군은 전승 축하연을 열었다. 축하연은 청나라 군대의 사령부와 예하 부대의 연병장에서 열렸다. 일동이 전사자들을 위해 묵념했고 사단장이 병사들의 노고를 치하했다. 기미가요를 불렀고 천황 폐하 만세를 삼창했다. 병사들에게 사케와 마른오징어가 지급되었다. 술 취한 병사들이 사단장, 연대장, 대대장들을 차례로 헹가래쳤다. 지휘관들은 공중에 떠서 네 활개를 펼치며 '반자이만세!'를 불렀다. 병사들이 지휘관을 목말 태워 시체가 쌓인 시가지를 돌며 반자이 반자이를 외쳤다.

전쟁의 결과가 섬멸적인 압승일수록 제삼국의 개입을 차단하기가 쉽고 새로운 판도를 기존 질서로 정립시키기가 쉽다는 것을 이토는 청일전쟁이 끝나고 서양 여러 나라들과 외교 분쟁을 겪으면서 알게 되었다. 그것은 수십만의 주검을 치르고 얻은 피의 교훈이었다.

구 년 뒤 내각 수뇌부들과 함께 러일전쟁을 기획할 때 이토는 그 결과가 압도적이고 불가역적인 것이 되도록 설계했다. 개전의 가장 큰 명분은 '조선의 독립을 보호한다'는 것으로 정해서 세계에 공포하기로 했다.

이토는 새벽에 입궐해 메이지를 알현하고 전쟁을 주청했다. 메이지는 이것저것 물어보지 않고 그 자리에서 전쟁을 재가했다. 만세일계하는 존엄의 핵심부는 늘 텅 비어 있고 고요해서 작동함에 거침이 없었다. 황궁 숲에는 나뭇잎 떨어지는 소리가 들렸고 눈 쌓이는 소리가 들렸다.

도고 헤이하치로가 지휘하는 일본 함대 열다섯 척은 사세보항에서 발진해서 여순으로 향했다. 전투 개시 직전에 도고는 각 함선에 신호를 보내서 알렸다.

―제국의 흥망은 이 일전에 달려 있다. 제군들은 용전분투하라.

일본 해군은 분투했다. 여순항 안에 정박해 있던 러시아 함대는 항만 밖으로 나오지 못하고 발이 묶였다. 일본 해군은 대마도 앞바다에서 이기고 여순에서 이겼다. 육군은 만주로 진출했다.

203고지에서는 여순 시가지가 내려다보였다. 시가지는 잘 구획되어 있었고 도로들이 반듯했다. 붉은 벽돌로 지은 일본 관청 건물들이 시가지의 요소를 차지하고 있었다. 항구의 갈매기들이 도심까지 날아왔다. 갈매기들이 낮게 날 때 여순은 문득 평화로워 보였다.

203고지에서 이토는 수행원들과 아무런 말도 하지 않았고 기념 촬영도 하지 않았다. 전승지 방문이 아직은 공포할 만한 일은 아닐 것이라고 이토는 판단했다. 백옥산 신사의 납골당에 안치된 일본군 전사자 유골이 이만이라고 하고 삼만이라고 하는데, 흙이 되고 재가 되었으므로 죽은 자의 숫자는 알 수가 없고, 혼연일체가 되어서 한덩어리로 죽었으므로 죽은 자들이 개별적으로 떠오르지는 않았다.

이토는 그 죽음들의 덩어리를 향하여 향을 피우고 절했다. 거기까지 수행해온 헌병대장이 시를 지어서 이토에게 바쳤다.

뼈는 바스러져 흙으로 돌아가고
넋은 별이 되어 창공에서 빛나네

시상詩想이 긴장되어 있었고 대구를 맞추는 솜씨가 가지런했다. 이토가 헌병대장의 솜씨를 칭찬했다.

—무인의 시가 아름답다. 슬프고 씩씩하구나. 붓글씨로 써서 족자를 만들라.

이토에게도 시상이 떠올랐다.

이백삼고지, 만 팔천 뼈
하늘에는 흰구름 오가는구나

성벽에 남아 있는 공수攻守의 흔적
흙속에 피가 얼룩져 있다

피로 바다와 땅을 적셔서, 대련, 여순은 제국으로 돌아왔고 만주로 가는 입구가 되었다. 철도는 여순에서 하얼빈으로 가고 하얼빈에서 전 세계로 뻗어가고 있었다.

이토는 초저녁에 호텔로 돌아왔다. 추밀원 의장 비서관이 들어와서 남은 일정을 보고했다. 몸이 피곤하고, 하얼빈에서의 일들이 중요하므로 남은 일정을 축소하고 휴식 시간을 늘리라고 이토는 지시했다.

궁내성 비서관이 들어와서 러시아 재무장관 코콥초프는 예정된 일정대로 하얼빈으로 향하고 있고, 하얼빈에서 유익한 만남이 되기를 기대하고 있다는 전문을 보내왔다고 보고했다.

도독부 고등관이 들어와서 통감부에서 보내온 조선 정세를 보고했다.

나주, 광주, 포천, 황간, 순창, 안악에서 조선 폭도들이 황군皇軍 부대를 공격했다. 경남 통영에서 폭도들이 항구에 정박한 군수 보급선을 공격해서 불질렀다. 소요사태가 남해안의 섬으로 번져서 황군은 경비선 열여섯 척을 도서지역에 배치했다.

육전에서 패퇴한 폭도들이 소규모 부대로 흩어져서 지리산으로 잠입했다. 황군은 지리산 외곽을 봉쇄했다.

조선인 폭도 수괴 스무 명을 경성감옥에서 처형했다……

이토는 위스키 두 잔을 마시고 잠들었다.

11

하얼빈으로 가는 열차는 10월 21일 아침 여덟시 오십분에 블라디보스토크를 떠났다. 역전 광장은 바다에서 밀려온 안개로 자욱했다. 안중근과 우덕순은 광장을 가로질러서 역사 쪽으로 걸어갔다. 안중근은 작은 손가방 하나를 들었고, 우덕순은 짐이 없었다. 우덕순은 빈손을 외투 주머니에 찔러넣고 있었다.

—넌 짐이 없구나.

—짐은 안주머니 속에 있다.

안중근은 말을 돌렸다.

—안개가 차구나.

—여기는 겨울에 콧구멍 속에서 안개가 언다.

안중근은 매표소에서 삼등 객실 차표 두 장을 샀다. 거스름돈을 헤아리는 안중근을 보면서 우덕순이 말했다.

—여비를 용케 구한 모양이구나.

—빌렸다. 빠듯하지만 모자라지는 않을 것이다.

빌렸다면 갚을 길이 없을 터인데, 여비에 신경쓰지 말라던 안중근의 말이 생각나서 우덕순은 더이상 묻지 않았다. 우덕순의 밀린 하숙비를 갚을 길이 없다는 것을 안중근도 우덕순도 알고 있었으나 말하지는 않았다.

출발 전날, 안중근은 이석산李錫山을 권총으로 협박해서 백 루블을 빼앗았다. 이석산은 일찍이 블라디보스토크로 이주한 한인의 후손이었다. 이석산은 재력이 있었고 극동 한인사회에서 인망이 높았다. 그는 인품의 힘으로 성금을 모을 수 있었다. 이석산은 러시아 암시장에서 무기를 구입해서 의병 부대에 보내기도 했다. 안중근은 대낮에 이석산을 찾아갔다.

—돈이 급히 필요하니 백 루블을 빌려달라.

—용처가 무엇이냐?

—용처를 말할 수 없으나 사용私用이 아니다.

—용처를 밝히지 않으면 줄 수가 없다.

—용처는 나중에 저절로 알게 될 것이다.

—네가 돈을 갚기를 기대하지 않는다. 그러므로 용처가 합당하면 그냥 주겠다. 용처를 말하라.

안중근이 품안에서 권총을 꺼내 이석산을 겨누었다. 이석산은 저항하지 않았다. 이석산이 서랍을 뒤져서 돈을 꺼내왔다. 지폐와 동전이 섞여 있었다.

—고맙다. 이 일을 발설하면 내가 돌아와서 너를 쏘아 죽이겠다.

안중근은 강제로 '빌린' 것이라고 스스로 생각했으나, 갚을 길은 없었다. 이석산도 일본 관헌에 쫓기는 몸이므로 신고하지는 못할 것이었다. 이석산은 신고하지 않았다. 안중근은 여비를 구한 일에 관해서는 우덕순에게 말하지 않았다.

안중근과 우덕순은 삼등 객실에 나란히 앉았다. 객실 안에는 러시아인, 중국인, 일본인, 한인들이 섞여 있었다. 다들 두꺼운 중국옷을 입고 있어서 어느 나라 사람인지 구분하기 어려웠다. 열차는 예정된 시간에 출발했다. 열차는 북행했다. 하얼빈까지는 마흔 시간쯤 걸려서 22일 밤 아홉시에 도착한다고 차표에 적혀 있었다.

열차는 여러 터널과 철교를 쿵쾅거리며 지나갔다. 눈 쌓인 먼 산이 다가왔고 검은 산이 지나갔다.

열차는 강을 따라갔고 산을 뚫고 갔다. 안중근은 차창 밖으로 멀리 휘어지는 철길을 바라보았다. 햇빛을 튕겨내는 쇠붙이가 비린내를 풍기는 듯했다. 대륙이 끝나는 자리까지 철도는 뻗어 있었고, 철도를 따라서 세상은 쫓고 쫓기며 부딪치고 있었다.

우덕순은 안중근의 어깨에 머리를 기대고 잠들어 있었다. 꿈을 꾸는지 뭐라고 중얼거렸다. 안중근은 이토를 쏘러 가자는 말에 두말없이 따라나선 우덕순이 오래전부터 알고 있었던 사람처럼 느껴졌다. 우덕순의 질문 없음을 안중근은 신뢰했다. 안중근은 열차 내 행상에게서 삶은 달걀을 샀다. 안중근이 팔꿈치로 우덕순을 찔러서 깨웠다. 우덕순은 하품을 하고 손등으로 침을 닦았다. 안중근은 우덕순에게 달걀을 내밀었다.

—소금을 찍어서 먹어라.

우덕순은 달걀 한 개를 한입에 넣고 씹었다.

안중근은 우덕순의 개인사를 잘 알지 못했다. 달걀을 삼키는 우덕순을 보면서 안중근은 문득 우덕순의 생애가 궁금했다.

—극동에는 언제 왔는가?

—사 년 되었다. 먹을 것이 없어서 돈을 벌러 왔다. 우라지에서 담배 장사를 했고 탄광에서 허드렛일도 했다.

—돈은 좀 벌었는가?

—벌지 못했다. 집에 오십원 준 것이 전부다.

—조선에 식구들이 있는가.

—나는 서울 동대문 밖에 살았다. 사 년 전에 결혼해서 작년에 딸을 얻었다. 처는 서울에 있고, 두 살 난 딸은 지난봄에 죽었다고 들었다.

안중근은 말을 꺼낸 것을 후회했다. 우덕순은 달걀을 또 깨물었다. 안중근이 물병을 내밀었다.

—물 마셔라. 목 막힌다.

우덕순이 말했다.

—자네 애기도 해봐라.

—나는 조선에 처와 자식이 셋 있다. 딸 하나에 아들 둘이다. 막내는 내가 떠나온 후에 태어났다. 나중에 아들이라고 들었다. 아이들이 어렸을 때 떠나와서 얼굴을 모른다.

말이 끊어졌다. 우덕순은 차창 밖으로 시선을 돌리고 있었다. 해가 기울어서 먼 산맥의 능선들이 어둠에 풀려가고 있었다.

안중근은 처자식들이 어디쯤 오고 있을까를 생각했다. 수분하에서 청국 세관의 서기로 일하는 정대호鄭大鎬가 휴가로 조선에 다녀온다는 애기를 듣고, 진남포의 김아려에게 연락해서 아이들과 함께 하얼빈으로 데려와달라고 그에게 부탁을 했었다. 정대호는 그후로 소식이 없었다. 이토를 쏘고 나면 이토를 죽이지 못했다더라도 처자가 조선에서 살 수가 없다는 것은 확실했다. 물론 이토를 쏘고 나면 하얼빈에서도 처자가 살기 어렵기는 마찬가지일 것이었는데, 조선에 그냥 머물러 있게 할 수도 없었다. 아이가 딸린 젊은 아내를 너무 오랫동안 시댁의 그늘에 방치하고 있었다. 문중의 어른들은 김아려의 혼자됨을 가엾이 여기고 있었다. 그 어른들은 김아려가 남편에게로 가겠다고 하면 붙잡지 않고 여비까지 마련해줄 사람들이었다. 김아려가 아이들을 데리고 떠났다면 평양에서 열차를 타고 신의주에서 압록강을 건너 봉천, 장춘을 지나 하얼빈으로 올 것이었다. 이토는 대련에서 하얼빈으로 오고 있었다.

열차는 어둠 속을 달렸다. 차창에 물방울이 달렸고, 먼 들의 가장자리로 불빛 몇 개가 흘러갔다. 열차 안에서 안중근과 우덕순은 이토를 쏘는 일에 관해서는 말하지 않았다. 안중근은 열차의 리듬에 몸을 맡기고 눈을 감았다. 여러 갈래의 철길이 망막 안쪽에 떠올랐다. 권총은 외투의 왼쪽 안주머니 속에 있었다. 안중근은 심장을 누르는 권총의 무게를 느꼈다. 권총은 묵직했는데, 너무 무겁지는 않았다.

하얼빈역 구내에서 철도는 여러 갈래로 겹쳐 있었다. 바이칼 호수에서 오는 철도가 하얼빈역에 닿고, 블라디보스토크에서 오는 철도가 하얼빈역에 닿았다. 평양에서 오는 철도와 대련에서 오는 철도가 하얼빈역에 닿았다. 북태평양과 바이칼이 하얼빈에서 연결되었고 철도는 하얼빈으로 모여서 하얼빈에서 흩어졌다. 하얼빈역에서는 옴과 감이 같았고 만남과 흩어짐이 같았다.

열차는 저녁 아홉시 십오분에 하얼빈에 도착했다. 철도 앞쪽 열차 정지선에서 빨간색 파란색 신호등이 명멸했다. 남루한 차림의 사내들이 짐 보따리를 지고 열차에서 내렸다. 마중나온 사람들이 도착한 사람들을 끌어안고 울었다. 아이고, 하고 우는 여자는 조선 여자일 것이었다.

플랫폼을 빠져나오면서 안중근은 중첩된 철도들을 바라보았다. 이토가 하얼빈까지 타고 오는 철도와 김아려와 아이들이 타고 오는 철도가 겹쳐 있었다. 어느 열차가 먼저 도착할 것인지 안중근은 알 수 없었다.

―하얼빈역은 철길이 대단하구나.

뒤따르는 우덕순이 혼잣말처럼 중얼거렸다.

안중근은 하얼빈 한인회장 김성백金成白의 집에 묵었다. 김성백은 함경북도 종성 태생으로 세 살 때 업혀서 연해주로 온 후 하얼빈에서 살았다. 김성백은 건설청부업으로 돈을 벌어서 하얼빈의 한인사회에서는 부유한 편이었다. 김성백은 자신 명의로 된 이층 목조건물에서 살고 있었다.

일본 총영사관은 하얼빈에 거주하는 조선인들의 동태를 파악하고 있었다. 인구는 이백육십 명 정도인데 이들 대다수가 담배말이, 막노동꾼, 세탁업자, 나무꾼, 석공 들이고 수입은 월 십오 루블에서 이십오 루블 정도로 밥값과 방값이면 고작이라고 본국에 보고했다. 그리고 이들 중 스무 명 정도가 반일 사상을 가진 자이고 김성백이 그 중심이라고 보고했다.

조선인들은 같은 마을에서 담을 마주 대고 모여 살았다. 김성백은 장례 비용이 없이 죽은 조선인들의 주검을 거두어서 묻었고, 허술하게 묻어서 개가 파헤친 무덤들에 흙을 덮어주었다.

하얼빈에서 안중근은 여러 신문들을 사서 읽었다. 신문 기사들은 이토가 하얼빈에 도착하는 날짜와 시간을 점점 구체적으로 보도하고 있었으나 명시하지는 못했다. 아마도 25일에서 26일 사이일 것 같았다.

이토를 기다리면서 안중근은 우덕순을 데리고 하얼빈 시내를 돌아다녔다. 하얼빈은 크고 낯선 도시였다. 정복을 입은 러시아 경찰들이 거리를 순찰하고 있었다. 안중근은 혹시라도 가두 검문에 걸리지 않도록, 세상을 엿보듯이 조심해서 걸었다.

시내 중심가에 러시아정교회 교회당의 돔이 높이 솟아 있었다. 정장 차림의 러시아 귀부인들이 지체 높은 남자의 도움을 받아가며 마차에 올랐고, 중국인 노인들이 추운 거리에서 숯불 담은 깡통을 끼고 앉아 마작을 두고 있었다. 저녁밥을 준비하는 여자들이 야채와 생선, 두부가 담긴 장바구니를 들고 집으로 돌아갔다. 술집들이 저녁 장사를 준비하면서 생선 굽는 연기를 거리로 내보냈다. 퇴근하는 젊은이들이 거리로 나오자 담배팔이들이 몰려들었다.

짐마차 마부들이 일거리를 기다리면서 길에서 선술을 마셨고, 짐을 실은 마부들이 채찍을 휘둘러서 어두워지는 거리의 저쪽으로 달려갔다.

'신천지'라는 요정이 교토 출신 미녀 다섯 명을 엄선해서 데려다놓았다는 광고를 가로수에 붙였고, 그 아래쪽에는 새로 수입한 매독 특효약과 은단 광고가 붙어 있었다. 덩치가 크고 털이 긴 러시아 개들이 거리에 쭈그리고 앉아 행인들을 쳐다보았고 까마귀들이 저무는 숲으로 날아갔다.

안중근은 전혀 모르던 세상을 보는 사람의 놀라움으로 저물어가는 하얼빈 거리를 구석구석 바라보았다. 거리는 안중근의 망막에 사진 찍히듯 각인되었다. 거듭되는 전쟁의 결과에 따라서 하얼빈을 둘러싼 패권은 엎치락뒤치락했으나, 지금 하얼빈의 저녁은 고요해 보였다. 우덕순은 말없이 안중근의 뒤를 따라서 걸었다.

낮에, 번화가에서 양구이로 점심을 먹고 나서 안중근이 말했다.

—옷을 사러 가자.

—옷이라니?

—지금 입은 옷은 추레하다.

—돈이 모자랄 텐데.

—넌 돈 걱정을 하지 마라.

—왜 갑자기 옷이냐?

—쏘러 갈 때 입자.

우덕순이 웃었다. 우덕순의 웃음을 보면서 안중근이 웃었다.

안중근은 겉옷 한 벌과 셔츠를 샀다. 겉옷은 허리까지 내려오는 더블 버튼의 반코트였고 셔츠는 흰색이었다. 갖추어 입으면 목둘레로 셔츠의 깃이 드러났다. 우덕순은 무릎까지 내려오는 긴 옷이었다. 안중근은 옷가게 거울 앞에서 새로 산 옷을 입어보면서 우덕순의 옷매무새를 고쳐주었다. 옷값은 이십 루블이었다. 우덕순은 돈을 내는 안중근을 심란한 표정으로 바라보았다.

새로 산 옷을 싸 들고, 안중근은 우덕순을 이발소로 데려갔다.

—머리를 깎자. 잡힐 때 깔끔한 게 좋겠다. 새 옷도 입고.

—그렇겠구나.

이발소 거울에 하얼빈 거리가 비쳤다. 거울 속에서 마차가 지나가고 러시아 사람, 청나라 사람들이 지나갔다. 거울 속에서 안중근과 우덕순이 마주보며 웃었다. 이발사가 의자를 뒤로 젖히고 더운 물수건을 안중근의 얼굴에 덮었다. 안중근은 따스한 습기를 빨아들였다. 우덕순은 이발사에게 머리를 맡기고 눈을 감고 있었다. 귀밑에서 이발사의 가위 소리가 사각거렸다. 이발사는 머리카락을 아래서부터 위쪽으로 다듬어 올라갔다. 머리카락이 잘려나가자 목덜미가 서늘하고 이목구비가 선명히 드러나는 것 같았다. 안중근은 거울 속의 제 얼굴을 들여다보았다. 저것이 나로구나…… 내가 살아서 이토를 쏘는구나……

이발을 마치고 안중근은 우덕순을 데리고 사진관으로 갔다.

—사진을 찍자.

—돈이 모자랄 텐데……

—겨우 된다.

—지금 찍으면 찾을 수가 있겠나!

—없다. 그래도 찍어두면 남는다. 새로 산 옷을 입고 찍자.

—오늘 호강하는구나.

둘은 사진관 의자에 앉았다. 사진사가 카메라 뒤에서 러시아 말로 뭐라고 소리치더니 셔터를 눌렀다. 새 옷을 입은 두 사람의 몸 매무새와 이발을 한 이목구비가 사진에 찍혔다. 안중근은 사진값으로 이 루블을 냈다. 러시아인 사진사가 손가락 다섯 개를 펴 보이며 닷새 후에 와서 사진을 찾아가라고 말했다. 닷새 후에 올 수 없다는 걸 알면서, 안중근은 고개를 끄덕였다.

김성백의 집으로 돌아와서 안중근은 지갑 속에 남은 돈을 헤아렸다. 이석산에게서 뺏은 돈 백 루블에서 기찻값이 사십 루블 정도 들었고, 밥값, 옷값, 사진값으로 삼십 루블 정도를 썼다. 26일에 하얼빈에서 일을 끝낼 수 있다면 돈은 겨우 빠듯할 것이었다. 안중근은 일찍 잠들었다.

12

이토의 특별열차는 22일 아침 일곱시에 여순을 떠나서 저녁 여섯시에 봉천에 도착했다. 열차 안에서 이토는 궁내성 비서관을 불러서 남은 일정에 관해서 지시했다.

—만주 지역은 청국과 싸우고 러시아와 싸워서 제국의 우월을 확보한 지역이다. 이것은 황군 수만 명의 유혈과 백골로 이룩한 전과이다. 그러나 이 지역에서 제국의 위상은 아직도 불안정하다. 그러므로 남은 일정에는 이 지역의 청국 관리와 러시아 관리, 군 장성들이 많이 참가하도록 유도하라. 그들이 진실로 제국의 지배에 열복하고 있음을 보이도록 하라. 이것이 평화의 본질이며 외양이다. 나의 연설보다도 저들의 참가가 중요하다. 저들이 참가해서 기뻐하는 광경을 내외에 적극 보여라.

궁내성 비서관이 이토의 지시를 메모하고 물러갔다. 비서관들이 협의해서 지역 거류민들, 일본인 상공인들과의 환영연을 줄이고 청나라, 러시아 인사들을 초청하는 행사의 규모를 늘렸다.

봉천역 플랫폼에서 청나라 군대의 의장대와 군악대가 이토를 맞았다. 이토는 의장대장과 악수하고 어깨를 두드려주었다. 봉천에 주재하는 일본 총영사, 경찰서장, 청나라 정부의 영접사들이 봉천의 앞 정거장인 요양역에까지 마중을 나와서 이토를 영접했다. 마중나온 관리들은 이토의 특별열차에 함께 타고 봉천으로 돌아와서 이토의 호텔방 양쪽에 투숙했다. 청나라 헌병대가 이토가 묵는 호텔을 밤새 경비했다. 봉천에 도착한 날, 이토는 접견 일정을 줄이고 일찍 자리에 들었다.

저녁에 궁내성 비서관이 들어와서 남은 일정을 보고했다.

—23일. 저녁 여섯시 총영사 주최 환영 만찬회 후 봉천에서 일박

—24일. 탄광, 공업 시설 시찰, 청나라 고궁과 능묘 시찰 후 봉천에서 일박

—25일. 오전 열한시 봉천 출발, 오후 일곱시 장춘 경유

—26일. 아침 아홉시 하얼빈 도착

봉천 시내 일본인 학교, 청나라 학교와 일·청 양국의 관공서

와 상관商館, 공회당 들이 국기를 걸었고 네거리 로터리마다 만국기가 펄럭였다.

이토의 마차 대열은 봉천 도심지를 지나서 무순撫順 탄광으로 향했다. 청나라 헌병대가 대열의 선두를 이끌었다. 이토는 마차에서 가마로 갈아타고 갱도 입구로 올라갔다. 이토는 의자에 앉아서 하늘 끝까지 펼쳐진 만주의 첩첩 연봉을 바라보았다. 산맥들은 출렁거리면서 멀리 물러갔고 다가왔다. 해 지는 먼 쪽이 밝아 보였고 가까운 쪽이 어두워서 만주의 산하는 크기를 가늠하기 어려웠다. 지리에 밝은 총영사관 관리가 먼 곳을 손가락으로 이쪽저쪽 가리켜가면서 지나간 싸움의 전황을 설명했다. 이토는 고개를 끄덕이며 들었다.

탄광에서 내려와서 이토는 청나라 개국 초기 황제의 능묘를 시찰했다. 청나라 관리들이 거기까지 이토를 수행했다. 석물들이 몇 군데 망가져 있기는 했지만 능묘는 옛 영광과 위엄을 온전히 지니고 있었다. 능묘는 커서 그 둘레가 한눈에 보이지 않았다. 이토는 묘역을 한 바퀴 걸어서 돌고 나서 의자에 앉았다. 바람이 낙엽을 몰아갔다. 땅에 묻힌 옛 청나라 황제의 치세를 청나라 관리가 중국말로 설명했고, 통역이 말을 옮겼다. 설명이 끝난 뒤에 이토는 오랫동안 의자에 앉아서 능묘를 바라보았다. 날이 저물고 바람이 세지고 있었다. 이토는 차가운 사케를 한 잔 마셨다. 수행원들에게도 한 잔씩 권했다. 이토는 혼잣말처럼 중얼거렸다.

―좋은 무덤이다. 좋은 무덤이야. 청이 큰 나라임을 알겠다.

통역이 이토의 말을 청나라 관리들에게 옮겨주었다. 청나라 관리들은 대답하지 않았다. 이토는 저녁 여덟시께 호텔로 돌아왔다.

25일의 일정은 예정대로 진행되었다. 이토의 특별열차는 봉천을 떠나서 하얼빈으로 향했다.

정대호는 10월 17일 평양에 도착했다. 정대호는 안중근보다 다섯 살이 아래였는데, 소싯적에 장가들었고 일찍부터 세무서에 서기로 취직해서 평양 세관을 거쳐서 만주 길림성 수분하 세관에 주사로 근무하고 있었다. 정대호의 월급은 백 루블로, 한인사회의 고소득자였다. 정대호는 삼 주간의 휴가를 얻어서 평양에 왔다.

정대호는 이번 길에 평양에 살고 있는 처자와 노모를 길림 수분하로 데리고 갈 계획이었다. 식구는 모두 다섯 명이었다. 게다가 진남포에 살고 있는 안중근의 처 김아려와 여덟 살 난 딸 현생賢生, 다섯 살 난 아들 분도와 세 살 준생俊生을 하얼빈으로 데려와달라는 안중근의 부탁을 받고 있었다. 데리고 가야 할 사람은 양쪽 집안의 노인과 젖먹이를 합쳐서 아홉 명이었다.

정대호는 평양에 도착한 날 저녁에 집에 짐을 풀고 나서 기생

집에서 놀았다. 모처럼의 귀향은 아늑하고 나른했다. 정대호는 평양 세관 서기 노릇을 하던 시절에 알고 지내던 상인 협회와 조합 직원들, 변호사, 세무사, 지방 세무관리들과 어울려서 기생 춘도네 집에서 놀고 영월이네 집에서 놀았다. 밤늦도록 놀고 날이 밝도록 놀았다. 정대호는 평양 시내를 구경하고 자정까지 연극을 보고 나서 여배우 금화와 남자 배우들을 데리고 여관에 가서 놀았다.

정대호는 평양의 친구들에게 만주의 눈보라와 만주의 떼강도, 만주의 아편, 만주의 폭음, 만주의 여자, 만주의 요정에 대해서 이야기해주었고, 만주에 가서 벌어먹고 살 방도가 무엇인지를 설명해주었다. 다시 만주로 돌아가기 전날 정대호는 평양의 친구들을 불러모아서 기생 영월이네 집에서 송별연을 했다.

김아려는 하얼빈으로 갈 것인지 아닌지를 망설이지 않았다. 거기에 남편이 있다는 사실이 김아려가 하얼빈에 대해서 아는 것의 전부였다. 하얼빈으로 가는 일은 자신이 이 세상에 태어났다는 사실처럼 분명했다.

안씨 문중의 어른들과 시동생들은 하얼빈으로 갈 것인지, 시댁의 그늘에서 계속 살 것인지에 대해서 김아려에게 먼저 묻지 않았다. 김아려가 느끼기에, 시동생들은 형수의 눈치를 살피는 것 같았다. 김아려는 시동생 안정근에게 하얼빈으로 갈 뜻을 밝혔는데, 어떻게 말문을 열었는지는 기억이 없었다. 안정근은 말없이 듣기만 했다. 안정근은 문중에서 여비로 백원을 모아서 김아려에게 주면서

—뒤에 더 보내드리겠습니다.

라고 말했다.

어린아이 셋을 하얼빈에서 혼자 기르기는 어려울 것이라고 안씨 문중은 크게 걱정했다. 하얼빈은 풍속이 거칠고 인심이 사납다고 하므로 여자아이를 기르기는 더욱 불안할 것이었다. 큰딸 현생을 서울 명동성당의 천주교 수녀원에 맡기자는 이야기는 안씨 집안에서 자연스럽게 나왔고, 김아려도 그렇게 되어질 수밖에 없는 일로 받아들였다. 안현생은 발버둥치면서 울었다.

안정근이 빌렘 신부를 거쳐서 서울 명동성당과 교섭했다. 천주교 수녀원은 안현생을 받아들이기로 결정했다.

김아려는 서울 명동성당이나 수녀원에 대해서 아는 것이 없었다. 그곳은 사실 수녀원이 아니라 수녀원에 딸린 고아원이며, 고아들을 모아서 외국에 보내기도 한다는 소문들이 퍼져 있었다.

—엄마는 네 동생들을 데리고 아버지한테로 간다. 너는 서울에 가서 수녀님들과 함께 지내라. 자리잡히면 너를 데려가겠다. 오래 걸리지 않을 거다.

라고 김아려는 딸에게 말했다. 안정근이 울면서 발버둥치는 안현생을 서울 명동성당 수녀원에 데려다주었다.

—교회의 보호 아래 있으니 너무 걱정 마십시오. 제가 가보니 시설도 훌륭하고 먹는 것도 좋고, 수녀님들도 다들 착하십니다.

라고 안정근은 말했다. 안정근의 말을 들을 때 김아려의 표정은 정돈되어서 움직임이 없었다. 김아려가 말했다.

—수고하셨습니다, 서방님. 천주님의 은혜입니다.

안정근이 돌아가자 김아려는 무릎에 얼굴을 묻고 울었다.

안정근은 10월 22일 오후 네시 무렵에 형수 김아려와 어린 조카 두 명을 데리고 평양역 광장에 도착했다. 정대호가 먼저 와서 기다리고 있었다. 정대호는 자신의 가족 다섯 명을 데리고 있었다.

안정근은 검은 두루마기에 중절모를 쓰고 있었다. 안정근은 스물다섯 살이었는데 오래 산 사람의 무게가 풍겼다. 정대호는 안씨 문중의 사내들은 모두 느낌이 똑같다고 생각했다. 그들은 세상과 차단되어 있으면서도 세상에 부딪치고 있었다. 사내들은 그 강고한 벽을 하나씩 간직하고 있었다.

안정근은 안중근의 처자를 정대호에게 인계하고 돌아갔다. 정대호는 일행을 아홉 명으로 계산하고 있었으나 안중근의 큰딸 현생이 빠져서 여덟 명이 되었다. 신의주로 가는 막차가 끊겼으므로, 정대호는 22일 밤을 평양역 앞 여관에서 보냈다. 지금부터 김아려는 정대호의 친누나이고 김아려의 두 아들은 정대호의 조카인 것으로 알고, 여행중의 모든 문서에 그렇게 쓰라고 정대호는 김아려에게 일렀다. 같은 혈족이면 청나라 세관의 까다로운 검색을 피할 수 있다는 것이 청나라 세관 서기인 정대호의 설명이었다. 정대호 일행은 23일 아침 평양을 떠나서 압록강을 건넜다. 23일 저녁, 일행은 압록강 기슭 단동의 일본인 여관에 투숙했다. 김아려는 숙박부에 정대호와의 관계를 친누나라고 써넣었다. 정대호 일행은 초하구에서 일박하고, 봉천에서 일박하고, 장춘에서 일박했다. 하얼빈으로 가는 열차는 27일 아침 장춘에서 출발했다.

13

안중근은 우덕순을 데리고 다시 하얼빈역으로 갔다. 기관총을 든 러시아 군인들이 역전 광장을 순찰하고 있었다. 안중근은 역사 안 대합실의 구내 다방으로 들어가서 창가 자리에 앉았다. 다방은 이층이었다. 플랫폼에 닿아 있어서 창가에서 철도 복선구간이 눈 아래로 내려다보였다.

이토가 열차에서 내려서 다방 밑으로 지나간다면, 이토를 구경하기는 좋지만 이토를 쏘기에는 좋은 자리가 아니었다. 표적이 멀어지면 실탄의 살상력이 약해질 수 있었다. M1900 권총은 반동이 약해서 삽시간에 여러 발을 쏘면서도 조준을 유지하기가 수월했지만 유효사거리가 짧고 살상력이 모자랐다. 바싹 다가가야 급소를 맞힐 수가 있는데, 근접은 위태로웠다. 열차가 플랫폼의 어느 지점에서 정차할 것인지와, 열차가 도착했을 때 러시아 경비대, 청나라 경비대의 포진 위치를 짐작할 수 없었다.

순종을 앞세워서 만월대를 시찰하던 이토의 사진이 떠올랐다. 이토는 덩치가 작던데, 열차에서 내린 이토가 덩치 큰 러시아인들과 섞여 있을 때 표적을 식별해서 조준하기는 어려울 것이었다. 열차가 들어오기 전부터 경비병들이 다방 안 사람들을 쫓아낼 수도 있었다.

—이 자리는 아니다. 하얼빈역에서 쏘려면 플랫폼 안으로 들어가서 쏴야 한다. 십 보 이내로 근접해서 경비병들 사이로 조준선을 확보해야 한다. 쉬운 일이 아니다.

안중근의 말을 들은 우덕순은 창밖으로 철도를 바라보면서 줄담배를 피웠다. 우덕순의 이마에 주름이 잡혔다. 우덕순이 말했다.

—이 자리는 좋지 않다. 구경하는 자리다. 쏘는 자리가 아니야.

—애매하다. 표적이 어디로 올지 알 수 없구나. 내려가서 바싹 붙어야 한다.

—그렇다. 도착 시간도 확실치 않고.

안중근이 한참 후에 말했다.

—채가구역으로 가보자. 거기서 철도가 교행한다. 열차들이 거기서 오랫동안 정차한다. 이토가 그때 내릴 수 있다.

—자네는 가봤는가?

—안 가봤다. 그러니까 가보자는 것이다. 여기서 멀지 않다.

—여비가 되는가.

—모자라지 않는다. 쓰고 나면 여비는 필요 없다.

채가구는 작고 허름한 역이었다. 역사 주변은 경작지가 없는 초원이었고, 러시아 철도 경비병들의 막사가 역전 광장에 들어서 있었다.

안중근은 마을로 들어가서 여관방을 정하고 다시 채가구역으로 나와서 열차 시간을 살폈다. 역사 대합실에 운행 시간표가 붙어 있었다. 채가구에서 교행하려면 열차들은 대기해야 했다. 채가구 역장은 러시아군 헌병 중령인데, 철도 경비대장을 겸하고 있었다. 역장은 이 한산한 역에 최고급 객차 여섯 량을 연결한 이토의 특별열차가 도착하는 사태에 들떠 있었다. 하얼빈의 가와카미川上 총영사가 이미 일본 관리들과 예기 다섯 명을 데리고 이토를 마중하기 위해 채가구를 지나서 장춘으로 갔고, 이토의 특별열차는 26일 아침 여섯시에 채가구역에 도착해서 잠시 머물다가 떠나 아홉시에 하얼빈역에 도착한다고 역장은 자랑처럼 말했다. 우덕순이 러시아 말로 역장에게 물었다.

—특별열차가 여섯시에 온다니, 역장님이 밤잠 못 주무시겠소.

—경비병들은 밤새 배치될 것이오.

우덕순은 역장에게 빈말을 걸어서 '여섯시'를 재확인했다. 채가구 역장은 특별열차와 영접단의 착발 시간과 이동 상황을 알고 있었다. 그의 정보는 실무적이어서 믿을 만했다.

안중근은 러시아 말을 알아듣지 못했고 우덕순은 겨우 알아들었다. 여관으로 돌아와서 우덕순은 역장에게서 들은 정보를 안중근에게 말해주었다. 26일 새벽 여섯시의 채가구역 플랫폼이 안중근의 머릿속에 펼쳐졌다.

……장시간 열차 여행에 지친 이토가 새벽 여섯시에 채가구역에서 내려 플랫폼을 산책할 수 있다. 이토가 산책을 한다면 비서관과 경비 병력, 러시아 영접인들이 따를 것이다. 새벽 어스름 속에서 이토를 식별해서 조준 사격하기는 어려울 것이다.

열차가 정차해도 이토가 산책을 나오지 않고 객실에 머물 수도 있다. 열차가 채가구역에서 정차하지 않고 통과할 수도 있다.

안중근은 머릿속에 펼쳐진 구도와 정황을 우덕순에게 설명해주었다. 우덕순이 말했다.

—그렇다. 어려운 일이다. 채가구에서 놓칠 수도 있다.

안중근이 말했다.

—여기서 헤어지자. 너는 채가구를 지켜라. 나는 하얼빈을 맡겠다.

—좋은 생각이다. 내가 그 말을 하려던 참이었다.

—채가구가 중요하다. 네가 채가구에서 쐈는데 못 죽이면 나

도 기회가 없어진다.

—나에게 기회가 오기를 바란다.

……이 나머지는 하느님이 하실 일이다…… 내가 기도하겠다……라는 말을 안중근은 하지 않았다.

안중근이 가방을 열어서 개성 만월대의 폐허에서 찍은 이토와 순종의 사진을 우덕순에게 보여주었다.

—봐라. 이게 이토다.

우덕순이 미간을 찌푸리며 사진을 들여다보았다.

—얼굴은 잘 안 보이는구나.

—이토는 덩치가 작다. 키 큰 사람들 틈에 섞이면 작아서 식별하기는 쉬운데, 그 대신 맞히기가 어렵다. 잘 살펴라.

—현장에서 얼굴을 알아보기는 어렵겠구나.

—얼굴은 나도 못 봤다. 신문에 난 사진만 보았다. 그 수염이 지금도 그대로인지는 모르겠다.

—나는 느낌으로 알 수 있다.

—총은 느낌으로 쏘는 것이 아니다. 표적을 겨눠서 조준선 위에 올려놓기가 어렵다.

안중근이 가방 속을 뒤적거려서 총알 네 발을 꺼냈다.

—총알은 충분한가?

—충분하다. 서너 발 이상을 쏠 수는 없을 것이다.

—그래도 몇 발 더 지니고 있어라.

—자네는 여유가 있는가?

—나는 탄창 하나면 충분하다. 네 발을 주마.

—고맙다. 정표로 지니고 있겠다.

안중근이 총알 네 발을 우덕순에게 주었다. 우덕순은 손바닥으로 총알을 받아서 안주머니에 넣었다. 둘은 한동안 말이 없었다. 한참 후에 안중근이 말했다.

—나는 내일 열차로 하얼빈으로 돌아가겠다. 너는 채가구에 하루 더 남아 있어라.

—내일 헤어지면 끝이겠구나.

—그렇기가 십상이다. 늦었다. 그만 자자.

우덕순이 이부자리를 깔았다. 둘은 나란히 누웠다. 안중근이 어둠 속에서 말했다.

—넌 돈 얼마 지니고 있냐?

—오 루블 있다.

안중근이 일어나 앉아서 지갑을 꺼냈다. 안중근이 일 루블짜리 지폐 네 장을 우덕순에게 주었다.

—사 루블이다. 밥값에 보태라.

우덕순은 자리에서 뒤척였다. 멀리서 개들이 무리 지어서 우우 울었다.

우덕순이 말했다.

—마지막으로 물어볼 것이 있다.

—말해라.

—자네 처자식이 하얼빈으로 오고 있다는 것이 정말인가?

—며칠 전에 평양을 떠났다는 소식을 들었다. 아마도 지금쯤 장춘을 지나고 있지 싶다.

—부인이 애들 셋을 데리고 오는가?

—둘이다. 큰애는 수녀원에 맡겼다고 한다. 내가 이토를 쏘고 나면 처자식들이 조선 땅에서 살 수가 없을 것이다. 그래서 불러들였다.

—언제부터 그런 생각을 했었나?

—그것은 확실치 않다. 이토를 죽여야 한다는 생각이 언제 자리잡은 것인지 잘 모르겠다. 오래된 것 같기도 하다.

—자네가 이토를 쏘고 나면 처자식들이 하얼빈에서도 살기가 어려울 것 아닌가.

—그렇다. 그렇지만 조선 땅에 둘 수는 없었다. 내 처자식들은 처한 형편 속에서 살게 된다. 어렵지만, 살 수 있을 것이다. 그게 궁금했냐?

—처자식 얘기를 꺼내서 미안하다. 그만 자자.

어둠 속에서 연발로 쏘는 총소리가 들렸고 사이렌 소리가 멀리 달려갔다.

안중근은 25일 저녁 여덟시에 다시 하얼빈으로 돌아갔다.

14

안중근은 25일 저녁에 김성백의 집에서 묵었다. 조선에서 오는 처자를 데리러 채가구에 갔었는데 약속이 어긋나서 만나지 못했다고 안중근은 김성백에게 말했다. 김성백의 집에는 늘 조선인 식객들이 서너 명씩 묵고 있었지만 김성백은 안중근에게 독방을 내주었다. 김성백의 집은 하얼빈역에서 가까웠다. 이토의 특별열차는 26일 아침 아홉시에 하얼빈에 도착할 예정이었다. 26일 아침 여섯시에 채가구에서 우덕순의 일이 어떻게 될지를 안중근은 생각하지 않았다. 생각할 수 없었다.

밤중에 안중근은 권총을 점검했다. 탄창을 뺀 권총을 오른손으로 쥐고 검지손가락 둘째 마디를 방아쇠에 걸었다. 검지손가락 둘째 마디로 방아쇠를 구십 도 각도로 쥐고 직후방으로 당겼다. 공이치기가 공이를 때리고 공이가 뇌관 자리를 때렸다. 방아쇠를 당길 때마다 빈총은 철거덕거렸다. 총의 기계장치는 정상적으로 작동되고 있었다.

안중근은 총을 쥔 오른팔을 앞으로 뻗었다. 아직은 나타나지 않은 표적을 향해서 안중근은 조준선을 정렬했다. 눈동자, 가늠자, 가늠쇠로 이어지는 일직선 위에서 시선이 떨렸다.

총구를 고정시키는 일은 언제나 불가능했다. 총을 쥔 자가 살아 있는 인간이므로 총구는 늘 흔들렸다. 가늠쇠 너머에 표적은 확실히 존재하고 있었지만, 표적으로 시력을 집중할수록 표적은 희미해졌다. 표적에 닿지 못하는 한줄기 시선이 가늠쇠 너머에서 안개에 가려져 있었다. 보이는 조준선과 보이지 않는 표적 사이에서 총구는 늘 흔들렸고, 오른손 검지손가락 둘째 마디는 방아쇠를 거머쥐고 머뭇거렸다.

방아쇠를 당기고 나면 실탄이 총구를 떠나는 순간 조준선은 지워졌고 총의 반동이 손바닥과 어깨에 걸렸다. 비틀린 조준을 다시 회복하고 나면 표적은 다시 안개 속에 묻혔다.

방아쇠를 당길 때, 오른손 검지손가락 둘째 마디는 몸의 일부가 아니라 홀로 독립된 생명체였다. 둘째 마디는 언제 당겼는지도 알 수 없는 적막 속에서 스스로 직후방으로 작동해서 총알을 내보냈다. 그러므로 이토를 조준해서 쏠 때 이토를 죽여야 한다는 절망감과 복받침, 그리고 표적 너머에서 어른거리는 전쟁과 침탈과 학살과 기만의 그림자까지도 끊어버리고 둘째 마디의 적막과 평온을 허용해야 할 것이었다.

안중근은 지갑을 열어서 남은 돈을 점검했다. 동전을 합쳐서 일 루블이 남아 있었다. 밝는 날 아침에 일이 끝난다면 일 루블은 적당한 액수였다.

안중근은 아침 아홉시의 하얼빈역의 구도를 생각했다. 구도는 떠오르지 않았다. 현장에 부딪치기 전에는 현장의 구도를 알 수 없었다.

몇 발을 쏠 수 있을까. 1탄을 쏘면 총성에 역 구내가 술렁거리고, 2탄을 쏘면 경비병들이 경계 태세를 갖추고, 3탄을 쏘면 대응사격을 하거나 육탄으로 제압할 것이다. 이때 조준선을 유지하면서 검지손가락 둘째 마디의 평정을 확보할 수 있을 것인가. 사격 위치를 이동해서 다시 조준할 수는 없을 것이다. 한번 쏜 자리에 두 발을 딛고 서서 일을 끝내야 하는데, 몇 발을 쏠 수 있을까. 다섯 발 이상은 쏘기 어렵지만, 서너 발이면 충분할 것이었다.

1탄 이후에 벌어지는 소란 속에서 고요한 평정을 유지하고 조준선을 찾아가야 한다…… 반동을 몸으로 받아가면서 몸은 다시 평온해질 것이다. 평온해진 내 몸을 총알에 실어서 이토의 몸 속으로 박아넣자……

안중근은 벽의 한 점을 겨냥하면서 빈총의 방아쇠를 당겼다.

검지손가락 둘째 마디는 고요해서, 손가락이 손가락의 움직임을 알지 못했다. 25일 밤에 안중근은 깊이 잠들었다.

15

러시아 경찰청은 일본인 환영객들에게 사전에 입장권을 발행하자고 일본 총영사관에 제안했다. 일본인이라면 누구나 이토를 환영하고 싶은 충정이 있으므로 입장권 발행에 반대한다고 일본 총영사관은 러시아 경찰청에 통고했다. 일본인과 조선인은 외관상으로 식별할 수 없는데, 일본인 틈에 조선인이 끼어들 수도 있다고 러시아 경찰청은 일본 총영사관에 우려를 전했다. 그 같은 우려는 환영식 분위기를 저해하게 될 것이므로, 모든 일본인이 자유롭게 입장하게 해달라고 일본 총영사관은 요청했다. 러시아 경찰청은 일본의 요청을 수락했다.

남자들은 프록코트에 모자를 쓰고, 여자들은 기모노를 입어라, 용모를 단정히 하라, 어린아이는 데리고 오지 마라, 여덟시까지 입장해서 지정된 자리에서 도열하라, 일장기는 역전 광장에서 나누어주겠다고 일본 총영사는 거류민들에게 시달했다.

26일 아침에 하얼빈의 기온은 영하로 떨어졌고 새벽에 가는 눈이 내렸다. 안중근은 새로 산 옷으로 갈아입고 하얼빈역으로 나갔다. 안중근은 삼등 대합실 이층 다방에 앉아서 차를 주문했다. 기관총을 든 러시아 헌병대가 일등 대합실 출입문을 지키고 있었고 삼등 대합실 쪽은 도보 순찰대가 발소리를 울리며 돌아다니고 있었다.

러시아 헌병대와 일본 영사관 직원들이 역사 입구를 지키면서 통과하는 사람들을 위아래로 훑어보았는데, 소지품을 검색하지는 않았다. 일본인들은 모두 일장기를 들고 있었다.

하얼빈 시내의 일본인 요정 주인들이 전속 게이샤들을 데리고 이토를 환영하러 나와 있었다. 꽃무늬 기모노를 입은 게이샤들이 이층 다방에 앉아서 이토의 열차를 기다렸다. 머리를 틀어올려 드러난 목덜미에 잔 머리카락이 흩어져 있었다. 게이샤들은 손거울을 꺼내서 화장을 고치면서 까르르 웃었다. 게이샤들의 일본말 소리가 들렸다.

—이토 공작 얼굴은 위엄 있지만 사납지는 않다. 수염도 멋지고.

—내가 좋아하는 얼굴이다.

—나하고 똑같구나.

—이토 공작은 도쿄 게이샤들 차지란다.

—하얼빈에는 네가 있잖니.

—하하, 너도 있고.

안중근은 다방 안 벽시계를 바라보았다. 시계는 여덟시 이십분을 가리키고 있었다. 우덕순이 채가구에서 일을 벌였다면 이토의 특별열차는 하얼빈역에 오지 않을 것이고, 특별열차가 하얼빈에 온다면 우덕순은 기회가 없었을 것이었다. 그것은 확실했다.

러시아 헌병 장교가 다방 안으로 들어와서 열차 도착 시간이 임박했으니 모두들 플랫폼으로 나가라고 소리쳤다.

플랫폼에는 러시아 의장대와 군악대, 청나라 의장대, 러시아군 장교단, 하얼빈 주재 외교단, 일본 민간인들이 도열했고, 러시아 재무장관 코콥초프가 미리 와서 이토를 기다리고 있었다.

이토의 열차는 아홉시 십분에 하얼빈역 플랫폼에 도착했다. 멀리서 검은 연기가 솟고 열차가 보이기 시작하자 군악대가 열차 쪽으로 관악기를 돌려 대고 주악을 연주했다. 일본인 환영객들이 일장기를 흔들며 만세를 불렀다.

기적 소리를 토해내며 열차는 다가왔다.

열차가 멎자 코콥초프가 이토의 객차로 들어갔고 일본 총영사 가와카미가 뒤따랐다. 이토는 객차 안 접견실에서 코콥초프와 마주앉았다. 이토가 말했고, 총영사 가와카미가 통역했다.

—러일전쟁이 끝난 자리에서 러시아 재무장관을 만나게 되니 평화가 다가옴을 알겠다.

—일본이 큰 발전을 이룩하고 있다고 들었다. 가볼 기회가 있기를 바란다. 나의 열차 안에서 작은 연회를 열고 공작을 모시고 싶다. 측근들과 함께 오시기 바란다. 열차 안이므로 소수의 인원만 모실 수 있다. 총영사도 함께 오시라.

—좋다. 소수의 인원이면 더 오붓하고 친밀하다.

—나는 이 지역 러시아 국경수비대의 명예 지휘관을 겸하고 있다. 밖에 도열한 러시아 병대는 나의 부하들이다. 공작께서 내 부하들을 사열하여주시기 바란다.

—나는 지금 사복 차림이다. 귀국의 병대에 결례가 되지 않겠는가?

—공작께서 지나치게 예의바르시다. 나와 함께 사열하면 전혀 문제가 되지 않는다.

—좋다. 귀국 병대의 위용을 보여달라.

이토는 객차에서 내렸다. 러시아 의장대가 이토에게 받들어총으로 경례했다. 이토는 손을 흔들어서 답했다. 이토는 플랫폼 끝쪽의 외교단에게까지 걸어갔다가 러시아 의장대 쪽으로 되돌아왔다. 코콥초프와 러시아 관리들이 뒤따랐다.

안중근은 러시아 병대 뒤쪽에서 이토가 돌아오기를 기다렸다. 주악 소리가 커졌다. 소리가 커지면 총소리가 묻힐 터이므로 유리한 조건이고 러시아 의장대들의 부동자세도 불리한 조건이 아니라고 안중근은 생각했다. 권총은 상의 안주머니에 들어 있었다. 이토는 더욱 다가왔다. 러시아 군인들 사이로 두 걸음 정도의 틈이 벌어지고 그 사이로 이토가 보였다. 키 큰 러시아인들 틈에 키가 작고 턱수염이 허연 노인이 서 있었다.

저것이 이토로구나…… 저 작고 쇠죄죄한 늙은이가…… 저 오종종한 것이……

안중근은 러시아 군인들 틈새로 조준선을 열었다. 이토의 주변에서 키 큰 러시아인들이 서성거려서 표적은 가려졌다. 러시아인과 일본인들 틈에 섞여서 이토는 이동하고 있었다. 이토는 가물거렸다.

안중근의 귀에는 더이상 주악 소리가 들리지 않았다. 다시, 러시아인들 틈새로 이토가 보였다. 이토는 조준선 위에 올라와 있었다. 오른손 검지손가락 둘째 마디가 방아쇠를 직후방으로 당겼다. 손가락은 저절로 움직였다.

총의 반동을 손아귀로 제어하면서 다시 쏘고, 또 쏠 때, 안중근은 이토의 몸에 확실히 박히는 실탄의 추진력을 느꼈다. 가늠쇠 너머에서, 비틀거리며 쓰러지는 이토의 모습이 꿈속처럼 보였다. 하얼빈역은 적막했다.

탄창에 네 발이 남았을 때, 안중근은 적막에서 깨어났다. ……나는 이토를 본 적이 없다…… 저것이 이토가 아닐 수도 있다……

안중근은 다시 조준했다. 안중근은 고요히 집중했다. 손바닥에 총의 반동이 가득찰 때 안중근은 총알이 총구를 떠난 것을 알았다. 이토 주변에 서 있던 일본인 세 명이 비틀거리며 쓰러졌다.

러시아 헌병들이 안중근을 몸으로 덮쳤다. 안중근은 외쳤다.

—*코레아 후라*

안중근은 쓰러지면서 총을 떨어뜨렸다. 탄창 안에 쏘지 못한 한 발이 남아 있었다. 러시아 헌병들이 안중근의 몸을 무릎으로 눌렀다. 안중근은 하얼빈역 철도 가에서 묶였다.

궁내성 비서관과 시위侍衛들이 쓰러진 이토를 객차 안으로 옮겼다. 주치의가 이토의 외투를 벗기고 몸을 살폈다. 이토의 몸안으로 들어온 총알은 탄도가 교란되어서 파행했다. 총알은 이토의 몸속을 휘저은 후 추진력이 다해서 흉곽 안에 박혀 있었다.

이토는 숨을 몰아쉬었다. 비서관이 범인은 조선인이고, 현장에서 체포되었다고 보고했다. 이토는 눈을 가늘게 뜨고 말했다.

—*바보 같은 놈*

이토는 곧 죽었다. 이토는 하얼빈역 철로 위에서 죽었다.

16

황태자 이은은 26일 오후 네시에 도쿄 도리이자카 저택에서 이토의 죽음을 알았다. 이은은 마당에서 그네를 타고 놀다가 방으로 돌아와서 군복으로 갈아입고 학과 시간을 준비하고 있었다. 이은은 거울을 보면서 허리에 칼을 찼다.

시종이 하얼빈 총영사관에서 도쿄 황궁에 보낸 전문의 내용을 이은에게 고했다. 이은의 얼굴이 붉어졌다.

—뭐라고? 태사를 죽였다고? 어디서?

—하얼빈입니다.

—누가 그랬나?

시종은 말을 머뭇거렸다.

—범인은 조선인입니다.

이은은 얼굴이 하얘졌다. 이은이 소리쳤다.

—아니, 뭐라고?

시종이 이은을 부축해서 의자에 앉혔다.

—왜 그랬다더냐?

—자세한 것은 아직 알 수 없습니다.

이은은 정신을 수습해서 서울의 황제에게 전문을 보냈다.

—이토 태사가 오늘 아침 아홉시에 하얼빈역에서 조선인의 손에 피살되어 세상을 떠났다고 합니다. 아직 공식 발표는 없지만, 폐하께서 일본 황실에 직접 위문하시기 바랍니다.

이은은 깊이 상심했다. 강하고 또 너그러운 스승 이토가 왜 조선인의 손에 죽어야 하는지, 조선은 무엇이고 일본은 무엇이고, 어째서 조선이 따로 있고 일본이 따로 있으며, 조선과 일본 사이에 어떤 일이 있는 것인지 이은은 생각할 수 없었다. 이토의 부재는 조선과 일본 전체의 부재처럼 느껴졌다.

이은은 군복을 벗고 누웠다. 그네타기도 당구치기도 요지경놀이도 하지 않았다. 시종이 슬퍼하는 이은의 양태를 메이지에게 고했다. 메이지가 궁인을 보내서 이은을 위로했다.

—전하의 슬픔은 인륜에 따른 것이로되 지금은 학업에 전념할 때다. 슬픔을 과도히 하지 마라.

이은의 전문을 보고받고, 순종은 한동안 고요히 앉아 있었다.

전문이 황제에게까지 올라오는 과정에서 여러 대신과 관리들이 이토의 죽음을 알게 되었다. 대신들도 입을 다물었다.

이토가 죽었다는 소문은 26일 밤중에 장안에 깔렸다. 소문은 소리 없이 퍼져나가서 적막 속에서 술렁거렸다.

통감부는 이 적막의 의미를 난해하게 여겼다. 분석하기 어려운 적막이었고, 불온한 폭발력을 내포한 적막이었다. 일본군 헌병대는 통감부와 전국의 군부대, 관공서, 철도, 우편국의 경비를 강화하고 이완용의 집 앞에 무장 헌병을 배치했다. 헌병대는 전국의 조선인 폭도 준동 지역의 민간인과 배일분자들에 대한 정보 수집을 강화할 것을 각 지구의 밀정들에게 지시했다.

—미세하고 구체적인 정보가 소중하다. 정보를 덧칠하지 말고 날것으로 보고하라. 불온은 고요함 속에 있다.

라고 헌병대장은 훈시했다.

조선 팔도는 고요했다. 순종은 그 고요의 바닥이 두려웠는데, 바닥은 보이지 않았다. 순종은 살길을 생각했다. 조선의 살길과 황실의 살길과 백성의 살길은 겹치고 또 부딪치면서 복잡하게 얽혀 있었다.

살길은 슬픔에 있었다. 이토를 죽인 조선인의 범행은 황실과 아무런 관련이 없으나, 황실의 지주이며 황태자의 스승인 이토 공작이 서거한 지극한 슬픔과 그 범인이 극악한 인간말종이라 할지라도 한국 황제의 신민이라는 참담한 두려움을 속히 내외에 공포하고 조선의 슬픔으로 일본의 분노를 위로하는 것만이 살길이었다. 살길은 저절로 떠올랐다.

순종은 메이지에게 위로의 전문을 보냈다.

—오늘 이토 공작이 하얼빈에서 흉악한 역도逆徒에게 화를 당하였다는 보고를 받고 통분한 마음을 금할 길이 없습니다. 삼가 위로를 보냅니다.

순종은 전문에서 한국인이라는 단어를 쓰지 않았다. 차마 한국인이라고 쓰지 못하는 심정을 메이지가 헤아려주기를 순종은 바랐다. 순종은 가나가와현 오이소에 살고 있는 이토의 정실 우메코에게도 별도의 전문을 보냈다. 순종은 황실의 모든 잔치를 폐했고, 서울에 사흘 동안 가무음곡을 금했다. 순종은 도쿄에서 이토의 영결식이 열리는 시간에 서울 장충단에서 거국적 관민 추도회를 열라고 내각에 지시했다.

순종은 이토에게 문충文忠이라는 시호를 내렸다. 순종은 대신과 관리들과 민간인 대표들을 거느리고 통감부로 가서 이토의 빈소에 조문하고 조위금 십만원을 전했다. 문文은 덕을 널리 펼침이고 충忠은 국가에 헌신한다는 뜻이라고 순종은 이토에게 내린 시호의 뜻을 한국 통감 소네에게 설명했다. 소네는 듣고, 말하지 않았다.

순종의 슬픔의 의전은 화려하고 엄숙했다. 그 슬픔이 위기를 모면하려는 가식이라 하더라도 가식이 지극하면 진짜 슬픔과 구별하기 어려웠고, 구별하기가 어려워지니 마음이 편안했다. 메이지는 감사한다는 전보를 보내왔다. 메이지의 답신은 짧았다.

이토의 시신을 실은 장송葬送열차는 지체 없이 하얼빈을 떠났다. 장송열차는 여섯 량으로 편성되었고 검은 천으로 상장喪章을 둘렀다. 이토의 시신은 홑이불에 덮여서 세번째 객차에 안치되었고, 앞뒤에 러시아 관리와 호송병들이 탔다.

장송열차는 이토가 대련에서 하얼빈으로 온 철로를 거꾸로 달려서 대련으로 향했다. 북경 주재 러시아 대사는 장춘까지 따라왔다. 장춘역에서 의장병들이 조포를 쏘고 받들어총으로 열차를 맞고 보냈다. 열차는 새벽에 봉천을 통과했다. 청나라 관리들이 새벽의 철길에서 열차를 맞았고 군악대가 장송곡을 연주했다.

대련역에서 관동군 의장대 1개 중대가 장송열차를 영접했다. 이토의 시신은 대련에서 입관되었다. 군의관들이 시신을 호텔 별관으로 옮기고 방부제를 주사했다. 관은 포르말린으로 채워져 밀봉되었다.

대한제국 내각총리대신 이완용이 고위 관리들을 데리고 서둘러 대련으로 왔다.

대련항에 정박중이던 군함 아키쓰시마秋津洲가 이토의 시신을 싣고 일본 요코스카항으로 떠났다. 군함이 출항하기 직전에 이완용 일행이 군함에 올라와서 이토의 시신에 분향하고 절했다. 아키쓰시마가 대련 외항을 빠져나갈 때까지 의장대가 배 쪽으로 총을 받들었고 군악대가 주악을 울렸다.

17

조선 대목구장 뮈텔 주교는 이토의 죽음을 10월 26일 저녁때 알았다. 이토가 절명한 지 열 시간 뒤였다. 그날 저녁 뮈텔은 서울 명동대성당 주교관에 있었다. 고해소에서 일본인 병사 다섯 명, 청나라 병사 세 명에게 고해성사를 베풀고 주교관으로 돌아왔을 때, 기다리고 있던 젊은 보좌신부가 하얼빈 교회가 보낸 전보를 주교에게 보고했다. 전보는 26일 아침에 하얼빈역에서 이토가 총격을 받고 현장에서 죽었다는 내용이었다. 그 밖의 정보는 없었다.

뮈텔에게 오는 정보는 때때로 한국 황실의 정보보다 빨랐고 프랑스, 독일, 청나라 외교관들의 움직임은 통감부의 일본 관리들보다 먼저 입수했다. 뮈텔에게 직접 닿는 것도 있었고, 명동대성당의 미사나 축일 때 모이는 외교관, 무관, 외국인 기술자, 고문관과 귀부인들 사이에 오가는 정보가 뮈텔에게 보고되기도 했다. 아무개 남작 부인이 독감에 걸렸고, 아무개 공사의 아들이 홍역을 앓다가 죽어서 양화진 묘지 어린이 묘역에 묻혔고, 아무개 참사관이 승진했고, 아무개 고문관이 본국으로 전보되었다는 정보들이 명동대성당에서 유통되었다. 갓 쓰고 도포 입은 한국의 대신들도 성당에 가서 귀동냥했고 외국 고관의 생일, 승진, 귀임에 맞추어 축의금을 보냈다. 뮈텔은 토막 정보들을 짜맞추어서 흐름을 파악했고 명동대성당 주교관에 앉아서도 파리, 로마, 북경, 하얼빈, 도쿄의 표정을 읽을 수 있었다.

이토가 죽었다는 말을 듣고 뮈텔은 소식을 전한 젊은 신부에게 아무것도 묻지 않았다. 뮈텔은 표정을 드러내지 않았다.

뮈텔은 이토의 피살이 몰고 올 세계의 쓰나미에 조용히 경악했다. 범인의 국적, 자금 출처와 배후관계, 정치적 동기에 따라서 동북아는 뒤집힐 것이었다. 저녁 무렵의 대성당은 고요했다. 뮈텔은 그 두려움을 공유할 사람이 없었다.

저녁 여섯시에 종탑에서 만종이 울렸다.

뮈텔은 무릎 꿇고 저녁기도를 올렸다. 약육강식하는 이 세계의 맨 앞에 서서 몸으로 세상을 끌고 나가던 이토의 고단한 영혼을 하느님께서 거두어주시고, 그의 수고로움을 가엾이 여기시어 그가 스스로 알지 못하고 저지른 죄를 사하여주실 것을 뮈텔은 하느님께 간구했다.

기도를 마치고 나서 뮈텔은 인력거를 타고 통감부로 향했다. 통감부는 명동대성당에서 가까웠다.

이토의 후임으로 소네가 통감으로 부임해 있었다. 뮈텔은 소네를 만날 수 없었다. 통감의 비서관 사타케佐竹가 뮈텔을 영접했다. 사타케는 일과가 지난 시간에 예고 없이 찾아온 뮈텔이 정보를 수집하러 온 것임을 직감했다. 사타케가 먼저 말했다.

—통감께서는 본국과 교신하실 일이 많아서 바쁘십니다.

—그렇겠지요. 일본 제국이 큰 흉변을 당하셨더군요. 늦은 시간이지만 애도를 전하러 왔습니다.

—통감께 전해드리겠습니다.

뮈텔은 말을 이어가기가 어려웠다. 사타케는 범인이 한국 청년이고 배일사상에 젖은 자라는 것을 알고 있었다. 하얼빈의 일본 영사관은 범인의 국적과 성향을 지급전보로 서울의 통감부에 알려왔다. 아직은 감추어두어야 할 사항이었다. 사타케는 말을 돌렸다.

—주교님께서 이처럼 살펴주시니 큰 위안이 됩니다. 동양 평화를 위해 기도해주십시오.

뮈텔은 말을 유도했다.

—조선인들의 동향이 걱정됩니다.

사타케는 걸려들지 않았다.

—오늘밤은 고요합니다만, 이토 공이 서거하신 소식이 알려지면 조선인들도 일본 국민과 더불어 슬퍼할 것입니다.

뮈텔은 사타케가 일부러 멍청한 소리를 하고 있음을 알았다. 뮈텔은 대기시켜놓은 인력거를 타고 명동대성당 주교관으로 돌아갔다. 늙은 인력거꾼은 오르막에서는 끌기를 힘들어했고 내리막에서는 버티기를 힘들어했다. 뮈텔은 뒷자리에서 말했다.

—천천히 가라. 바쁘지 않다.

도심지의 민가들은 어둠 속에 가라앉아 있었고 거리에는 인기척이 없었다. 집 떠난 개들이 쓰레기통을 뒤지고 있었다. 뮈텔은 거리의 적막에 두려움을 느꼈다. 인력거에 몸이 흔들리면서, 뮈텔은 이토를 쏜 자는 한국인일 것이라고 생각했다. 한국에서 선교사로 사목해온 지난 이십여 년 동안 이 작은 반도에서 벌어진 학살과 저항이 그런 생각을 불러일으키는 것이라고 뮈텔은 스스로 알았지만, 그것을 사타케에게 대놓고 물어볼 수는 없었다. 미개한 사회의 원주민들이 문명개화로 이끄는 선진先進의 노력을 억압으로 느끼고 거기에 저항하는 사례들을 뮈텔은 세계의 후진지역에 파송된 동료 성직자들의 보고를 통해서 알고 있었다. 불꺼진 집들의 어둠 속에서 한국인들이 목소리를 낮추어서 이토의 죽음을 기뻐하고 있는 모습을 뮈텔은 상상했다.

성당이 보이는 오르막길에서 인력거꾼이 허덕였다. 뮈텔은 오르막 초입에서 인력거꾼을 보내고 걸어서 주교관으로 돌아왔다.

이토를 죽인 범인은 한국인 청년 안중근이고, 안중근은 십이 년 전에 황해도 산골 마을에서 빌렘 신부에게 영세 받은 천주교인이라는 사실은 며칠 안에 세상에 알려졌다. 한국 황실은 불령한 신민 한 명이 잘못 태어나서 저지른 죄업을 일본 황실에 거듭 사죄했다. 뮈텔은 이 황급한 사죄에서 사건의 배후로 의심받지 않으려는 한국 황실의 두려움을 읽었다.

안중근의 이름은 낮은 목소리로 넓게 퍼져나갔다. 뮈텔은 십이 년 전의 안중근을 기억할 수 있었다. 뮈텔은 그해 겨울에 황해도 산골에서 안중근을 처음 만났다. 그때 뮈텔은 산골 마을 공소들을 사목 방문하고 있었다. 백성들은 땅에 들러붙어서 기진해 있었다. 오백 년 왕조의 죄업이 탈진한 사람들의 어깨 위에 쌓여 있었다. 뮈텔은 영세를 베풀어서 짓밟힌 영혼들을 교회 안으로 끌어들였고, 생활 속에 고인 남루한 죄들을 사해주었다. 뮈텔은 목자牧者로서 자상하고 엄격했다. 신자들은 뮈텔에게 의지하면서 어려워했다.

뮈텔이 서울로 돌아갈 때 황해도 산골 청계동의 안중근이 해주까지 길 안내를 해주었다. 청계동 공소의 빌렘 신부가 안중근을 길라잡이로 데려왔다.

안중근은 열아홉 살이었는데, 장년의 무게를 느끼게 했다. 뮈텔은 이 지역에서 세습되는 안씨 가문의 세력을 빌렘에게 들어서 알고 있었다. 그 세력은 문벌의 힘과 재력을 겸비했는데 안씨 가문이 신앙하는 천주교 교회의 힘도 거기에 가세하고 있었다. 안중근은 그 집안의 장남이고, 안중근 아버지의 형제들과 그 아들들이 한마을에서 토착 세력을 이루고 있다고, 빌렘이 뮈텔에게 말해주었다.

뮈텔 일행은 짐꾼 다섯 명을 거느리고 해주로 향했다. 동학의 세력은 힘을 잃었지만 난리통에 마을이 흩어져서 장이 서지 않았다. 여인숙들은 문을 닫았고 불탄 마을들은 재가 되어 주저앉았다. 동학군이 마을을 약탈하고 지나가면 관군이 들어와서 동학군에게 식량을 내준 백성들을 잡아갔다. 동학군이 관아를 불지르고 아전들을 죽이면 아전의 아내가 동학군의 은신처를 밀고했고, 끌려가서 죽임을 당한 동학군의 아들이 밀고자를 죽였다. 삼 년쯤 전에 이 지역에서 안중근의 아버지 안태훈이 포수와 청년들을 모아서 군사 조직을 갖추고 마을을 위협하는 동학군을 쳐부수었는데, 그때 열여섯 살 난 안중근이 그 선봉의 역할을 했다고 빌렘은 뮈텔에게 말해주었다. 뮈텔은 안중근의 골격을 바라보면서 족히 그럴 만한 위인이라고 생각했다. 안중근은 키가 작고 다부졌고, 땅을 힘주어 디디고 걸었다.

뮈텔 일행은 신자들의 집에서 숙식하며 이동했다. 안중근은 천주교 신자들의 집을 모두 알고 있었다. 신자의 집 마당에서 짐을 풀고 곡식을 꺼내서 밥을 지어 먹었다. 안중근은 어느 집에서

나 스스럼이 없었다. 마을 노인들이 이방의 사제와 젊은 안중근을 공손히 맞았고, 부녀들이 닭을 잡고 찌개를 끓여서 뮈텔 앞에 내왔다.

경상도 내륙에서 의병들이 관아를 습격해서 군수를 죽이고 창고를 털어냈는데, 돌아가던 의병장이 일본군에 잡혀서 총살되었다고, 저녁 밥상에서 마을 노인들이 풍문을 전했다. 고종이 기울어져가는 나라의 국호를 대한제국으로 바꾸면서 스스로 황제의 자리에 올라서 종묘에 팔일무八佾舞를 바쳤고, 황제의 후궁 엄씨가 아들을 낳았다는 소문을 노인들은 뮈텔에게 말했다. 뮈텔은 다 알고 있는 이야기를 잠자코 듣고 있었다. 마을에서 마을로 소문은 너울거렸다.

뮈텔 일행이 해주에 도착하자, 해주 군수가 관아로 초대해서 저녁을 대접했다. 해주는 대처였다. 관아의 마루에는 소파가 놓여 있었고 식당은 서양식으로 꾸며져 있었다. 너비아니구이에 코냑이 나왔고 탁자 위에 꽃이 꽂혀 있었다. 식후에는 커피와 시가가 나왔다.

해주는 중국에서 뱃길로 가까워서 문물이 앞서간다고 군수는 자랑했다. 뮈텔은 폐허가 된 마을과 코냑의 부조화를 생각했다. 군수가 뮈텔에게 술을 권했다.

—상해에서 온 서양 술입니다.

—조선에서 코냑을 마시니 놀랍소.

안중근이 코냑으로 입술을 적셨다. 안중근이 말했다.

—향기로운 술이오. 향기가 사납구려.

뮈텔은 안중근의 내면의 영성을 헤아릴 수 없었다. 안중근은 조선의 자식이고 조선의 폐허에 발 디디고 있지만 폐허에 속하지는 않았다. 안중근은 길라잡이로서 믿음직했지만 뮈텔은 안중근에게서 위태로운 어긋남을 느꼈다.

해주에서 안중근은 신천으로 돌아갔고 뮈텔은 임진강을 건너서 파주, 고양을 거쳐서 서울로 왔다. 그때 안중근은 열아홉 살이었다.

명동대성당은 서울 도심의 언덕 위에 자리했다. 서울에 주재하는 여러 나라 공사관들과 가까웠고 종로 거리의 기와집 주택가 너머로 경복궁과 종묘의 숲이 내려다보였다. 대성당은 지하에 순교자들의 뼈를 모셨고, 고딕 첨탑으로 하늘을 지향했다. 오백 년 된 왕도王都의 어디에서나 성당은 높이 올려다보였다. 종탑 공사가 마무리되던 주일에 뮈텔은 봉헌 미사를 올렸다. 젊은 신부 열두 명이 복사단을 구성해서 금빛 십자가 열두 개를 제단 앞에 펼쳤다. 미사에는 미국, 영국, 프랑스, 러시아, 일본의 공사와 관리, 훈장을 단 무관들, 고문관, 기술자, 통역관과 한국의 외무, 내무, 탁지부 관리들이 참례했다. 황실 수비대장이 병력을 데리고 와서 외곽을 경비했다. 미사가 끝나고 열린 파티에서 참석자들은 여러 나라들의 황제 폐하를 위해서 건배했고, 동양 평화와 한불수호조약의 앞날을 위해서 건배했고, 만세 만세 만만세를 외쳤다.

종탑에서 종을 울렸다. 소리의 고랑이 넓게 퍼졌다. 참석자들은 종소리의 끄트머리가 울리는 품격을 찬양하면서 다시 건배했다.

뮈텔은 명동의 종소리에서 고향인 프랑스 농촌 마을의 종소리를 떠올렸다. 고향 마을의 숲과 강은 하느님의 숨결로 가득차 있었다. 사람이 애써 증명하지 않아도 신성神聖은 땅 위에 저절로 드러나 있었다. 동양의 작은 나라의 언덕 위에 성당을 완공하고 봉헌 미사를 올리며 뮈텔은 소년 시절을 보낸 고향 마을의 숲과 강을 생각했다. 새롭게, 다시 부르는 성소聖召의 소리가 분명히 들렸다. 그날 뮈텔은 밤늦게까지 고해성사를 베풀었다.

명동대성당을 봉헌한 지 몇 달 뒤에 안중근이 뮈텔을 찾아왔다. 안중근은 빌렘을 앞세워서 왔다. 안중근은 새로 지은 성당을 구석구석 돌아보았다. 성당 안은 수난과 부활의 이야기로 가득차 있었고 건축물의 구조 안에 문명개화의 축복이 넘쳤다. 스테인드글라스가 천상의 요지경 속 같은 빛을 뿜어냈다. 보따리를 메고 시골에서 올라온 노인들이 성당을 구경하고 있었다.

뮈텔은 저녁 무렵에 안중근과 빌렘을 주교관으로 들였다. 뮈텔은 안중근이 먼저 말문을 열기를 기다렸다. 안중근은 미리 준비하고 연습해온 말을 꺼냈다.

—지금 조선 교인들은 무지몽매해서 교리를 알아듣지 못하고, 나라의 발전에도 큰 장애가 되고 있습니다. 서양 나라의 수사修士들을 모셔와서 조선에 대학교를 세우고 인재를 키우면 교회와 나라에 큰 도움이 될 것입니다. 주교님께서 힘써주시기 바랍니다.

안중근은 몰아붙이듯이 말했다. 뮈텔은 안중근의 말투에서 청년의 환상과 열정을 느꼈다. 빌렘은 옆자리에 앉아서 뮈텔의 안색을 살피고 있었다. 뮈텔은 빌렘과 안중근이 말을 맞추고 왔음을 알았다. 뮈텔이 느린 말투로 말했다.

—대학교를 세우는 일은 쉽지 않다. 많은 자금과 인력이 필요하고, 이윤이 아니면 세속의 자금을 움직이기가 힘들다.

—그러니까 주교님께 호소하는 것입니다.

—사제가 어찌 세속의 일에 통할 수 있겠는가. 그런 일은 조선 황실에 진언하라.

—조선 황실의 무력함을 주교님께서 잘 아실 것입니다. 주교님께서 서양 여러 나라에 발의하시면 이룰 수 있을 것이라고 생각합니다.

안중근은 물러서지 않았다. 뮈텔은 안중근의 어조가 맡겨놓은 물건을 내놓으라는 투라고 느꼈다. 안중근은 또 말했다.

—주교님께서는 서울 한복판에 이런 거대한 성당을 이룩하셨으니, 뜻을 정하시면 대학교를 세우는 일도 어렵지 않을 것입니다.

뮈텔은 말했다.

—교회는 하느님께서 세우신다. 세속의 일을 교회의 일에 빗대어 말하지 마라. 아름답지 않다.

안중근은 뮈텔을 찾아온 것을 후회했다. 안중근은 주교관 창밖으로 대성당의 종탑을 바라보고 있었다. 종탑이 저녁노을에 빛났다.

뮈텔이 말했다.

—조선에 대학교는 가당치 않다. 조선인은 우선 교회 안으로 들어와야 한다. 조선인이 학문을 배우면 신심을 해치게 된다. 좋지 않다. 다시는 이런 말을 꺼내지 마라.

안중근은 뭐라고 더 할 말을 참는 듯하다가 돌아갔다. 뮈텔은 안중근을 데리고 황해도에서 서울까지 올라온 빌렘을 나무라고 싶었다. 뮈텔은 돌아가는 안중근의 뒷모습에서 불손한 기운을 느꼈다. 그후로 안중근은 소식이 없었다.

범인이 안중근이라는 말을 들었을 때 뮈텔은 황해도 산골에서 길을 안내하던 안중근과 대학교를 세워달라고 들이대던 안중근을 떠올렸다. 이토가 죽은 뒤에 안중근이 천주교인인가를 묻는 기자들의 질문에 뮈텔은 안중근은 이미 천주교인이 아니라고 대답했다.

개인들의 영성이 꽃처럼 피어나면 그 꽃들이 모여서 문명을 이루고 하느님의 나라가 그 위에 세워지는 평화의 구도를 뮈텔은 아직도 이 황잡한 세상에 펼 수가 없었다. 적개심에 가득찬 자에게 평화를 말할 수는 없었다.

총으로 쏘아 죽이는 방식으로 증오를 표출한 천주교인의 죄악에 뮈텔은 상심했다. 백 년이 넘는 박해의 세월을 견디면서 죽음에 죽음을 잇대는 순교의 피 위에 세속의 거점을 겨우 확보한 조선 교회가 또다시 세속 권력과 충돌한다면 교회의 틀이 위태로워질 것을 뮈텔은 걱정했다. 뮈텔은 자신의 걱정을 신부와 신도들에게 말할 수가 없었다. 안중근은 사제를 능멸했고 교회의 가르침을 배반했으며, 교회 밖으로 나가서 살인의 대죄를 저질렀으므로, 그가 비록 영세를 받았다 해도 더이상 교회의 자식이 아니라고 뮈텔은 하느님께 고했다. 하느님은 세속의 일에 관하여 대답하지 않았다.

18

러시아 헌병들이 안중근의 허리를 묶어서 헌병대로 끌고 갔다. 하얼빈역은 러시아의 관할구역이었으나 러시아 지방법원 판사는 안중근이 한국 신민이므로 이 사건의 재판 관할권은 러시아에 속하지 않는다고 결정했다. 결정은 신속했다. 러시아는 서둘러서 사건에서 손을 뗐다. 러시아 헌병대는 안중근을 하얼빈 주재 일본 총영사관으로 인계했고, 안중근은 지하 구치소에 갇혔다. 구치소에서 취조실로 끌려갈 때 안중근은 복도 저편으로 허리가 묶여서 끌려가는 우덕순을 보았다.

우덕순은 며칠 전에 사준 새 옷을 입고 있었다. 머리카락이 헝클어져 있었고 다부진 어깨 위에 그늘이 내려앉아 있었다. 우덕순은 늘 그랬듯이 우중충했다. 우덕순은 아무 일도 없는 것처럼 보였다.

……우덕순이 잡혔구나…… 채가구역에 러시아 헌병들이 쫙 깔려 있었으니까, 내가 하얼빈에서 쏘자 우덕순도 바로 잡혔겠구나…… 열차가 채가구를 통과해버렸다면 우덕순은 쏘지 못했겠구나.

우덕순의 뒤로 또 한 명이 끌려가고 있었다. 몸매가 가늘고 키가 컸다.

……저것이 정대호인가? ……정대호가 하얼빈에서 잡혔다면 나의 처자들도 잡힌 것인가……

가늘고 키 큰 몸매는 복도 끝 취조실로 들어갔다. 안중근은 그것이 정대호가 아니기를 바랐다. 그것은 정대호였다.

관동도독부는 검찰관 미조부치 다카오溝淵孝雄를 하얼빈 총영사관으로 파견해서 사건을 맡도록 했다. 미조부치는 하얼빈에 도착한 첫날 안중근을 신문했다. 미조부치는 관복에 관모를 쓰고 있었다. 검은 콧수염이 양쪽으로 뻗쳐 있었다. 눈이 작고 목소리에 높낮이가 없었다. 미조부치는 글을 읽듯이 말했다. 미조부치는 짧게 말해서 군더더기가 없었고, 피의자의 진술 안에서 새로운 질문을 찾아내서 몰고 갔다. 말할 때 미조부치는 말하는 기계처럼 보였다. 미조부치는 꼼꼼하고 빈틈없었다.

……내가 이 일로 죽게 되면, 죽는 날까지 저자와 대면해야

하는구나……

안중근은 취조실에서 미조부치와 마주앉았다. 오른쪽에 통역이 앉고 그 맞은편 책상에서 서기가 신문 내용을 기록했다.

—이름, 나이, 직업을 말하라.

—이름은 안응칠, 나이는 서른한 살, 직업은 포수다.

—그대는 한국 신민인가?

—그렇다.

—부모처자는 있는가?

—없다.

—일정한 거처나 주소가 있는가?

—없다.

—토지나 가옥이 있는가?

—없다.

—학문을 배웠는가?

—배우지 않았다.

—글은 아는가?

—조금 안다.

—평소에 존경하는 사람이 있는가?

—없다.

—평소에 적대시하는 사람이 있는가?

—한 사람 있다.

—그게 누구인가?

—이토 히로부미다.

—왜 이토 공작을 적대시하는가?

—그 이유는 많다. 지금부터 말하겠다.

사실관계를 추궁할 때 미조부치는 안중근을 신문하기가 수월했다. 안중근은 유리한 정황을 들이대지 않았고 불리한 정황을 아니라고 우겨대지 않았다. 간단히 묻고 짧게 답하니 말이 깔끔하게 되어갔다. 안중근도 마찬가지였다. 대답하기 싫고, 대답할 필요가 없는 질문에 말을 아낄 수 있었다.

이토가 없는 자리에서 일본의 검찰관을 상대로 이토를 쏜 이유를 진술하자니 맥빠지는 일이었지만, 말은 편안하게 흘러나왔다. 안중근이 이토를 적대하는 이유를 진술하는 동안 미조부치는 가끔씩 눈살을 찌푸렸으나 진술을 제지하지는 않았다. 서기가 안중근을 힐긋거리면서 진술을 받아 적었다.

—그대가 발사한 후 이토 공작이 어떻게 되었는지를 아는가?

—모른다.

—그대의 생명은 어떻게 할 생각인가?

—그것은 생각해본 적 없다. 나는 이토를 살해한 후 법정에서 이토의 죄악을 낱낱이 진술하고, 그후 나 자신은 일본측에 맡기려 했다.

일본 외무성은 수사와 재판 과정 전체를 관동도독부로 이첩하라고 하얼빈 주재 총영사관에 지시했다. 본국 외무성이 사건 전체를 틀어쥐려면, 아무래도 관동도독부에 사건을 들여앉혀놓는 쪽이 편리했다.

총영사관은 하얼빈 일대에서 검거된 관련 피의자 아홉 명과 신문조서 증거물들을 관동도독부로 송치했다.

대련으로 가는 호송열차는 11월 1일 아침에 하얼빈역을 떠났다. 일본군 헌병 대위가 호송 병력 서른 명을 지휘했다. 객차 두 칸에 피의자 아홉 명을 태웠다. 피의자들끼리 대화를 금하라고 대위는 헌병들에게 지시했다. 좌석 한 칸에 한 명씩 묶어서 앉히고 양쪽에 헌병이 앉아서 오랏줄을 쥐고 있었다.

객차에 올라서 중앙 통로를 지나갈 때 안중근은 먼저 와서 묶여 있는 우덕순을 보았다. 뒤통수만 봐도 우덕순이었다. 우덕순의 두 자리 앞에 묶여 있는 사내의 뒷모습이 낯익어서 돌아보니 정대호였다. 호송열차에 오르기 전까지 안중근은 정대호가 체포되었는지, 체포되지 않았는지를 알지 못했다. 눈이 마주치는 순간 정대호는 입을 벌려서 뭐라고 말하려 했다. 헌병이 팔꿈치로 정대호의 배를 찔렀다. 정대호는 앞으로 고꾸라졌다.

……정대호가 잡혔구나. 내가 일본 총영사관 지하실 복도에서 본 것이 정대호였구나. 정대호는 하얼빈에서 잡힌 모양이다…… 하얼빈의 한인이 이백육십 명 정도이고 또 일본 밀정들의 정보 범위 안이니까 내가 이토를 쏘고 나서 일본 밀정들이 한인사회를 뒤졌다면 정대호를 잡는 일은 어렵지 않았을 것이고 내 아내와 아이들의 행적은 노출되었을 것이다. ……정대호가 잡힐 때 내 아내와 두 아들은 어디에 있었을까. 처자식이 잡혔다면, 하얼빈 어디엔가 억류되어 있겠구나……

총을 든 헌병들이 객차의 앞뒤 출입문을 막아섰다. 피의자들이 용변을 볼 때 헌병들은 화장실 문을 열어놓고 감시했다.

열차는 단조로운 리듬으로 흔들리면서 대륙을 건너갔다. 먼 산들이 크게 돌면서 흘러갔고, 열차를 따라오던 강들이 저무는 산맥의 모퉁이 너머로 사라졌다. 대륙은 아무의 땅도 아닌 것처럼 허허로웠는데, 사람들의 불빛이 흩어져 있었다.

……큰아들 분도의 얼굴은 기억나지 않고 젖냄새는 기억난다. 둘째 아들 준생은 얼굴을 본 적이 없다. 준생은 지금 젖을 떼었는가. 아내는 준생에게 미음을 먹이면서 평양에서 하얼빈까지 왔겠구나……

장춘에서 날이 저물고 열차는 거기서 아침까지 정차했다. 헌병들이 피의자들을 끌어내서 장춘역 구내의 헌병 주재소에 가두고 밤을 새웠다.

열차는 다음날 아침 일곱시에 출발했다. 객차 안에서 헌병들이 피의자들을 일으켜세워서 아침점호를 하고 주먹밥을 나누어주었다.

열차는 남쪽으로 달렸다. 안중근은 눈을 감았다. 잠은 오지 않고 눈꺼풀 안쪽에 붉은 반점들이 떠다녔다.

거기에, 비틀거리는 이토의 모습이 떠올랐다. 총알 세 발이 명중한 것은 확실했다. 이토의 몸속에 총알이 박힐 때, 총알이 안중근의 몸에 신호를 보내오는 듯했다. 안중근은 그 신호를 믿었다. 그리고 조준선 너머에서 이토가 비틀거렸고, 키 작은 일본인이 이토를 부축했다. 그때, 머릿속이 하얗게 뒤집혔다. 저것이 이토가 맞는가 싶어서 그 옆의 인물들도 쏘아서 맞혔다. 순간에, 저절로 일어난 일이었다. 안중근은 그 이후를 기억할 수 없었다. 쏠 때 확실했던 일들이 쏘고 나니 몽롱했다.

……이토는 죽었는가? 이토가 죽었다면, 나의 목숨이 이토의 목숨 속에 들어가서 박힌 것이다. 그러나 이토가 죽었다면 일본 영사관 직원들과 헌병들이 이처럼 조용할 수가 있을까.

이토를 살려놓고 이토를 죽이는 이유를 이토에게 말해주었으면 좋았겠는데 이토가 죽었다면 이토를 죽인 이유를 이토에게 말해줄 수가 없겠구나. 메이지는 이토가 총을 맞은 이유를 알고 있을까. 이토가 죽었다면 이토 없는 세상에서 이토를 죽인 이유를 말해야 하지만, 그 세상은 이토가 만들어놓은 세상이므로 내 말을 알아듣기가 어렵겠구나. 이토가 죽었다면, 총알을 맞고 나서 숨이 붙어 있는 동안에, 왜 총에 맞았는지를 알았을까? 그것까지 알 수는 없었더라도, 총을 쏜 자가 한국인이라는 것은 알고 죽었을까. 이토가 죽었다면, 그것을 물어볼 길이 없겠구나.

이토가 죽지 않고 병원으로 실려가서 살아났다면, 이토의 세상은 더욱 사나워지겠구나. 이토가 죽지 않았다면 이토를 쏜 이유에 대해서 이토에게 말할 자리가 있을까. 세 발은 정확히 들어갔는데, 이토는 죽었는가. 살아나는 중인가. 죽어가는 중인가.

안중근은 옆에 앉아서 오랏줄을 잡고 있는 헌병에게

……이토는 죽었는가? 신문에 났는가?

라고 묻고 싶은 복받침을 억눌렀다.

장춘을 지나자 산맥들이 멀어지고 강폭이 넓어졌다. 대륙은 바다를 향해서 내려앉고 있었다. 11월의 대륙은 비어서 휑했다. 한참을 달려도 인기척이 없었다. 먼 능선에서 눈이 회오리쳤고 가까운 숲이 흔들렸다. 대륙은 말라서 버스럭거렸다.

열차는 이토가 대련에서 하얼빈으로 온 철도를 거꾸로 달려서, 하얼빈에서 대련으로 향했다. 안중근은 이틀째 자지 못했다. 몸이 열차의 리듬에 감겨서 졸음이 쏟아졌으나 잠은 오지 않았다. 가본 적 없는 대련이 안중근의 마음에 떠올랐다.

……이토의 나라는 대련을 쳐부수어서 차지했고, 대련을 발판으로 하얼빈으로 진출했다. 하얼빈역 플랫폼은 내가 이토를 쏘기에 알맞은 자리고, 이토가 죽기에 알맞은 자리다.

……나는 이토가 온 철도를 거슬러 가고 있다. 대련은 이토의 세상이다. 대련은 내가 말하기에 편안한 자리이고 내가 죽기에도 알맞은 자리이다.

호송열차는 11월 3일 오후에 대련에 도착했다. 안중근은 관동도독부 여순감옥에 갇혔다. 마차에 실려서 감옥으로 가면서 안중근은 커튼 틈으로 밖을 내다보았다.

방파제 너머로 여러 나라에서 온 기선들이 정박해 있었다. 대련은 번창한 항구였다. 접안한 배에서 인부들이 등짐을 지어서 화물을 내렸고, 화물 마차 수십 대가 부두에 대기하고 있었다. 항구는 바빠 보였다. 시가지에는 붉은 벽돌 건물들이 들어서 있었고 옥상에서 깃발이 펄럭였다.

감옥은 백옥산 아래 있었다.

19

이토의 영결식은 11월 4일 도쿄 히비야 공원에서 열렸다. 이토의 관은 아침 일찍 아카사카 레이난자카의 관저를 떠났다. 기마헌병대, 군악대, 의장대가 운구 대열의 선두를 이끌었다. 그 뒤로 대령급 군인 열두 명이 이토가 받은 훈장 스물네 개를 받들었고, 이토의 관 둘레를 육군 해군 장성들이 경위했다.

장례위원회는 통나무를 새로 벌목해서 히비야 공원에 임시 막사 마흔 동을 새로 지었다. 껍질 벗긴 새 나무의 향기가 식장에 가득찼다.

이토의 관이 중앙에 놓이고 그 앞에 훈장 스물네 개가 늘어섰다. 법의를 걸친 승려들이 독경했고 러시아정교회의 주교가 금빛 십자가를 들고 입장했다. 일본 황태자 내외의 어사, 한국 태황제의 어사, 한국 황제의 어사, 한국 황태자의 어사들이 차례로 입장했다. 보병, 기병, 포병 2개 사단이 식장 외곽을 경비했고 해군이 의장을 맡았다.

메이지는 이토의 장례 절차와 규모에 대해서 소상히 보고받고 윤허했다. 메이지는 이토의 장례식에 참석하지 않았다. 메이지는 이토의 죽음에 대한 자신의 심회를 발설하지 않았다. 대신들은 메이지의 침묵 앞에서 침묵했다. 시종들은 멀리서 메이지의 눈치를 살피며 입을 다물었다.

같은 날 서울 장충단에서 한국 황실과 내각과 민간인들이 합동으로 관민 추도회를 열었다.

흰 베로 장막을 치고 그 안에 이토의 위패를 모셨다. 위패에 '문충공文忠公'의 시호를 써붙였다. 황족과 각부 대신, 고위 관리, 한성부민회 임원들, 각 지역 대표들이 이토의 위패에 절했다. 서울의 모든 학교가 수업을 중지했다. 교사들이 학생을 인솔해 와서 절했다. 수도 거주민들은 대문 앞에 삼베를 감은 반기半旗를 걸었다. 이토의 위패 앞에는 조선의 예법에 따라서 이쪽에서 저쪽까지 밥, 국, 떡, 식혜, 육포, 푸성귀, 나물, 과일, 생선, 고기가 펼쳐져 있었다.

20

정대호는 일행 여덟 명을 데리고 27일 저녁 하얼빈에 도착했다. 안중근이 이토를 쏜 다음날이었다. 정대호는 일행과 함께 김성백의 집에서 묵었다. 김성백은 김아려와 두 아이에게 이층 방 한 칸을 빌려주었다.

하얼빈은 발칵 뒤집혀 있었다. 이토는 현장에서 절명했고 이토를 쏜 범인은 한국인 안응칠, 나이는 서른한 살, 직업은 사냥꾼이라고 신문들은 보도했다. 정대호가 청나라 신문을 사와서 김아려에게 읽어주었다. 잠든 아이들의 옆에서 두 무릎을 안고 앉아서 김아려는 정대호가 전하는 소식을 들었다. 김아려는 받아들여야 할 거대한 운명을 느꼈다. 안중근이 이 년 전에 블라디보스토크로 떠날 때부터 모든 일은 이렇게 되도록 예정되어 있던 것이었다.

……이토가 죽었으니까…… 저이도 곧 죽겠구나……

오랜만에 따스한 잠자리에 누운 막내는 침을 흘리며 잠들어 있었다. 김아려는 무명 수건으로 아이의 침을 닦아주었다. 젖니가 돋는 잇몸이 근지러운지 아이는 입을 오물거렸다.

정대호는 김아려와 두 아이를 어디에 얹혀주어야 할 것인지를 생각했다. 난감한 일이었다. 하얼빈에 아이가 둘 딸린 젊은 여자를 의탁시킬 연고처는 없었다. 조선에 있는 안중근의 두 동생들과 편지로 의논하는 수밖에 없었다.

안중근이 무슨 생각으로 처자식들을 하얼빈으로 불렀는지 정대호는 이해할 수가 없었다. 정대호는 안중근의 처자식을 데리러 평양에 갔다가 며칠을 주색잡기로 소일하고 10월 23일에야 평양을 떠났는데, 안중근이 총을 쏘기 전에 처자식들을 데려와서 만나게 해주었다면 안중근이 총을 쏠 수 있었을까를 정대호는 생각했다. 안중근을 위해서나 그의 처자식을 위해서나, 총을 쏜 후에 그의 처자식들이 하얼빈에 도착해서 안중근이 총을 쏘기 전에 처자식과 만날 수 없었던 것은 잘된 일이지 싶었다. 돌이킬 수 없는 일은 끝내 돌이킬 수 없는 것이다…… 그렇게 생각하면서 정대호는 마음이 편해졌다.

정대호는 10월 28일에 김성백의 집에서 체포되었고 김아려도 연행되었다. 미조부치는 김아려를 일본 총영사관으로 불러들여서 신문했다. 김아려는 자신이 정대호의 누나라고 들이댔다. 김아려는 참고인 신분이었는데, 미조부치는 김아려와 정대호의 관계가 남매라는 진술을 의심하고 있었다. 미조부치는 참고인 신문조서에 '참고인 정성鄭姓, 정대호의 누나라고 하는 자'라고 기록했다.

문명한 나라의 법률은 범죄자의 혈족이라 하더라도 범행과 직접 관련이 없으면 처벌하지 않으므로, 안심하고 사실을 진술하라고 미조부치는 김아려에게 말했다. 미조부치는 시작했다.

—그대는 피고인 정대호와 어떠한 관계인가?
—나는 정대호의 친누나이다.

—그대는 자식이 있는가?
—아들 둘이 있다.

—그대의 남편 이름은 무엇인가?
—김녹수다. 나는 무식해서 한자는 모른다.

—그대는 몇 살 때 결혼했는가?
—열일곱 살 때 했다. 남편은 삼 년 전에 죽었다.

—둘째가 생긴 후 남편이 죽었는가?
—임신 오륙 개월쯤에 죽었다.

—남편의 무덤은 어디인가?
—황해도 명천군 서방동에 묻었다.

김아려는 이토가 이미 죽었으므로 남편은 죽은 것으로 생각했다. 남편이 블라디보스토크로 떠나던 이 년 전에, 남편은 돌아올 수 없을 것으로 김아려는 예감하고 있었다. 그렇게 결정하자 결정은 사실처럼 굳어졌다. 미조부치는 첫번째 신문을 간단히 끝냈다. 미조부치는 이틀 후에 안중근의 다섯 살 난 장남 분도를 총영사관으로 데려와서 진술을 청취하고 기록했다. 총영사관의 여직원이 김성백의 집으로 가서 분도를 데려왔다. 김아려는 따라오지 않았다. 미조부치는 청취서에 진술인을 '장남 모某, 다섯 살'이라고 썼다.

미조부치는 분도에게 안중근의 사진을 보여주며 말을 걸었다.

분도가 안중근의 사진을 보면서

—이것은 나의 아버지다.

라고 말했다고 미조부치는 청취서에 기록했다. 분도가

—어머니가 나를 아버지 있는 곳으로 데리고 간다고 했다.

라고 말했다고 미조부치는 기록했다.

이틀 후에 미조부치는 다시 김아려를 불렀다.

—그대의 남편은 안응칠이 아닌가?
—아니다.

—그대의 자식에게 들으니 아버지가 있다고 하던데?
—내 남편은 죽었다.

—그대 자식이 안응칠의 사진을 보고 아버지라고 했다.
—아이는 어려서 아버지의 얼굴을 알지 못한다. 남편이 없는데 있다고 말할 수 없다.

미조부치는 밧줄에 묶인 안중근의 사진을 김아려에게 보여주었다.

—봐라. 남편이 이처럼 체포되었다. 남편이 아닌가?
—내 남편은 죽었다. 남편은 없다.

—그대 남편은 안응칠이 틀림없다. 어떤가?
—나는 모른다.

김아려의 마음속에서 남편은 죽었다. 죽음은 바뀔 수 없었다. 미조부치는 김아려가 안중근의 아내라는 심증을 굳히고 신문을 끝냈다.

21

이토의 장례식을 치르기 전부터, 서울에 이토의 송덕비와 동상을 세우자는 건의들이 통감부에 접수되었다. 통감부는 허가하지 않았다. 통감부는 건의한 자들을 불러들여서 충정은 이해하나 바닥 민심이 어수선하니 경거망동을 삼가라고 경고했다.

이토의 동상을 세운다고 모금을 해서 돈을 떼어먹으려던 자들이 경시청에 검거되었다. 한국 황제의 어명을 받은 조문 사절을 사칭하는 자들이 대련으로 건너가서 이토의 관을 실은 배를 향해서 절했다.

한국 청년이 이토를 살해했다는 말을 듣고 한국 태황제가 얼굴에 기쁜 표정을 드러내며 웃었다는 소문이 대궐 안에 퍼졌다. 통감부는 경시警視들을 풀어서 소문의 근원을 추적했다. 경시들이 궐내를 뒤졌고, 태황제에게 가까운 나인들을 차례로 신문했다.

—네가 태황제의 얼굴에 웃음기가 떠오르는 것을 보았느냐?

—용안이 일그러지는 것은 보았는데, 웃음인지 울음인지 구분할 수 없었습니다.

—태황제가 뭐라고 말하였느냐?

—멀어서 들리지 않았습니다.

—대신들 중에서 웃고 떠든 자가 누구냐?

—높은 쪽 일은 알지 못합니다.

조사는 흐지부지되었다. 태황제의 시종들 중 한 명이 일본인에게 잘 보이려고 없는 일을 지어내서 고자질했을 것이라고 나인들끼리 수군거렸다. 수사가 끝나자 태황제 주변에서는 이토의 죽음을 입에 담지 않았다.

지방 군수와 서생들 중에서 힘 쓰는 자들이 사죄단, 위문단을 구성해서 일본으로 가면서 그 여행 비용을 주민들에게 걷었다. 발 빠른 자들이 모여서 이토의 죽음을 사죄하러 일본에 가려고 13도 인민 도일渡日 대표단을 결성했다.

도쿄의 한국 황태자 이은은 태사인 이토의 죽음을 애도해서 삼 개월 복服을 입고 식음을 간소히 했다.

서울의 무당 수련壽蓮은 태황제의 총애를 입어서 궁녀들의 부축을 받으며 대궐을 드나들었다. 수련은 원구단에서 가까운 자리에 굿판을 벌이고 노래하고 춤추어서 총 맞아 죽은 이토의 혼백을 위로하고 극락왕생을 빌었다. 태황제는 늘 수련에게 상금 명목으로 많은 돈을 주었다. 이날 굿판에 육백여 명이 모여서 먹고 마셨는데, 비용은 모두 수련이 자비로 부담했다.

이토가 죽은 직후 조선 반도의 정적에 불온한 준동이 숨어 있으리라는 통감부의 정세 판단은 정확했다. 괴기한 적막은 오래 가지 않았다.

의병장 문태수文泰洙는 10월 30일에 수십 명의 군사들을 이끌고 경부선 이원역을 쳐부수고 불질렀다. 문태수의 군대는 일본군 세 명을 포로로 잡고 군 통신선을 파괴했다. 문태수는 사 년 전부터 전북, 충북 산악 오지에서 의병을 일으켜 한때는 군세가 백오십이 넘었다. 문태수는 무주, 남원, 영동, 옥천, 금산에서 싸웠다. 문태수는 쳐들어가서 이겼고, 져서 달아났다. 통감부는 경찰서 이십 개소를 증설했고, 주둔군 사령부는 각 지구 헌병대에 경계 강화를 지시했다.

주둔군은 호남 일대를 체로 치듯이 걸러냈다. 의병은 힘센 군장을 만나면 이백이나 삼백으로 큰 세력을 이루기도 했으나, 대개는 열 명, 스무 명이 작당해서 동네에서 싸우고 산골에서 싸웠다. 일본군은 의병이 발생한 마을에 보초를 세워놓고 통행하는 주민들을 잡아가고 쏘아 죽였다. 의병들은 청주, 포천, 봉화, 양주, 곡산, 평산, 파주에서 싸웠다. 돌진하다가 죽고 달아나다가 죽고 끌려가서 매맞아 죽고, 산속으로 숨어들어가서 굶어죽고 자살했다.

일본 신문들은 이토의 죽음을 맞은 도쿄 화류계의 슬픔을 소상히 보도했다. 슬픔은 고요하고 단정했다. 도쿄 아카사카의 게이샤 우메코梅子는 이토의 여행길을 여러 번 모셔서 화류계의 선망을 받아왔다. 이토가 죽은 다음날, 우메코는 요정으로 몰려온 기자들을 만나지 않고 방안에서 나오지 않았다. 요정의 늙은 마담이 기자들 앞에 나와서

—우메코는 어른을 모신 일을 발설하지 않는다. 우메코는 지금 화장을 지우고 슬픔에 잠겨 있다. 인터뷰에 응할 수 없는 슬픔으로 인터뷰를 대신한다.
라고 말했다. 기자들은 우메코의 슬픔의 품격을 평가하는 기사를 썼다. 이 요정의 주방장 아베安倍는

—어른의 식성은 늘 깔끔했다. 요란한 상차림을 싫어하셨다. 생선회, 은행구이, 야채 절임과 된장국 정도였다. 계절에 민감하시어, 철마다 생선을 바꾸어 드렸다. 기름진 생선은 드시지 않았다.
라고 말했다. 기자들이 이토의 식성을 기사로 썼다.

긴자의 게이샤 하나코花子는

—십여 년 전에 연회에서 처음 뵌 후 자주 사랑받았다. 저의 누추한 집에도 가끔 오셨다. 술 드시면서 늘 서화와 문장을 말씀하셨다. 많이 취하시면 야한 말씀도 잘하시고 저를 간지럼 태우면서 노셨다.
라고 말했다.

교토 화류계의 슬픔은 더 깊고 우아했다.

……이토 공작 각하께서는 국사로 바빠서 주로 도쿄에 계셨지만 공작 각하의 마음은 늘 교토의 풍류를 그리워하시었고, 틈만 나면 교토에 오셔서 저희들을 사랑해주시었다…… 공작 각하께서는 저희들 앞에서 국사를 말씀하지 않으셨지만, 나라의 일이 순조롭게 잘 풀릴 때는 포도주를 드시고 나라의 일이 어렵게 꼬일 때는 위스키를 드신다는 것을 저희들은 눈치로 알고 있었다…… 공작 각하께서 저희들의 교태에 눈길을 주지 않으시고, 깊은 시름에 잠겨서 독한 위스키를 거푸 드시면 저희들은 마음이 아팠다…… 이런 속마음의 깊이는 풍류의 본향인 교토의 게이샤가 아니면 알 수가 없다……라고 기온의 늙은 게이샤가 말했다고 지방신문이 인물란에 썼다.

22

우덕순의 진술은 단순했고 머뭇거림이 없었다. 우덕순은 찌르듯이 말했다. 우덕순의 삼십 년 생애는 끼니에 매달려 있었고 분석할 만한 것이 없었다. 관동도독부 검찰관 미조부치는 우덕순이 허위 진술을 하지는 않지만 자신을 드러내 보일 언어적 역량이 빈약하다고 판단했다. 범행 전까지의 우덕순의 행적에 대해서는 공범들도 아는 것이 없어 우덕순의 진술에 의존할 수밖에 없었다. 우덕순의 생애는 남루해서 감출 것이 없었다.

미조부치는 우덕순의 신분을 조선의 하층민으로 분류했다. 우덕순은 학교에 다닌 적은 없고 천자문과 동몽선습을 서당에서 배웠다고 진술했는데, 한자를 제대로 알지는 못했다.

우덕순은 서울 동대문 밖에 극빈한 처자를 남겨놓고 스물일곱 살에 블라디보스토크로 왔다. 우덕순의 출향出鄕에 정치적 동기는 없었다. 러시아에 가면 막일을 해서 돈을 벌 수 있다는 소문이 서울 장안에 퍼져 있었다. 우덕순은 오직 돈을 벌어서 처자식에게 보내기 위해 블라디보스토크로 왔다. 우덕순은 러시아에 연고가 없었다. 블라디보스토크에서 우덕순은 담배를 말아서 갑에 담는 일을 했고, 거리에서 담배를 팔았다. 우덕순은 광산촌을 다니면서 내복이나 잡화를 팔고 심부름을 했다. 우덕순은 자신의 직업을 '담배팔이'라고 진술했다. 우덕순은 몇 달 동안 대동공보의 구독료 수금원으로 일하면서 한 달에 십 루블을 받았는데, 하숙비에도 모자랐다. 우덕순의 하숙비는 늘 밀려 있었다. 이 년 전에 어머니가 위독하다는 연락을 받고 서울에 가서 처자에게 오십원을 주었는데, 그것이 전부였다. 한국 황태자 이은이 이토에게 이끌려 일본으로 가던 날, 우덕순은 다시 블라디보스토크로 돌아왔다. 우덕순이 자신의 행적을 황태자의 일정과 관련지어서 진술하는 것이 미조부치는 우스웠다. 우습기는 했으나, 우덕순이 한국 황태자의 운명을 주시하고 있었다는 것은 분명했다. 우덕순은 러시아인으로부터 중고품 권총을 팔 루블을 주고 사서 지니고 다녔지만, 권총을 구입한 동기에서도 정치적 배경을 찾기는 어려웠다. 우덕순은 몇 년 전부터 이토를 죽여야겠다는 생각을 가지고 있었다고 진술했으나, 이토를 살해할 목적으로 권총을 구입했다고 단정하기에는 논리적 고리가 허약했다. 블라디보스토크 일대에서 권총은 허가 없이도 쉽게 구입할 수 있었고, 남자들의 권총 소지는 일상화되어 있었다.

—나는 이토를 반드시 죽일 결심으로 우라지에서 하얼빈까지 왔지만 경계가 엄중해서 죽일 수 없으면 발포만이라도 해서 나의 의견을 말하고 자살할 생각이었다. 이것이 사실이다.

라고 우덕순은 진술했다. 진술은 임의로웠다. 검찰관 앞에서 살의를 자백하는 태도에 미조부치는 놀랐지만, 그 태도가 권총 구입 동기와 직결되는 것은 아니었다.

우덕순이 자백한 살해의 동기는 사감私感이 아니라 정치적인 것이었지만, 미조부치는 그 정치성을 인정할 수 없었다. 미조부치가 우덕순의 정치성을 인정할 수 없는 배경은 자신의 논리성이라기보다는 정치성이라는 것을 스스로 알고 있었지만, 미조부치는 자신의 정치성을 부정했다.

우덕순 같은 하층의 불량배에게 정치사상이 있고 그것을 행동에 옮길 수 있는 정신의 용력이 있다는 것을 미조부치는 인정할 수 없었고, 그것은 본국 외무성이 이 재판에 요구하는 방향이기도 했다. 미조부치는 우덕순이 저지른 행위의 사실과 우덕순의 사상 사이의 연관을 부정하는 쪽으로 신문의 방향을 정했다. 우덕순의 진술은 어눌했으나 규정력이 강해서 미조부치는 미리 설정된 방향을 밀고 나가기 어려웠다.

우덕순은 안중근과 두어 번 만난 적은 있었지만 흉금이 통하는 사이는 아니었다. 성장 과정이나 세습된 환경이 전혀 달랐다. 불온한 떠돌이라는 점은 같았지만 우덕순은 극빈의 하층민이었고 안중근은 토호의 자식이었다. 안중근은 한학漢學의 기초를 갖추었고, 무골武骨의 기상이 있었다. 우덕순은 이토를 죽이러 가자는 안중근의 제안에 즉석에서 동의하고 이틀 뒤 둘이서 열차를 타고 블라디보스토크를 떠났다. 이토를 죽여야 하는 이유를 둘이서 말하지도 않았다. 둘 사이에 정치적 대화는 없었다. 이 과정은 우덕순의 진술과 안중근의 진술이 일치했다.

이 두 사내들 사이에 어떤 신통력이 작동해서 이런 행동이 가능했던 것인지 미조부치는 헤아릴 수가 없었다. 어째서 이런 일이 가능한 것인가. 이것은 무엇을 의미하는가. 이것은 이 두 사람만의 일인가, 아니면 다른 조선인들에게까지 확산될 수 있는 일인가를 미조부치는 우덕순에게 물어볼 수가 없었다.

이 난감한 질문은 사건의 핵심일 수도 있지만 법률가가 대답할 사안은 아닐 것이라고 미조부치는 스스로 대답했다. 우덕순에게서 사상적 동기를 박탈하고 우덕순을 안중근의 사주를 받은 하수인으로 규정해서 기소하기로 미조부치는 가닥을 잡았다.

하얼빈, 상해, 블라디보스토크에 주재하는 일본 총영사관들은 이토가 살해된 직후부터 조선인들에 대한 정보 수집 활동을 강화했다. 영사들은 본국 외무대신에게 정탐비를 대폭 인상해줄 것을 요청했고 외무대신은 현지 공관의 요청대로 승인했다. 정탐비는 주로 조선인 밀정을 고용하는 데 사용되었다. 정탐 대상은 이토 저격 살해사건 연루자들의 주변 조선인들과 변호사들, 그리고 안중근의 가족과 그 주변 인물들이었다. 밀정들은 정탐 대상자에게 바싹 접근해서, 만난 사람과 장소, 구입한 물건, 먹은 음식, 귀가 시간, 시간대별 동선을 보고했다.

총영사관은 의미 있는 정보들을 정리해서 관동도독부로 보냈고, 정보들은 미조부치에게 넘어왔다. 미조부치는 안중근의 범행 다음날인 10월 27일 하얼빈에 도착한 안중근의 처 김아려와 자식들의 동태에 관한 정보와 관련 사진을 입수했다.

안중근에 대한 신문은 처음부터 혼란스러웠다. 안중근은 사실관계를 분명히 진술했지만, 미조부치는 안중근의 진술에 자신의 행위를 정당화시키는 정치적 신념이 작동하고 있음을 초장부터 알았다. 안중근의 정치성을 부재하는 것으로 몰고 나갈 수는 없었고, 그 정치성이 이토의 문명개화주의와 동양 평화 구상에 대한 오해와 무지에서 비롯된 몽매의 소산이라는 것을 신문을 통해 드러내기는 쉽지 않았다.

이토가 피격 직후에 절명했다는 사실을 안중근이 알고 있는지 모르고 있는지를 알아내는 것이 신문의 기법상 매우 중요했지만, 미조부치는 안중근에게 대놓고 물을 수가 없었다. 안중근에게 물어본다면 거꾸로 되묻거나, 알아도 모른 척하고 몰라도 아는 척할 것이 분명했다. 범행 직후에 안중근을 신문한 러시아 헌병대에서 넘어온 조서를 들여다보아도 안중근이 이토의 절명을 알고 있는 것 같지는 않았는데, 그것이 모르고 있다는 근거가 되지는 못했다.

미조부치는 여러 경우를 생각했다. 이토가 죽었다는 사실을 안중근에게 알려주면, 안중근은 자신의 목숨에 대한 희망을 단념함으로써 더욱 완강하게 정치적 신념에 의한 살인임을 주장할 것이다. 일이 이렇게 되면 안중근을 처형하더라도 제국의 문명적 위상은 훼손될 수밖에 없다.

이토가 죽지 않고 병원에서 살아났다고 안중근에게 말해주면, 안중근은 자신의 목숨에 대한 희망을 버리지 못하고 자신의 소행은 이토의 평화 구상과 경륜에 대한 오해에서 비롯된 것이라고 법정에서 진술할 수도 있다. 이렇게 되면 안중근을 처형해도 제국의 위상은 훼손되지 않는다. 그러나 거꾸로 안중근은 미수에 그친 자신의 불운을 한탄하면서 법정에서 더욱 큰 적개심을 토로할 수도 있다. 안중근은 족히 그럴 위인이라고 미조부치는 판단했다.

러시아 헌병대에서 넘겨준 조서에 따르면 안중근은 하얼빈역 헌병대로 끌려온 직후 성호를 그으며 '신에게 감사한다'고 말했다. 그렇다면 안중근은 이토의 절명을 이미 알고 있다는 말인가.

미조부치는 안중근에게 물었다.

—그대는 하얼빈 러시아 헌병대에서 취조를 받을 때 성호를 그으며 '성공을 신에게 감사한다'라고 말했는가?

안중근은 대답했다.

—이토의 죽음을 알았기 때문에 그런 것이 아니다. 내가 성공했기를 하느님께 빌었던 것이다.

안중근의 대답은 깔끔했는데, 이토의 절명을 아는지 모르는지는 모호했다. 안중근의 말은 이토의 절명 여부는 알지 못한 상태에서 이토가 절명했기를 신에게 빌었다는 뜻으로 들렸다.

미조부치는 이도 저도 결정하지 않았다. 이토가 죽었다고 말해주는 것도, 총을 맞았으나 살아났다고 말해주는 것도 신문의 방향에 득 될 것이 없었다. 죽었는지 살았는지 모르게, 죽은 것 같기도 하고 죽지 않은 것 같기도 한 상태로 유지하는 것이 범인의 심리를 흔들기에 유리할 것이었다.

이토의 절명보다도 안중근의 처자의 운명을 끌어들이는 것이 신문에 좋은 결과를 가져올 것이라고 미조부치는 판단했다. 미조부치는 에둘러 들어왔다.

—그대의 아내는 김홍섭金鴻燮이라는 자의 딸인가?

—그렇다.

—그대에게는 다섯 살 난 자식과 세 살 난 자식이 있는가?

—그렇다.

—하얼빈에서 신문할 때 그대는 처자가 없다고 진술했다. 그것은 거짓말인가?

—나는 이 년 전에 처자가 없는 셈치고 집을 나왔다. 그래서 처자가 없다고 말했다. 사실은 처자가 있다.

대련으로 압송되는 열차 안에서, 묶여서 끌려가는 정대호를 보았을 때 안중근은 처자가 하얼빈에 와 있을 수도 있다고 생각했다. 그렇다면 김아려는 모든 사태를 다 알게 되었을 것이다. 처음부터 일은 그렇게 되어질 수밖에 없었다.

미조부치는 담배를 피워 물고 한동안 말이 없었다. 담배 한 대를 다 피우고 나서 미조부치는 소식을 알려준다는 투로 말했다.

—그대의 처자가 지금 하얼빈에 와 있다. 알고 있는가?

……이자가 왜 이런 걸 묻고 있는가…… 안중근은 대답했다.

—모른다.

안중근이 무엇을 '모른다'는 것인지 미조부치는 판단할 수 없었다. 사실을 알려주었는데도 사실을 '모른다'는 진술은 '안다'는 말로 들리기도 했고, '말하고 싶지 않다'는 말로 들리기도 했다. 안중근이 아는지 모르는지는 안중근만이 알고 있었다. 미조부치는 처자의 일을 더이상 묻지 않고 안중근의 얼굴을 살폈다. 안중근의 얼굴에는 아무런 표정도 없었다.

미조부치는 러시아 헌병대로부터 직접 들은 정보를 바탕으로 신문을 했다.

안중근이 쏘고 나서 제압당할 때 러시아 헌병들이

—야포네츠일본인이냐?

—코레예츠한국인이냐?

라고 묻자 안중근은

—코레아 후라.

라고 소리쳤다. 러시아 헌병대가 그렇게 보고해왔다.

안중근은 '후라'가 '만세'라는 뜻으로 세계 공통으로 쓰는 말이라고 진술했다.

미조부치는 위태로운 함정을 느꼈다. 안중근은 '코레아'라는 이름을 내걸고 이토를 쏘았고 세계 공통어 '후라'로 만세를 외쳤다. 미조부치는 '후라'가 어느 나라 말인지 알지 못했지만, 안중근이 범행 전에 이미 '후라'를 준비하고 있었던 것은 틀림없었다. 안중근의 정치성은 이토와 코레아와 세계 공통어 '후라'를 그의 한 몸의 리듬으로 연결시키고, 블라디보스토크에서 하얼빈을 거쳐서 대련에 닿는 철도를 따라서 전개되고 있었다. 세계 공통어 '후라'는 말해지지 않은 많은 말을 내장하고 있었다. 미조부치는 '후라'의 배후를 더이상 추궁하지 않았다.

안중근의 진술은 짧은 한마디로 신문의 포위망을 무너뜨리는 힘이 있었다. 미조부치는 빠져나가는 안중근의 말을 다시 가두었다.

—그대가 말하는 동양 평화란 어떤 의미인가?

—동양의 모든 나라가 자주독립하는 것이다.

—그중 한 나라만이라도 자주독립하지 못하면 동양 평화가 아니란 말인가?

—그렇다.

미조부치는 끊어지려는 신문의 맥락을 힘겹게 이어갔다. 미조부치는 그물을 넓게 던져서 안중근을 가두어놓고 천천히 조여갔다. 안중근은 그물의 범위 밖에 있거나, 그물을 찢고 나갔다.

미조부치는 말의 그물을 걷고 사진을 들이댔다. 미조부치는 김아려가 두 아들과 함께 찍은 사진을 안중근에게 보여주었다. 김아려는 흰 한복 차림에 세 살 난 막내를 무릎에 안고 있었고, 다섯 살 난 분도는 그 옆에 서 있었다.

저 아이가 막내로구나……

막내는 눈이 컸고 눈썹 자리가 뚜렷했고 입술이 두터웠다.

저 아이도 나를 닮았구나……

사진 속 아이의 젖내가 풍겨오는 듯했다. 막내는 젖살이 올라서 손가락과 발목에 살이 통통했다. 큰아들 분도는 한복 윗도리에 청나라 바지를 입고 구두를 신고 있었다. 분도는 다섯 살 아이답지 않게 의젓해 보였고 사내아이의 틀을 갖추어가고 있었다. 김아려는 이목구비가 선명했고 얼굴에 주름살이 없이 팽팽했고 젊은 어머니의 힘이 느껴졌다. 검은 머리를 양쪽으로 갈라서 빗었는데, 가르마가 머리 뒤쪽까지 선명했다. 사진은 구도가 잘 잡혀 있었고, 음영이 선명했고, 인공으로 만든 배경이 희미하게 보였다. 김아려는 옷을 갖추어 입고 아이들도 씻기고 입혀서 사진관에 데려가 셋이서 사진을 찍은 모양이었다.

……남편이 이토를 쏜 하얼빈에서 아내는 왜 아이들을 데리고 사진을 찍은 것일까? 내가 총 쏘기 사흘 전에 우덕순과 함께 사진을 찍은 것과 같은 이유일까? 내가 있고 네가 없는 세상에서, 또는 너도 없고 나도 없는 세상에서 소식을 전하려던 것이었을까?

안중근은

……이 사진은 어디서 구한 것인가?

라고 미조부치에게 묻고 싶은 충동을 억눌렀다. 일본 총영사관이 밀정들을 풀어서 하얼빈 시내를 뒤졌으리라 안중근은 짐작했다.

……이 사진을 입수할 정도라면 일본 총영사관은 이미 아내를 신문했을지도 모른다…… 그렇다면 이 사진은 아내가 아이들과 함께 끌려가서 강제로 찍힌 것일 수도 있겠구나.

안중근이 사진을 들여다보는 동안에 미조부치는 안중근의 안색을 살피고 있었다. 안중근이 사진을 미조부치에게 돌려주었다.

미조부치가 신문을 계속했다.

—이 사진 속의 인물이 그대의 처자인가?

—그렇다. 그러나 이 작은 아이는 내가 본 적이 없다.

미조부치가 또 물었다.

—그대가 지금의 처지가 되어서 이 사진을 보고 어떤 느낌이 드는가?

서기가 안중근의 입을 쳐다보며 긴장했다.

안중근이 대답했다.

—아무렇지도 않다.

신문은 두 달 이상 계속되었다. 사실관계에 대한 추궁은 어렵지 않았지만, 범행 동기의 정치성을 무력화하는 데는 도움이 되지 않았다. 평화의 문제를 추궁해 들어가면 신문은 토론으로 바뀌었는데, 검찰관이 범죄자와 논쟁을 할 수는 없었다.

미조부치는 살인과 윤리의 문제로 그물망을 좁혔다.

—그대가 쏜 총알 세 발이 이토 공에게 명중했다. 이토 공은 십오 분 만에 사거했다.

미조부치의 말은 심적 충격을 유도하려는 발언이었다. 안중근은 대련으로 압송된 후 거듭되는 신문 과정에서 이토가 죽은 것이 틀림없다는 느낌을 받고 있었다. 느낌은 막연했지만 점점 확실하게 굳어졌다. 이토가 죽었다는 말에 안중근은 표정이 없었다.

안중근은 미조부치에게 물었다.

—이토는 총 쏜 사람이 한국인이라는 걸 알고 죽었는가?

안중근의 질문은 대답할 수 없이 많은 것들을 묻고 있었다. 총 맞아 죽은 자가 총 쏜 자의 국적을 알고 죽었는지, 모르고 죽었는지가 안중근에게 중대한 문제가 되는 까닭에도 사건의 본질이 있을 것이었다. 미조부치는 말했다.

—나는 모른다.

미조부치는 신문의 방향을 바꾸었다.

—그대는 정치적 이유로 그런 행동을 했다지만, 이런 행위는 사람의 도리에 반하는 일이다. 그대의 그릇됨을 모르는가?

—사람의 도리에 반하는 일이 아니라고 생각한다. 다만 이토가 죽었다니, 내가 이토를 죽이려 한 까닭을 이토에게 설명해줄 수 없는 것이 유감이다.

—그대가 믿는 천주교에서도 사람을 죽이는 것은 죄악이 아닌가?

—그렇다. 그러나 남의 나라를 탈취하고 사람의 생명을 빼앗는 자를 수수방관하는 것은 더 큰 죄악이다. 나는 그 죄악을 제거했다.

미조부치는 그물망을 더 좁혔다.

—그대가 받드는 빌렘 신부도 그대의 범행 소식을 듣고 자신이 세례를 준 사람 중에 이러한 자가 나온 것을 한탄했다고 한

다. 그래도 그대의 소행이 사람의 도리와 종교의 가르침에 반하지 않는다고 생각하는가?

안중근은 대답하지 않았다. 미조부치가 사실을 말하고 있는 것인지, 신부의 이름으로 뒤통수를 치려는 것인지 안중근은 판단할 수 없었다. 미조부치의 말대로 빌렘이 안중근의 소행을 신도들과 언론 앞에서 공개적으로 '한탄'했는지는 알 수 없지만, 빌렘은 성직자로서 크게 상심했을 것이라고 안중근은 짐작했다. 블라디보스토크로 떠나면서 작별인사를 드릴 때, 붙잡지는 못하면서도 마지막까지 못마땅해하던 빌렘의 표정이 떠올랐다.

아마도 빌렘이 교회를 보호하기 위해서 공개적으로 '한탄'했을 수도 있겠다고 안중근은 생각했다. 교회가 영적으로 하느님의 나라에 속한다 하더라도 교회는 이토가 만든 세상의 땅 위에 세워진 것이고, 빌렘도 그 땅 위에서 살아가는 사람이므로 그 땅 위의 길을 걸어갈 수밖에 없고 빌렘도 빌렘 자신의 모순에 부딪혀 있을 것이라고 안중근은 생각했다. 그러나, 그럼에도 불구하고 이토가 죽이는 무수한 인간의 목숨은 하느님이 주신 것이고, 하느님께서 그 영혼들을 당신의 나라로 인도하고 계시니, 빌렘이 교회를 짊어지고 이토의 땅 위를 걸어간다 하더라도 안중근에게는 하느님의 자식 된 자로서 빌렘과 더불어 할 이야기가 남아 있을 것이었다.

이토를 죽이기 전에 이토를 죽여야 하는 이유를 말해주지 못하고, 이토가 이미 죽어서 자신이 죽는 이유를 들을 수 없게 된 것과 같은 일이 빌렘 신부와의 사이에서는 일어나지 않기를 안중근은 기도했다. 안중근은 살아 있는 며칠 동안에 빌렘 신부를 만날 수 있기를, 살아서 만나서 말할 수 있게 되기를, 말이 빌렘 신부를 통해서 하느님께 닿기를 기도했다.

미조부치는 손가락으로 책상을 가볍게 두드리면서 안중근을 쳐다보았다. 미조부치는

—그대의 소행이 사람의 도리와 종교의 가르침에 반하지 않는다고 생각하는가?

라는 마지막 질문에 대한 대답을 독촉하고 있었다. 안중근은 대답하지 않았다. 미조부치는 안중근이 멀리 있는 사람처럼 보였다. 서기가 안중근을 쳐다보면서 펜을 내리쳐서 대답을 독촉했다. 안중근은 대답하지 않았다.

서기가 조서의 끝부분에 썼다.

—피고인은 묵묵히 대답하지 않았다.

미조부치는 사건을 더이상 파내려가지 않았다. 심층부에 잠겨 있는 마그마를 폭발시킬 필요가 없었다. 미조부치는 남은 일들을 공판정으로 넘기고 석 달 동안의 신문을 끝냈다.

23

관동도독부는 이토 살해사건의 피의자들을 호송하기 위해 마차를 새로 제작했다. 대련에는 마땅한 공장이 없어서 본국에 주문해서 들여왔다. 피의자들을 여순감옥에서 관동도독부 지방법원까지 호송하려면 백옥산 아래 시가지를 지나야 하는데, 거리는 멀지 않았지만 세계 각국의 기자들이 카메라를 들이대고 있으므로 마차의 외양을 재판의 품격에 맞게 갖추었다. 차 안에 칸을 나누어서 피고인들을 실었고, 뒤에는 간수 두 명이 섰다. 차 안에서 밖을 내다볼 수 없도록 휘장을 드리웠다. 기마헌병대가 마차의 앞뒤에 붙었고 마차가 지나가는 시가지에 사복경찰들이 배치되었다. 여순감옥의 구리하라栗原 전옥典獄이 뒤를 따랐다.

관동도독부 지방법원은 사전에 공판 방청권을 발행하고 방청권이 없는 자는 입장을 허가하지 않았다. 방청권을 얻으려면 인적사항을 모두 등록해야 했다. 입장자들은 주소, 성명을 기입한 이름표를 달도록 했다. 방청인들은 품위 있는 옷을 입어야 하고, 신발은 구두와 조리草履만을 허용하고, 모자, 외투, 장갑을 착용할 수 없으며 어린이를 데리고 들어올 수 없도록 했다. 복장 불량자는 입장을 허락하지 않는다고 법원은 거듭 강조했다. 이번 사건의 공판에서 문명한 국가의 법정 모습을 세계에 과시하라고 고등법원은 지시했다. 구내식당이 있으나 자리가 모자랄 것이므로 각자 도시락을 지참하라고 법원은 고지했다.

방청객이 몰려서 법원은 1호 법정의 내부를 정리해서 좌석을 촘촘히 들여넣었다. 방청객은 법정 복도까지 가득찼고, 방청권을 얻지 못한 사람들은 건물 밖에서 피의자들을 실은 마차가 도착하기를 기다렸다.

러시아, 일본, 청, 영국의 외교관들과 정부 관리, 법률가들이 법정 앞자리에 앉고, 그 뒤로 가슴에 훈장을 단 육군 해군 장교들과 드레스를 차려입은 귀부인들이 앉았다. 요정 마쓰노야松の屋의 여주인이 연극 구경을 취소하고 하녀들을 데리고 왔다. 여순의 이름난 게이샤들이 들어올 때 방청객들의 시선이 몰렸다. 신문기자들은 맨 앞자리 기자석에 모여 있었는데, 가십을 취재하려는 기자들은 일반 방청객 속에 섞여 앉았다.

호송마차는 아침 여덟시 삼십분에 법원 마당에 도착했다. 옥리가 안중근과 우덕순을 마차에서 끌어내렸다. 안중근과 우덕순은 허리가 오라로 묶이고 머리에 용수를 쓰고 있었다.

용수는 짚을 엮어서 만든 물건이었다. 안중근은 짚 사이로 밖을 내다보았다. 짚 사이에서 빛이 흔들려서 시야는 흐렸다. 흐린 세상의 한복판에 대리석으로 지은 법원 청사가 들어앉아 있었다. 나무 한 그루 없는 언덕 아래였다. 건물 위에 일장기가 휘날렸다.

돌아보니, 용수를 쓴 우덕순이 끌려오고 있었다. 용수만 보이고 우덕순의 얼굴은 보이지 않았는데, 용수만 보아도 우덕순이었다. 우덕순도 용수의 틈새로 용수를 쓴 안중근을 보았다. 우덕순도 용수만 보고 안중근을 알아보았다.

간수가 오랏줄을 끌어당겼다. 앞이 어른거려서, 안중근은 간수가 이끄는 대로 따라갔다.

안중근과 우덕순은 법정 안 중앙 통로를 지나갔다. 203고지의 승전 이후에 머리채를 203고지 모양으로 틀어올려서 뒷목을 드러내는 헤어스타일이 일본 상류 여성들 사이에 유행했다. 203고지 스타일로 머리를 꾸민 남작 부인과 어깨에 숄을 걸친 장군 부인이 목소리를 낮추어서 수군거렸다.

—뒤에 오는 자가 안중근인가?

—아냐, 앞에 가는 자가 안중근이다.

—총 쏘기 전에 처자식을 하얼빈으로 불러들였대.

—어쩌려고? 미쳤구나.

—안중근의 처자식이 여기 방청석에 와 있는 건 아니겠지.

—못 왔을 거야. 방청권을 못 받았을 테지.

군복에 훈장을 단 육군 장교들은 엄지손가락과 검지손가락을 세워서 안중근에게 총을 쏘는 시늉을 했다.

—총은 잘 쐈는데, 이토를 죽여서 한국이 독립되겠나? 어림도 없다.

—오히려 반대겠지. 대세는 변할 수가 없어. 안은 개죽음하는 거다.

방청석에 앉아 있던 기자들이 여자들과 장교들이 수군거리는 소리를 엿듣고 수첩에 메모했다. 법정 경위가 장교들에게 다가와서 손가락을 입술에 대고 조용히 하라고 주의를 주었다.

법정에 들어서자 간수가 안중근과 우덕순의 오라를 풀고 용수를 벗겼다. 서기는 '피고인들이 신체의 구속을 받지 않은 채 출정했다'고 조서의 서두에 기록했다. 안중근은 용수를 벗은 눈으로 우덕순을 바라보았다. 우덕순도 안중근을 바라보고 있었다. 눈이 마주쳤고, 안중근은 우덕순의 눈 속을 들여다보았다. 메마른 눈동자가 버스럭거리는 듯싶었다. 10월 26일 새벽, 이토의 특별열차가 채가구역을 통과할 때, 우덕순은 러시아 헌병대에 의해 방안에 감금되어 꼼짝할 수 없었다. 그날 새벽의 허탈감이 우덕순의 눈동자 속에 남아 있는 듯했다. 채가구에서 헤어질 때 우덕순에게 밥값에 보태라며 사 루블을 주었는데, 지금 몇 푼이 남아 있는지를 안중근은 물어보고 싶었다. 하얼빈에서 안중근이 이토를 쓰러뜨린 직후에 채가구에서 우덕순이 체포되었다면 밥값이 모자라지는 않았을 것이었다.

경위가 개정을 선언했다. 재판장 마나베眞鍋, 검찰관 미조부치가 입장했다. 방청객들이 기립해서 경의를 표했다. 법관과 서기와 통역관이 단상에 앉고 일본인 국선변호인들이 왼쪽에 앉았다. 재판장부터 서기까지 모두 관복을 입었고 콧수염을 양쪽으로 뻗치고 있었다. 법정 경위들이 방청객 사이를 돌며 다리를 꼬고 앉은 남자들과 수다를 떠는 여자들에게 주의를 주었다.

안중근은 재판관, 검찰관, 서기, 속기사 들을 차례로 응시했다. 거기에, 말을 붙일 수 없는 세계가 사람의 모습을 하고 관복을 입고 앉아 있었다.

……여기까지 오기는 왔구나. 여기서부터는 말을 붙일 수 없는 세상을 향해서 말을 해야 하는구나. 여기서부터 다시 가려고 여기까지 왔구나. 여기서부터 사형장까지…… 말을 하면서……

안중근은 몸속에서 버둥거리는 말들을 느꼈다. 말들은 탄창 속으로 들어가서 발사되기를 기다리는 듯하다가 총 밖으로 나와서 긴 대열을 이루며 출렁거렸다. 말은 총을 끌고 가려 했고, 총은 말을 뿌리치려 했는데, 안중근은 마음속에서 말과 총이 끌어안고 우는 환영을 보았다. 법정에서 사형장까지는 멀지 않았으나 말을 거느리고 거기까지 가기는 쉽지 않을 것이었다. 그러나 몸속에서 버둥거리는 말이 하얼빈역에서 쏜 자동권총처럼 방아쇠를 당기는 대로 쏟아져나온다면 거기까지 가는 길은 그다지 어렵지 않을 것 같았다. 어렵거나 어렵지 않거나 거기까지 가는 길이 멀지는 않다는 것을 안중근은 법정에 들어서면서 확실히 알았다. 안중근은 그 길에 대해서 죽은 이토에게, 옆자리에 앉아 있는 우덕순에게, 그리고 아내 김아려에게 말해주고 싶었으나 말을 걸 수가 없었다.

재판 과정에서 안중근의 정치적 동기를 현실에 대한 무지에서 비롯된 것으로 드러내 보이고, 문명한 절차에 따라 사형에 처한다는 것이 일본 외무성의 방침이었다. 우덕순에 대한 사법적 처리도 이 방침 안에 있었다. 외무성은 이 방침을 관동도독부 고등법원에 전문으로 지시했다. 외무성의 전문은 재판이 시작되기 전에 미리 도착했다. 고등법원은 외무성의 방침을 지방법원에 구두로 하달하고 전보로 접수한 공문을 극비로 보관했다.

재판장 마나베는 안중근과 우덕순 사이에 지휘 복종의 관계를 설정하기가 어려웠다. 검찰관 미조부치가 법원에 제출한 신문조서에서도 그 관계는 분명하지 않았다. 우덕순은 안중근의 제안에 따라 범행에 가담했지만 하수인이라고 보기는 어려웠고, 자신의 동기를 논리적으로 진술하지도 않았다.

재판장 마나베가 안중근에게 물었다.

—이 일을 하기 위해 우에게 뭐라고 말했나?

—이토가 하얼빈에 오는데, 함께 가서 죽이자고 말했다.

—그것이 언제인가?

—우라지를 출발하기 이틀 전이다.

—우는 동의하였나?

—동의했다.

—다른 의견을 말하지 않았는가?

—다른 말은 없었다.

—떠나기로 결정한 것은 언제였나?

—그날 밤이었다.

—그래서 즉시 떠났는가?

—다음날 역으로 갔더니 기차가 이미 떠나서 그다음날 출발했다.

마나베는 우덕순에게 물었다.

—그대는 안중근과 나랏일을 이야기한 적이 있는가?

—없다.

—그대는 안중근과 한국의 독립에 관해 이야기한 적이 있는가?

—없다.

—그대는 안과 동행하기로 약속했는가?

—나는 이토를 죽일 목적이었다.

—안은 왜 이토를 죽이려 했는가?

—그것을 안중근에게 들을 필요는 없었다. 모든 한국인이 이토를 증오하고 있다.

—안의 제안에 대해서 그대는 뭐라고 말했나?

—다만, 함께 가자고 했다.

—그 밖에 그대의 의견을 말하지 않았나?

—어떤 상의도 하지 않았다.

—안중근은 의병으로서 한 일이라고 하는데, 그대는 의병과 관련이 있는가?

—나는 다만 일개의 국민으로서 했다. 의병이기 때문에 하고, 의병이 아니기 때문에 하지 않는다는 것은 있을 수 없다.

—그대는 안의 명령에 따른 것인가?

—아니다. 나는 안에게 명령을 받을 의무가 없다. 또 명령을 받을 의무가 있다 하더라도 이런 일은 명령으로 할 수 있는 일이 아니다. 나는 내 마음으로 한 것이다.

—이토 공은 고관高官으로 수행원과 경호원이 많은데, 그대는 암살에 성공할 수 있으리라고 생각했는가?

—그것은 사람의 결심 하나로 되는 일이다. 결심이 확고하면 아무리 경호가 많아도 성공할 수 있다고 믿었다.

통역관이 우덕순의 진술을 일본말로 옮겼다. 방청석이 고요했다.

마나베는 자신의 질문이 허물어지고 있는 것을 느꼈다. 우덕순은 마음속의 사실을 들이대며 질문에 답했고, 사실을 들이대며 질문을 부수었다. 우덕순은 행위와 관련된 사실을 말했고, 동기와 관련된 사실을 말했다. 우덕순은 마나베의 질문이 미리 설정한 틀에 갇히지 않았다.

안중근의 진술과 우덕순의 진술은 행위의 미세한 대목까지 일치했다. 마나베는 두 피고인의 진술의 상이점을 찾아내서 그 틈새를 파고들려 했으나 쉽지 않았다. 마나베는 안중근에게 물었다.

—그대는 공명정대한 일을 한다면서 어째서 검찰관 신문 때 공모자 우덕순의 일을 숨기고 말하지 않았는가?

—우덕순이 말하기 전에 내가 말할 필요가 없다고 생각했다. 나는 내 일만 말하면 그것으로 그만이라고 생각한다.

질문이 피고인에게 접수되지 않은 채 튕겨져 나왔다. 마나베는 동기의 정치성을 부수는 쪽으로 방향을 돌렸다.

마나베는 안중근에게 물었다.

—어디를 겨누었는가?

—심장을 겨누었다.

—거리는?

—십 보 정도였다.

—이토 공의 수행원에게도 쏘았는가?

—누가 이토인지 몰랐기 때문에 이토의 오른쪽으로도 쏘았고 그다음에 왼쪽으로 쏘았다.

—성공하면 자살할 생각이었는가?

—아니다. 한국의 독립과 동양 평화를 위해서는 단지 이토를 죽인 것만으로는 죽을 수 없다.

—그런 원대한 계획이었다면 범행 후 체포당하지 않으려 했을 텐데, 도주할 계획을 세웠는가?

—아니다. 나쁜 일을 한 것이 아니므로 도주할 생각은 없었다.

질문이 답변을 누르지 못했다. 질문과 답변이 부딪쳐서 부서졌고, 사건의 내용을 일정한 방향으로 엮어나가지 못했다. 답변이 질문 위에 올라탈 기세였다. 피고인은 자신에게 불리한 진술을 힘주어 말했다. 진술은 유불리를 떠나 있었다.

마나베는 검찰관 미조부치가 신문 과정에서 안중근에게 처자의 사진을 보여주었다는 기록을 떠올렸다. 마나베는 그것이 실속 있는 신문 기법이라고 생각했다. 마나베는

—그대의 범죄와는 관계없지만 참고로 알려준다.

라고 서두를 꺼내고, 김아려와 어린 분도가 이미 미조부치의 신문을 받았다고 안중근에게 말했다.

—그대의 처는 그대와 부부 사이라는 것을 끝내 부인했다. 그러나 그대의 아이는 그대의 사진을 보고 아버지라고 말했다. 그대의 처는 끝까지 부인하고 있지만 나는 그들이 그대의 처자라는 것을 알고 있다.

마나베는 안중근의 얼굴을 쳐다보며 사건과 관련 없는 사실이라고 다시 한번 강조했다. 안중근은 천장을 쳐다보고 있었다. 마나베는 검찰에서 넘어온 증거물들을 제시했다. 안중근과 우덕순은 증거물들을 자신의 것이라고 인정했다.

마나베가 말했다.

—유리한 증거가 있으면 말하라.

안중근이 말했다.

—없다.

우덕순이 말했다.

—없다.

안중근이 이어서 말했다.

—나는 헛된 일을 좋아해서 이토를 죽인 것이 아니다. 나는 이토를 죽이는 이유를 세계에 발표하려는 수단으로 이토를 죽였다. ……이제부터 그 사유를 말하고자 한다.

마나베는 더이상 재판을 공개하면 공공의 안녕질서를 해할 우려가 있다고 선언하고 방청객에게 퇴정을 지시했다. 변호사가 마나베에게 안중근의 의견을 서면으로 접수해달라고 요청했다.

마나베가 안중근에게 말했다.

—그대의 정치적 의견을 서면으로 제출하면 어떤가?

—나는 말하기 좋아서 여러 말을 하는 것이 아니다. 나의 거사는 의견을 진술할 기회를 얻기 위한 것이다. 공개를 금지한 이상 진술할 필요는 없다.

—앞으로도 진술하지 않겠는가?

—방청객이 없으면 진술하지 않겠다.

—그렇다면 앞으로 진술할 필요가 있다고 생각하는 바를 지금 진술하라.

—나의 목적은 동양 평화이다. 무릇 세상에는 작은 벌레라도 자신의 생명과 재산의 안전을 도모하지 않는 것은 없다. 인간 된 자는 이것을 위해서 진력하지 않으면 안 된다.

이토는 통감으로 한국에 온 이래 태황제를 폐위시키고 현 황제를 자기 부하처럼 부렸다. 또 타국민을 죽이는 것을 영웅으로 알고 한국의 평화를 어지럽히고 십수만 한국 인민을 파리 죽이 듯이 죽였다. 이토, 이자는 영웅이 아니다. 기회를 기다려 없애 버리려고 생각하고 있었는데 이번에 하얼빈에서 기회를 얻었으므로 죽였다.

검찰관은 내가 이토를 오해해서 죽였다고 말하는데, 나는 검찰관이 나를 오해하고 있다고 생각한다. 나는 오해해서 죽인 것이 아니다. 검찰관이 내 다섯 살 난 아들에게 내 사진을 보여주니까 아버지라 말했다고 조서에 썼다. 그 아이가 세 살 때 내가 집을 떠났으니 아이가 내 얼굴을 알 방도가 없다. 이로써 검찰 취조가 엉터리임을 알 수 있다.

—유리한 증거가 있으면 더 말하라.

—나는 증거물에 대해서는 의문이 없다. 다만 나의 목적에 대해서 할말이 있다.

—대개 진술하지 않았는가?

—그렇지 않다. 십분의 일도 말하지 못했다.

—여기는 의견을 재판하는 자리가 아니다. 사실관계에 있어서 말할 필요가 있다면 간추려서 말하라. 사실관계 이외의 말을 하면 제지시키겠다.

—필요한 몇 가지를 말하겠다. 내가 이토를 죽인 까닭은 이토를 죽인 이유를 발표하기 위해서다. 오늘 기회를 얻었으므로 말하겠다. 나는 한국 독립전쟁의 의병 참모중장 자격으로 하얼빈에서 이토를 죽였다. 그러므로 이 법정에 끌려 나온 것은 전쟁에서 포로가 되었기 때문이다. 나는 자객으로서 신문을 받을 이유가 없다. 이토가 한국 통감이 된 이래 무력으로 한국 황제를 협박하여 을사년 5개 조약, 정미년 7개 조약을 체결하였다. 이것을 알기 때문에 한국에서 의병이 일어나서 싸우고 있고 일본 군대가 진압하고 있다. 이것이야말로 일본과 한국의 전쟁이라 하지 않을 수 없다……

—그렇게 깊이 나간다면 공개를 제지할 수밖에 없다. 방청인들은 모두 퇴정……

진술을 제지하고 방청객들을 내보낼 때마다 마나베는 위기를 느꼈다. 사실관계를 파고들수록 정치성이 드러나고 있었고, 외국 언론들의 관심은 높아졌다. 마나베는 서둘러서 모든 일을 끝냈다. 공판은 1910년 2월 7일, 8일, 9일, 10일, 12일, 14일에 열렸다. 재판 절차는 일주일 만에 모두 끝났다. 넷째 날에 검찰관 미조부치가 의견 진술 후 구형했고, 다섯째 날에 일본인 국선변호인들이 변론했고, 여섯째 날인 14일에 재판장 마나베가 선고했다.

넷째 날 공판에서 미조부치는

—지금부터 본건의 범죄 사실에 대하여 검찰관의 의견을 진술하겠다. 좀 길지 모르겠지만, 듣고 있어라.

라고 말하고 논고를 시작했다.

미조부치의 논고는 길었다. 안중근은 피고인석에 앉아서 들었다. 우덕순은 옆자리에 앉아서 들었다.

미조부치는 안중근과 우덕순의 범죄는 자국의 영고성쇠와 그 유래에 관한 정당한 지식의 결핍과, 이토 공의 인격과 일본의 국시에 관한 지식의 결핍에서 생긴 오해에서 비롯된 것이라고 논고의 서두에서 말했다. 안중근은 범행에 사용할 자금이 없어서 블라디보스토크에서 이석산에게 백 루블을 강탈했고 우덕순은 블라디보스토크의 하숙집에 숙박비 칠 루블이 밀려 있다, 이런 부랑아들이 천하를 짊어지겠다는 것은 미치광이의 과대망상이다, 라고 미조부치는 말했다.

미조부치의 어조는 법전을 읽듯이 건조했고 반듯했다. 안중근과 우덕순은 정치범이 아니고 사전 공모에 따라 범행한 살인범이라고 미조부치는 결론지었다. 미조부치는 안중근에게 사형을, 우덕순에게 징역 이 년을 구형했다.

국선변호인 미즈노水野는 피고인의 범행은 세계의 대세를 알지 못하는 무지의 소치이며, 피고인이 일본 같은 문명국에 태어나서 좋은 교육을 받았다면 이러한 오해를 초래하지 않았을 것이라고 말했다. 이토 공의 진정眞情이 피고인에게 스며들지 않았고, 의붓어머니가 아무리 자애를 베풀어도 자식이 그 생모를 그리워하는 심정은 인지상정이라고 미즈노는 안중근을 변호했다.

넓은 도량과 깊은 동정심을 가지신 이토 공은 자신을 해친 범인에 대해 극형을 가하기를 원치 않을 것이며 피고인을 극형에 처한다면 이토 공은 지하에서 눈물을 흘리실 것이고, 이것은 돌아가신 이토 공을 경모하는 길이 아니라고 변호인 미즈노는 말했다. 이 같은 취지는 우덕순에게도 적용될 수 있다고 말하면서 미즈노는 변론을 마쳤다.

논고와 변론은 이틀에 걸쳐서 길게 이어졌다. 안중근은 피고인석에 앉아서 잠자코 들었다. 검찰관은 안중근의 범죄가 무지와 오해의 소치이며 이것이 살의의 바탕이라고 말했고, 변호인은 이 무지와 오해는 동정할 만한 것이고 감형의 사유가 된다는 취지로 말했다. 검찰관의 논고와 변호인의 변론이 가지런하게 잇닿아서 서로를 꾸며주고 있었다.

안중근은 긴말들이 끝나기를 기다렸다. 안중근은 곁눈질로 옆자리의 우덕순을 살폈다. 우덕순은 부스스했다. 우덕순은 침을 흘리며 졸고 있었다. 미조부치가 단상에서 우덕순을 바라보며 손가락질을 했다. 법정 경위가 우덕순의 어깨를 흔들면서 졸지 말라고 경고했다.

재판장 마나베는 판결문을 건조하게 쓰기로 방침을 정했다. 일한 협약 1조에 따라서 일본 정부는 외국에 있는 한국인을 보호할 의무가 있으므로 이 범죄에는 한국 형법이 아니라 일본 형법을 적용한다고 마나베는 재판의 법적 근원을 밝혔다. 공모와 실행 과정의 사실관계는 검찰 신문조서대로 인정했다.

마나베는 안중근이 이토를 살해한 죄에 사형을 선고하고, 이미 사형을 결정했으므로 안중근이 이토의 수행원에 대해 저지른 세 건의 살인미수죄에 대해서는 형을 과하지 않는다고 선고했다. 또 우덕순에게는 법이 정한 범위 내에서 비교적 가벼운 삼년 형에 처한다고 선고했다. 수사와 재판은 모두 끝났다.

간수가 안중근과 우덕순에게 용수를 씌우고 마차에 실어서 여순감옥으로 끌고 갔다. 마차가 법원 마당을 떠날 때 방청객들이 몰려와서 구경했고, 기자들이 사진을 찍었다.

24

황해도 산골 마을에서, 겨울이 오는 소리는 가랑잎이 바람에 몰려가는 소리와 밤중에 어둠 속을 울리는 다듬이 소리였다. 차가운 공기가 팽팽해서 소리가 멀리까지 들렸다. 가랑잎은 메마른 소리로 버스럭거렸고, 다듬이 소리는 이 집에서 저 집으로 이어져나갔다. 마을 끝에서 잦아들던 다듬이 소리는 어느 집에서인지 다시 살아나서 이웃집의 소리를 끌어가며 마을 안으로 들어왔고, 흘러나갔다. 개들도 소리를 이어나갔다. 덩치 큰 개들의 소리가 깊게 울렸고 작은 개들은 높고 가파른 소리로 짖었다.

저녁기도를 드리면서 빌렘은 청계동 마을에 밤이 오는 소리와 겨울이 오는 소리를 들었다. 크고 깊은 울림으로 짖는 개는 저녁 산책할 때 저수지 둑방에서 마주친 개가 아닌가 싶었다. 누런 개는 혀를 빼물고 나무꾼 소년을 따라가고 있었다. 마을에서 자주 보는 개였다. 조선의 개들은 사람의 표정을 닮아 있었다.

빌렘은 다듬이질하는 여인들과 그 여인의 남편들, 마을 개들의 친구인 아이들의 영혼의 평안과 죄의 사함을 위해 기도했다. 빌렘은 다듬이 소리로 이 집에서 저 집으로 전해지는 사람의 기척이 하느님의 말씀과 사랑이기를 기도했다. 하느님이 창조하신 모든 사람들의 영혼을 성령이 인도해서 이 가엾은 나라에 살육이 멎고 평화가 깃들기를 빌렘은 기도했다.

기도를 마치고, 빌렘은 주일미사 강론의 초안을 쓰려고 책상 앞에 앉았다.

조선 청년이 하얼빈역에서 이토를 쏘았고, 이토가 현장에서 죽었다는 소문은 사건 며칠 후부터 청계동에 퍼졌다. 출처를 알 수 없는 소문은 점점 확실해졌다. 총을 쏜 자는 청계동 부잣집 안씨 집안의 큰아들 안중근이며 현장에서 체포되었다고, 말을 하는 사람들은 본 듯이 말했다.

서울에서 양정의숙에 다니던 안중근의 동생 안정근은 안중근이 총을 쏜 직후에 학교에서 퇴학당하고 일본 헌병에 끌려갔다고 서울을 다녀온 사람들이 말을 퍼뜨렸다.

일본 헌병대가 청계동 사람들 사이에 밀정을 심어놓았고, 안중근과 가깝게 지내던 사람들의 언동을 탐문하고 있다는 소문이 마을에 퍼졌다. 소문은 술렁거렸고 마을은 낮게 가라앉았다. 주막에 사내들이 모이지 않았고 사랑방의 난세 성토도 조용해졌다.

김아려가 아이들을 데리고 조선을 떠나서 하얼빈으로 갔다는 소식을 빌렘은 안정근에게서 들었다. 한 달쯤 전에 주일미사가 끝나고 안정근이 사제관으로 찾아와서 소식을 전했다. 김아려는 청계동에 들르지 못하고 진남포에서 바로 평양으로 가 열차를 탔으므로 신부님께 인사드리지 못하고 떠났다고 안정근은 말했다.

처자식을 하얼빈으로 불러들였다면, 안중근은 조선으로 돌아오지 않을 것이고, 끝내 제 갈 길을 가겠구나, 라고 그때 빌렘은 생각했다. 블라디보스토크로 떠나면서 인사를 하러 왔을 때, 무언가 속에 있는 말을 참고 있는 듯하던 안중근의 모습이 떠올랐다. 그때, 안중근의 젊음은 거칠어 보였다. 안중근은 신심이 깊었으나 그의 심성과 언동은 신앙에 의해 길들여지지 않았고 교회의 가르침 안으로 들어오지 않고 있었다. 하느님은 교회를 통해서 섭리하시고, 교회의 울타리 밖에는 구원이 없다는 교회의 가르침을 빌렘은 안중근에게 말해줄 수가 없었다. 말을 한다 해도 심어줄 수는 없을 것 같아서 빌렘도 말을 머뭇거렸다. 안중근의 신심이 더욱 무르익어서 스스로 알게 될 날이 있기를 빌렘은 그날 기도했었다.

이토가 하얼빈역에서 총 맞아 죽었다는 소문이 돌았을 때, 빌렘은 그 범인이 안중근이라는 것을 직감했다. 안중근은 돌아올 수 없고, 불러들일 수 없는 자리까지 간 것이었다.

빌렘은 마을 사람들의 침묵의 밑바닥에 깔린 두려움과 설렘을 감지하고 있었다. 초겨울의 빈 들을 산책하는 저녁에 논둑길에서 마주치는 마을 사람들은 빌렘에게 머리 숙여 인사했으나 말을 섞지 않았다. 범인이 청계동의 안중근이고, 빌렘에게 세례 받은 천주교인이라는 사실에 마을의 침묵은 깊어졌다. 마을 사람들의 눈과 귀는 신부의 입으로 쏠려 있었다.

다듬이 소리가 잦아들고, 개들이 조용해졌다. 가랑잎 구르는 소리가 창밖에서 버스럭거렸다. 빌렘은 자정이 넘도록 책상 앞에 앉아 있었다. 빌렘은 주일미사 강론 원고를 쓰지 못했다. 무엇을 말해야 하는지는 알 수 있었으나, 그것을 말해도 되는 것인지를 알 수가 없었다. 말은 하느님의 것이고 또 이 세상의 것이었다. 하느님의 나라와 이 세상 사이의 먼 길을 말은 건너가기 힘들었고 말하려는 것이 문장으로 엮어지지가 않았다. 새벽에, 빌렘은 원고 쓰기를 단념했다. 문장으로 엮지 말고, 말하여지는 대로 말하는 편이 오히려 진심에 가까울 것이라고 빌렘은 판단했다. 빌렘의 종이 위에는 죄, 살인, 생명, 영혼, 구원…… 같은 단어들이 문장으로 엮이지 못하고 흩어져 있었다.

청계동성당의 주일미사에는 평소보다 많은 신자들이 모였다. 근처 산골 마을 공소의 신자들도 청계동성당으로 왔다. 신자들은 달걀 꾸러미와 말린 산나물을 들고 와서 사제관 창고에 넣었다. 신자가 아닌 사냥꾼과 장사꾼들도 왔고 늙은 유생들도 왔다. 갓 쓴 유생들은 성당 안으로 들어오지 않고 유리창 밑에 모여서 신부의 강론을 기다리고 있었다.

미사를 시작하기 전에 빌렘은 고해성사를 베풀었다. 신자들이 차례로 한 명씩 고해소 안으로 들어와서 죄를 고했다. 처자식을 때린 죄, 이웃과 싸운 죄, 남의 돈을 떼어먹은 죄, 이웃 여자에게 음심을 품은 죄, 술집 작부와 간통한 죄, 밤중에 남의 논 물꼬를 허물어서 물을 빼낸 죄, 남의 낟가리를 훔친 죄, 무당한테 가서 점친 죄, 굿판에 가서 술 얻어먹은 죄, 소 판 돈으로 노름한 죄를 신도들은 고했다. 고해성사 때마다 마을의 죄는 풍토병처럼 거듭되었다. 똑같은 죄는 자고 새면 날마다 생겨나서 일상화되었다.

—뉘우침의 힘으로 새로워져서 다시는 죄를 짓지 마라.

라고 빌렘은 죄인들에게 말했다. 빌렘은 하느님의 이름으로 사람들의 죄를 사하여주었다.

종이 울리고, 미사가 시작되었다. 사제와 신자가 함께 자비송을 노래했다.

주님 자비를 베푸소서

주님 자비를 베푸소서

노래와 복음 낭독이 끝나고 빌렘은 십자가 오른쪽 강단 앞에 섰다. 빌렘은 말이 스스로 되어지는 대로 말했다.

—하느님께서 모세에게 십계명을 주실 때 제5계로 살인하지 말라고 석판에 손수 쓰셨다. 사람의 생명은 하느님의 것이므로 살인은 용서받을 수 없고 사하여질 수 없는 대죄이다. 내가 안중근에게 어렸을 적에 세례 주어서 하느님의 자식으로 거듭나게 하였으나 안중근이 총기로 사람을 죽였으니 어찌 하느님께 용서를 구할 수 있겠는가. 이 년 전에 안중근이 우라지로 가겠다고 했을 때 나는 그의 거친 성품을 잘 알고 있었으므로 오늘의 흉사가 있을 것을 두려워해서 참으로 애국을 하려면 선량한 신도가 되고 근면한 국민이 되라고 간곡히 타일렀으나, 그는 오히려 '국가 앞에서는 종교도 없다'고 황탄한 말로 맞서며 나의 가르침을 능멸하였다. 그가 세례를 준 사제를 배반하고 하느님을 배반하고 교회를 배반하였으니 그의 죄는 차고 넘쳐서 사할 길이 없다. 그의 처자식이 또한 하얼빈에 가 있다 하니, 그 신산스러움이 오죽할 것이며 그들 또한 내가 세례 준 자들이니 나의 마음이 어떠하겠느냐. 우리들을 이처럼 가혹한 시련에 들게 하시는 하느님

의 뜻을 살피건대……

빌렘은 자신의 입으로 나가는 말을 자신의 귀로 들으면서 말이 통제되지 않는 위기를 느꼈다. 긴말을 해서는 안 되겠다고 스스로 조이면서 빌렘은 강론을 끝냈다.

신도들은 아무 말이 없었다. 성당 밖 유리창 아래 모인 유생들도 아무 말 없이 강론을 들었다. 미사가 끝나고 사람들은 돌아갔다. 사람을 따라와서 성당 마당에서 놀던 개들도 주인을 따라갔다. 빌렘은 오후의 공소 방문 일정을 취소하고 사제관으로 돌아갔다.

빌렘은 겟세마네의 예수 앞에 꿇어앉았다. 빌렘은 조선에 부임한 이래 이 작은 반도 안에서 벌어진 죽음과 죽임을 생각했다. 교회 밖은 하느님의 나라가 아닌지를 빌렘은 하느님께 물었다. 하느님은 대답하지 않았다. 안중근이 이토를 죽였으므로 이토의 사람들은 또 안중근을 죽일 테지만, 안중근이 사형을 당하기 전까지 아직은 며칠이 남아 있을 것이었다. 빌렘은 안중근의 생명이 살아 있는 그 며칠을 생각했다.

25

뮈텔 주교는 봉천 교회가 보낸 전보를 받고 안중근에게 사형이 선고된 것을 알았다. 전보는 신문보다 빨랐다. 전보는 아침에 도착했다. 뮈텔은 전보를 읽고 나서 아침 미사를 드리고 주교관으로 돌아왔다.

외국 공관과 기자들은 안중근에게 사형이 선고된 데 대한 소감을 뮈텔에게 물어왔으나 뮈텔은 답하지 않았다. 넉 달 전에 안중근이 이토를 죽였을 때 이미 안중근은 천주교인이 아니라고 말했기 때문에 더이상 답할 필요가 없다고 뮈텔은 생각했다. 다시 말해도 똑같이 대답할 수밖에 없을 것이었다.

……안중근은 스스로 교회 밖으로 나간 자이다. 범죄에 대한 형량은 세속의 법정이 정하는 것이다……

뮈텔은 성무聖務를 수행하는 틈틈이 조선 천주교회의 박해와 순교의 역사를 정리했다. 뮈텔은 한서漢書를 프랑스 글처럼 읽을 수 있었다. 뮈텔은 규장각의 문서들을 뒤져서 순교의 기록을 찾아내 프랑스어로 번역해서 본국으로 보냈다.

박해의 백 년 세월을 뚫고 일어서는 순교의 신비와 동학과 의병으로 집결하고 폭발하는 백성들의 힘에 뮈텔은 놀랐고, 또 그 힘이 세상에 쓰이지 못하고 짓밟혀서 뭉개지는 불우를 뮈텔은 가엾게 여겼다.

안중근이 사형선고를 받았다는 전보를 받고, 뮈텔은 백 년 전에 처형당한 천주교인 황사영黃嗣永의 죽음을 생각했다. 황사영은 박해를 피해 달아나다가 캄캄한 산골의 옹기굴 속으로 숨어들어가서 북경 주교 구베아에게 보내는 문서를 썼다. 황사영은 비단 보자기 한 장에 일만 삼천여 자를 썼다. 황사영은 순교와 박해의 실상을 소상히 기록하고 서양 나라의 선박 수백 척과 군사와 대포로 조선 조정을 협박해서 천주교인을 죽인 죄를 물어야 한다고 구베아 주교에게 호소했다. 훗날 이 글은 백서帛書라고 불렸다.

황사영은 토굴에서 체포되었다. 황사영은 몸이 여섯 토막으로 잘려서 거리에 버려졌고, 일족은 멸문되었다. 황사영은 스물일곱 살에 죽었다.

뮈텔은 조선 조정의 문서 창고를 뒤져서 황사영의 보자기글

원문을 찾아내 프랑스어로 번역해서 본국으로 보냈다. 황사영의 글을 번역하면서 뮈텔은 이 천둥벌거숭이의 몽매함에 한숨 쉬었고 순수한 신앙의 열정에 목이 메었다.

안중근은 자신에게 영세를 베푼 사제를 향해서 '국가 앞에서는 종교도 없다'는 황잡한 말을 하고 교회 밖으로 나가서 이토를 죽였는데, 황사영은 서양 군함을 몰고 와서 국가를 징벌해달라고 북경의 주교에게 빌고 있었다. 두 젊은이는 양극단에서 마주서서, 각자의 죽음을 향해서 가고 있었다.

황사영은 국가를 제거하려다가 죽임을 당했고 안중근은 국가를 회복하려고 남을 죽이고 저도 죽게 되었는데, 뮈텔은 이 젊은이들의 운명을 가로막고 있는 '국가'를 가엾이 여겼다. 황사영에서 안중근에 이르는 백 년 동안 두 젊은이의 국가는 돌이킬 수 없이 무너져갔다. 황사영은 서양의 군함을 부르다가 몸이 토막나서 죽었는데, 황사영이 죽임을 당한 후에 프랑스 신부 아홉 명이 또 죽임을 당했고, 천주교인을 길라잡이로 세운 프랑스 군함이 한강을 거슬러 서강西江까지 올라와서 국가를 겁박하고 강화도를 약탈했으니, 하느님이 하시는 일을 인간이 헤아리기 어려웠다.

뮈텔은 신앙과 문명을 군함에 실어서 세계에 전하는 조국 프랑스와 프랑스 왕과 프랑스 군대와 프랑스 교회를 위하여 감사의 기도를 드렸다. 안중근이 사형선고를 받은 후에도 뮈텔의 날들은 경건했다.

26

사형을 선고받자 안중근은 바빠졌다. 집행되기 전에 마무리 지어야 할 일들이 많았다. 안중근은 선고를 받기 전부터 자신의 일대기인 『안응칠 역사』를 쓰고 있었다. 블라디보스토크에서 우덕순을 만나는 대목까지 썼고, 그날부터 이토를 죽이고 사형선고를 받을 때까지 사 개월이 미완으로 남아 있었다. 2월 14일에 사형선고를 받고 2월 17일부터 『동양평화론』을 쓰기 시작했는데 탈고까지는 한 달 남짓 걸릴 듯싶었다. 그동안의 신문과 재판 과정에서 말로 대꾸했던 내용들을 틀을 갖추어서 글로 쓸 작정이었다.

동생들에게 일러서 매조지할 집안일도 많았다. 빌렘 신부를 만나서 죽기 전에 해야 할 말들과 들어야 할 말들, 용서받아야 할 일들과 용서될 수 없는 일들을 정리하고 싶었다. 죽기 전에 건너가야 할 길은 멀었다. 안중근은 서예를 공부 삼아 배운 적은 없었지만, 옥리들이 지필묵을 들이밀며 글씨를 써달라고 졸랐다. 이토를 죽인 엄청난 범인의 자취를 지니고 싶어하는 호물심이 드러나기도 했지만, 나쁘다고만은 할 수 없어서 안중근은 글씨를 써주었다. 먹물을 찍어서 획을 그을 때는 방아쇠를 당겨서 총알을 내보낼 때처럼 몸의 힘이 종이 위로 뻗쳐나갔다. 안중근은 글씨 쓰기가 쑥스러웠지만 불편하지는 않았다.

돌이켜보면, 우덕순과 만나 이토를 쏠 때까지 며칠 동안 많은 실수와 불비가 있었다. 그것들이 하나라도 뒤틀렸다면 사업은 이루어질 수 없었다. 어쩌자고 그렇게 허술했는지, 생각하면 진땀나고 숨막혔다. 잡히고 나니 돌아다닐 일이 없어서 남은 일들을 차분하게 정리해나갈 수 있었는데, 시간은 너무 촉박했다.

사형 집행일이 언제인지를 알고 싶어서 조바심났지만 옥리들에게 '언제 죽일 거냐?'고 물어보기도 어색했다. 재판 절차를 서두르던 것으로 보아서 집행은 그다지 멀지 않을 것이었다. 문명개화한 절차를 과시하면서 서둘러 사건을 종결하려는 일본의 기획은 처음부터 분명히 감지되고 있었다. 고등법원에 항소하면 여생의 시간은 다소 연장되겠지만, 길지는 않을 것이었다.

사형선고를 받고 사흘 후에 안중근은 항소를 포기했다. 재판 과정에서 검찰관의 논고와 변호사의 변론을 들으면서 안중근은 항소는 쓸데없는 짓이 될 것임을 알았다. 이 세상의 배운 자들이 구사하는 지배적 언어는 헛되고 또 헛되었지만 말쑥한 논리를 갖추어서 세상의 질서를 이루고 있었다. 검찰관과 변호사는 한 나절씩 번갈아가며 길게 말했다. 신문기자들이 그 말들을 받아 적고 있었다. 안중근은 그날 아무 말도 하지 않았다. 옆자리의 우덕순도 고개를 숙이고 졸고 있었다.

안중근은 고등법원장을 면담하는 자리에서 항소 포기의 뜻을 밝혔다. 안중근은 죽기 전에 할 일이 많이 남아 있으니, 형의 집행을 3월 25일까지 연기해달라고 고등법원장에게 탄원했다. 달력을 보니까 3월 27일이 부활절이었다. 3월 26일은 부활 성야聖夜를 맞는 신성한 날이므로 죽기에 합당치 않았다. 부활절에 죽을 수는 없었고 부활절이 시작되기 전에 미리 죽어 있어야 부활의 은총을 누릴 수 있을 것이라고 안중근은 생각했다. 그래서 3월 25일은 죽기에 합당한 날들 중에서 맨 마지막 날이었다. 고등법원장은 안중근의 탄원에 대답하지 않았다.

이토를 죽인 죄업을 단죄하는 일은 세속의 일이고 또 하느님의 일이기도 했지만, 이 판결은 인간의 땅 위에서는 어쩔 수 없는 일이었다는 것을 안중근은 법정에서 법리적으로 깨달았다. 거기에는 뒤늦은 위안이 있었다. 위안은 따스하지 않고 차가웠다. 항소를 포기하자 남은 일들이 한꺼번에 밀어닥쳤다. 안중근은 옥리에게 얻은 종이에 할일들을 메모했다. 집행 날짜를 미리 알 수 있다면 거기에 계획을 맞추고, 그래도 시간이 모자라면 3월 25일에서 한 달만이라도 더 미뤄달라고 요청할 작정이었다.

안중근은 밥을 가져온 옥리에게 물었다.

—집행이 며칠이냐?

—하졸下卒은 모른다.

—전옥에게 물어봐다오.

—너무 기다리지는 말아라. 멀지는 않을 거다.

옥리는 급식구를 닫고 돌아갔다.

27

안정근은 면회실에 미리 와 있었다. 전옥과 옥리 세 명이 안정근의 뒤쪽에 앉아 있었다. 안중근은 면회실로 들어서면서 안정근을 보았을 때, 자신과 닮은 동생의 얼굴에 놀랐다. 놀라움은 친밀감이라기보다는 슬픔에 가까웠다. 이목구비가 닮았을 뿐 아니라, 어디라고 말할 수 없는 그늘까지도 닮아 있었다. 이것이 혈육이구나…… 끝날 날이 가까워지니까 안 보이던 것이 더러 보였다.

안중근은 테이블을 사이에 두고 안정근과 마주앉았다. 안정근은 형의 사형선고에 대해서 심정적 동요를 보이지 않았다. 안정근은 사무를 처리하러 온 사람처럼 무표정했다. 안중근은 동생의 무표정한 얼굴에 안도했다.

안정근이 먼저 말했다.

—형님, 신색神色이 좋아 보입니다.

—먹고 자는 것이 편안하다. 살이 붙어서 체중도 좀 는 것 같구나.

—항소를 포기하셨다고 들었습니다.

—그렇다. 너도 그동안 재판을 봤으니까 항소가 쓸데없는 짓이라는 걸 알았겠지. 어머니가 항소 포기를 알고 마음이 상하셨겠구나.

—아닙니다. 어머니는 형님의 남은 날들이 너무 힘들지 않기를 기도드리고 계십니다.

안중근은 테이블 위에 놓인 물을 마셨다. 안정근도 마셨다. 안중근이 말했다.

—어머니가 씩씩하시구나. 내 불효가 크다. 내 사업은 너를 믿고 한 것이다. 이제 집안일은 다 너에게로 가게 되었구나. 돌아가신 아버님도 늘 나보다는 너에게 더 의지하셨다.

—형수님과 조카들도 지금 하얼빈에 와 있습니다.

—알고 있다. 신문 때 검찰관이 사진을 보여주더구나.

—형님이 총을 쏜 다음날 형수님이 하얼빈에 도착했습니다.

—잘된 일이다. 내 처가 하루 먼저 왔더라면 내가 총을 쏘기 어려웠을 게다. 내 처를 위해서도 잘된 일이다. 내 처와 아이들은 어떠하냐?

—형수님은 별말씀 없으셨고 아이들도 잘 놉니다.

—나는 내 처를 안다. 내 처가 놀라기는 했겠지만 나를 원망하지는 않을 것이다. 받아들일 것을 받아들이는 사람이다. 내가 내 처에게 못할 일을 한 것은 아니니다.

—형님이 안 계시면 형수님을 어찌 모시면 좋겠습니까?

—내 처가 아이들을 데리고 남편 없는 시댁에 얹혀살기는 어려울 것이다. 또 일이 이렇게 되어서 한국 땅에서 살 수도 없게 되었다. 하얼빈은 이미 일본 세상이 되었다. 그러니 네가 러시아령이나 상해로 데려가서 살 자리를 주선해보아라. 안중근의 처자식이라고 하면 동포 사회에서 발붙일 수 있을 것이다.

—형수님께 형님 뜻을 전하겠습니다.

—어려운 일이지만 그 길밖에 없다. 길이 빤히 보일 때는 이 생각 저 생각 하지 말아라.

—큰조카는 어찌하시렵니까.

—현생이는 아직도 명동의 수녀원에 있는가?

—그렇습니다.

—어린것이 불쌍하다. 데려와서 제 어미와 함께 살도록 해다오. 그리고 막내 준생이는 한 번도 얼굴을 보지 못하고 간다. 이제 내가 없으면 나의 자식들을 우리 문중의 자식이라고 생각해다오. 돌아가서 집안 어른들께도 그렇게 말해라. 너와 내가 어려서 자라나던 때처럼 말이다.

—현생이 일은 형님 뜻에 따르도록 하겠습니다. 집안의 토지와 재산은 어찌하면 좋겠습니까.

—너도 한국 땅에서 살 수가 없게 될 터이니, 재산은 처분할 수밖에 없다. 그 문제는 어머니와 삼촌들과 상의해서 네가 처리해라. 나는 간여하지 않겠다.

전옥이 안중근과 안정근에게 담배를 권했다. 면회 날의 특별대우였다. 전옥이 성냥을 그어서 불을 붙여주었다. 안중근은 연기를 깊이 들이마셨다. 오랜만의 흡연에 현기증이 났다. 안중근은 서너 번 빨아서 한 대를 다 피웠다. 전옥은 면회 시간이 끝나가고 있다고 말했다.

—담배란 참 좋구나.

라고 안중근이 중얼거렸다. 안중근이 담배를 눌러 끄고서 말했다.

—빌렘 신부님은 아직도 신천에 계시냐?

—신천에 계십니다. 부지런히 사목하시어서 신자가 늘어났고 교세도 커졌습니다. 신천의 관리들도 대민 업무를 신부님과 상의합니다.

—나 때문에 상심하셨겠구나.

—그렇습니다. 신자들에게 형님이 하신 일을 좋지 않게 말씀하셨습니다. 형님이 이미 영세를 받고 입신했기 때문에 형님의 죄가 더욱 무겁다고……

—그럴 테지. 신부님은 프랑스 사람이다. 프랑스는 힘센 나라다. 신앙에는 국경이 없다고 신부님은 말했지만 사람의 땅 위에는 국경이 있다.

—신부님의 노여움이 신천에 널리 알려져 있습니다.

—집행 전에 신부님을 한번 뵙고 싶구나. 너는 돌아가면 내 뜻을 신부님께 전해라.

—전하기야 하겠지만, 신부님을 이리로 모실 자신은 없습니다.

—쉽지는 않을 거다. 신부님께 내 영혼을 의지하고 싶다고 말씀드려라.

면회 시간이 끝났고, 형제는 헤어졌다. 안중근은 감방으로 돌아와서 남은 할일을 적은 메모를 들여다보았다. 일은 많이 남아 있었으나 집행 날짜를 몰라서 전체 일정을 잡을 수는 없었고 우선 하나씩 해나가기로 했다. 안중근은 먹을 갈아서 옥리에게 부탁받은 글씨를 썼다.

弱肉强食 風塵時代약육강식 풍진시대

28

빌렘은 안중근에게 사형이 선고된 소식을 신문을 보고 알았다. 신문은 '흉한凶漢에게 죽음이 내리다'라는 제목과 함께 안중근의 사진을 실었다. 사진 속에서 안중근은 두 줄 단추가 달린 서양식 외투를 입고 결박되어 있었다. 삼 년 전에 블라디보스토크로 간다면서 인사하러 왔을 때의 모습이 떠올랐다. 그의 설득될 수 없는 표정은 삼 년 전과 똑같았다. 적들에게 이끌려서, 혼자서 죽음의 길로 나아가야 하는 젊은이의 영혼을 생각하면서 빌렘은 슬펐다. 안중근은 이미 불러도 들리지 않을 만큼 멀리 가 있었다. 그날 빌렘의 기도는 뒤숭숭했다.

여순감옥에 다녀온 안중근의 동생들이 집행 전에 신부님을 뵙기를 청한다는 안중근의 뜻을 빌렘에게 전했다. 관동도독부 지방법원도 빌렘 신부와 안중근의 접견을 허락한다는 결정을 이미 뮈텔 주교에게 통고했다. 사제관으로 찾아온 안중근의 사촌 안명근安明根이 빌렘에게 말했다.

—중근 형님은 자신의 영혼을 신부님께 의지하고 싶다고 말했습니다, 신부님.

빌렘은 한참 후에 대답했다.

—알았다. 돌아가라.

빌렘은 교회의 밖으로 나갈 수 있는 용기를 달라고 기도했다. 교회의 밖이라 해도, 거기는 여전히 하느님의 세상일 것이었다. 기도를 마치고 빌렘은 펜을 들어서 뮈텔 주교에게 편지를 썼다.

공경하는 주교님. 제가 영세를 주었던 안중근 도마가 살인의 대죄를 범하고 사형을 기다리고 있습니다. 그가 저에게 영혼을 의탁하고 싶다는 청원을 전해왔으므로, 저는 사제의 직분에 따르도록 하겠습니다. 저는 안중근 도마의 정치적 명분과 관련 없이 그가 저지른 죄를 성찰하고 그의 뉘우침을 도와주어서 그의 마지막을 인도하려 합니다. 어젯밤에 이 문제로 저는 오래 기도했습니다. 그의 사형 집행일이 언제일지 알 수 없으므로 저는 서둘러 여순에 다녀오려 합니다. 저의 출장을 허락하여주시기 바랍니다.

황해도 신천에서

빌렘

속달 편지는 명동대성당 주교관으로 배달되었다. 뮈텔은 지체 없이 펜을 들어서 답장을 썼다.

출장을 허락하지 않는다. 안중근은 제 발로 걸어서 교회 밖으로 나가서 죄악을 저지른 자이다. 안중근은 이미 교회와 관련 없다. 나는 하느님을 대신해서 그의 죄를 사하여줄 수가 없다. 다만, 그가 그의 이른바 정치적 명분을 철회하고 자신의 몽매함을 반성하고 그 실행의 결과를 뉘우치는 뜻을 공개적으로 표명한다면 그의 마지막을 도와줄 방도를 찾아볼 수도 있겠지만, 안중근에게 그것을 설득하려면 안중근도 괴롭고 말하는 사람도 괴로워서 될 일이 아니다. 나는 깊이 생각해서 결정했다. 출장을 허락하지 않는다.

서울 명동대성당에서

조선 대목구장 뮈텔

안중근과 빌렘의 접견을 허락함으로써 일본은 얻을 것이 크지만 안중근이 명분을 철회하지 않은 상태에서 신부를 보낸다면 교회의 입장이 거북해진다는 것을 뮈텔은 빌렘에게 설명해줄 수 없었다. 고위직에게는 아랫사람들과 공유할 수 없는 고민이 늘 있었다. 뮈텔은 빌렘에게 보내는 답장을 속달우편으로 부쳤다.

'출장 불가'를 알리는 뮈텔의 답장을 받은 다음날 빌렘은 여순으로 떠났다. 여순으로 가는 기선은 닷새에 한 번씩 진남포에서 출항했다. 운항 날짜가 맞았다. 진남포 부두에서 빌렘은 명동대성당의 뮈텔에게 전보를 쳤다.

보내주신 편지는 잘 받았습니다. 저는 여순으로 갑니다.

빌렘

29

빌렘 신부와 면회를 허락한다는 통보를 받고 안중근은 집행이 임박했음을 알았다. 안중근은 『안응칠 역사』를 쓰기를 서둘렀다. 글은 재판이 시작되는 대목까지 나아가 있었다.

면회 날에 막냇동생 안공근安恭根이 빌렘을 모시고 왔다. 옥리가 안중근의 손에 수갑을 채우고 허리를 포승으로 묶어서 면회실로 데려왔다. 면회실에는 구리하라 전옥이 통역관을 데리고 입회해 있었다.

안중근과 빌렘은 대면하는 인사도 없이 자리에 마주앉았다. 안공근이 옆자리에 앉았다. 빌렘은 자리에 앉아서 성호를 그었다. 안중근이 먼저 안공근에게 말했다.

—오늘 네가 잘 왔다. 내가 죽으면 내 시체를 하얼빈에 묻어

라. 하얼빈은 내가 이토를 죽인 자리이므로 거기는 우선 내가 묻힐 자리다. 한국이 독립된 후에 내 뼈를 한국으로 옮겨라. 그전까지 나는 하얼빈에 묻혀 있겠다. 이것은 나의 유언이다. 내 뜻에 따라다오.

안중근의 목소리는 글을 읽듯이 무덤덤했다. 형이 이미 죽어서 말하고 있는 것 같아서 안공근은 섬찟했다.

빌렘은 안공근에게 주는 안중근의 유언을 들으면서 생각했다.

……저자는 나 들으라고 내 앞에서 저 말을 하는가?

안중근에게 고해성사를 베푸는 일이 쉽지 않을 것임을 빌렘은 알았다. 그리고 또, 그것이 아주 어렵지는 않을 것임을 빌렘은 또한 알았다. 빌렘은 그 혼란을 소중히 여겼다.

안중근이 다시 안공근에게 말했다.

—너와의 이야기는 여기까지다. 나는 신부님과 따로 할 이야기가 있다. 너는 이만 돌아가라.

안공근이 자리에서 일어섰다.

—형님, 그럼 여기서……

—그래. 가거라.

옥리가 면회실 문을 열어서 안공근을 내보냈다.

빌렘이 전옥에게 한국어로 말했고 통역이 말을 옮겼다.

—사제와 신자 간의 내밀한 대화는 다른 사람이 들을 수 없다. 이것은 교회의 신성이다. 감옥의 관리들은 자리를 비켜달라.

전옥이 말했다.

—불가하다. 우리는 죄수와 면회객의 안전을 지키기 위해 여기에 있다. 이것은 감옥의 규칙이다.

안중근과 빌렘은 눈을 마주치고 한동안 서로 바라보았다. 빌렘은 안중근이 먼저 말을 꺼내주기를 기다렸다. 안중근이 말했다.

—신부님, 제가 하느님께 감사할 일이 많습니다. 말씀드려도 좋겠습니까?

—말해라. 듣겠다.

안중근은 주머니에서 메모를 꺼냈다. 안중근은 메모를 보면서 말했다.

—저는 작년 10월 19일 연추의 포시예트항에서 기선을 타고 우라지로 갔습니다. 배가 떠나기 직전에 항구에 도착해서 겨우 배를 탔습니다. 그 배는 두 주일에 한 번씩 운항합니다. 그때 배를 놓쳤으면 저는 이번 일을 이루지 못했을 것입니다.

안중근은 말을 멈추고 빌렘의 기색을 살폈다. 빌렘이 말했다.

—계속해라.

—저는 우라지에서 이석산을 협박해서 백 루블을 빼앗았습니다. 제가 총을 들이대자 이석산은 별 저항 없이 백 루블을 내주었습니다. 그 돈을 구하지 못했으면 저는 하얼빈으로 갈 수가 없었습니다.

—계속해라.

—저는 우덕순을 데리고 채가구역에 가서 이토의 열차를 기다리다가 거기서 열차 통과 시간을 미리 알아서 하얼빈으로 갔습니다. 그때 시간을 알지 못했다면 저는 채가구에서 허탕을 쳤을 것입니다.

—계속해라.

—저는 10월 26일에 이토를 쏘았는데, 저의 처자식이 27일에 하얼빈에 도착했습니다. 저의 처자식이 미리 도착해서 저를 만났다면 저의 마음이 크게 흔들렸을 것입니다. 저는 이 하루 차이에 감사하고 있습니다.

—또 있느냐? 계속해라.

—저는 이토를 쏘아서 쓰러뜨린 후에 총알이 정확히 들어간 것을 확신했습니다. 그러나 그 순간 저것이 이토가 아닐 수도 있겠다 싶어서 그 옆에 있는 세 명을 쏘았습니다. 세 명 모두 총에 맞았으나 죽지는 않았습니다. 그후에 다들 회복되었다고 들었습니다. 감사할 일입니다.

빌렘이 안중근의 말을 끊었다.

—도마야, 너는 대체 무슨 말을 하려는 것이냐?

—이 모든 것이 저의 모자람이고 저의 복입니다. 이 복을 하느님께 감사드립니다, 신부님.

빌렘은 한참 후에 말했다.

—너는 너의 범행을 하느님과 관련지어서 말하지 마라. 불경하다.

—저는 저의 마음을 말했습니다.

빌렘은 또 말했다.

—도마야, 나는 아직도 너를 도마라고 부른다. 네가 그런 말을 나에게 하고 싶은 마음을 나는 안다. 그러나 그것이 네 마음의 전부는 아닐 것이다. 네가 너의 영혼을 나에게 의지하고 싶다면서 나를 불렀을 때의 너의 마음을 나는 또한 안다. 그러니 너는 너의 마음을 깊이 들여다보아라. 우선 너의 마음에 기도해라. 오늘은 이만 돌아간다. 곧 다시 오겠다. 그때, 우리 좋게 만나자, 도마야.

빌렘은 전옥에게 거듭 고맙다고 말하고 돌아갔다. 옥리가 포승줄을 끌어서 안중근을 감방에 넣었다.

30

구리하라 전옥은 면회실에 입회해서 안중근이 안공근에게 전한 유언의 내용을 들었다. 전옥은 지방법원장에게 보고했고, 지방법원장은 관동도독부 민정장관에게 통보했다. 관동도독부는 '나의 시체를 하얼빈에 묻으라'는 안중근 유언의 정치적 함의를 깊이 들여다보고 있었다.

안중근의 유언 내용은 하얼빈, 블라디보스토크, 대련의 한인사회에 퍼져나갔다. 하얼빈의 일본 총영사관은 밀정을 풀어서 소문의 파장을 염탐했다. 면회실에 입회했던 옥졸들이 말을 퍼뜨렸는지, 아니면 그전에 안중근을 면회했던 변호사가 말을 퍼뜨렸는지는 알 수 없었지만, 소문으로 한인사회는 흥분하고 있었다. 안중근을 하얼빈에 묻고 묘지와 기념비를 세우고, 추모의 대상으로 삼아서 이토를 죽인 뜻을 세계에 보이고 후세에 전하자는 언동이 대련에서 블라디보스토크까지 번져나갔고, 모금 운동을 시작할 조짐이 보였다.

하얼빈 총영사관의 총영사 대리는 안중근의 유언으로 술렁이는 한인사회의 동태를 관동도독부에 보고했다. 총영사 대리는 염탐한 정보들을 상술하고, 거기에 따른 의견을 제시했다.

—사형수의 시체 처리에 관해서는 소정의 규칙이 있을 것으로 알고 있으나, 만일 안중근의 시체를 유족에게 넘겨주면 그들의 무분별한 행위로 인해 안중근의 묘지를 성역화하려는 계획이 실현되지 않으리라고 보증할 수가 없습니다. 이것은 장래를 위해 좋지 않을 것이라 사료됩니다. 귀청에서 세심히 고려하시어 대비하시기 바랍니다.

관동도독부는 안중근의 시체를 유족에게 내주지 말고 집행 후 지체 없이 감옥 구내 묘지에 묻으라고 여순감옥에 공문으로 지시했다.

빌렘은 이틀 후에 다시 왔다. 안중근은 하루 전에 면회 예고를 받았다. 예고를 받고, 안중근은 다시 빌렘을 만나면 해야 할 말들을 메모했다.

빌렘은 천주교 사제의 외출복인 수단을 입고 있었다. 빌렘은 성사 때 입으려고 수단을 짐 속에 넣어 왔다. 구리하라 전옥이 옥리들을 데리고 입회했다. 옥리가 안중근의 수갑과 포승을 풀었다. 안중근은 빌렘과의 마지막 자리임을 직감했다. 빌렘은 구리하라에게 퇴실을 요청했고, 구리하라는 거부했다. 구리하라가 말했다.

—입회하지만, 듣지는 않겠다.

구리하라는 옥리들에게 벽 쪽으로 떨어져서 서 있으라고 명령했다. 안중근은 빌렘 앞에 마주앉았다. 빌렘이 말했다.

—도마야, 네가 나를 부른 마음과 내가 너에게 온 마음이 다르지 않을 것이다. 나는 조선에서 출발할 때부터 그것을 알고 있었다. 너의 마음을 말해라. 옥리들이 있으니, 작은 소리로 말해라.

안중근은 입을 열지 않았다. 빌렘이 재촉했다.

—말해라, 도마야. 내가 먼저 말하는 것보다 네가 먼저 말하는 것이 아름답지 않겠느냐.

안중근이 메모를 들여다보면서 말했다.

—제가 이토의 목숨을 없앤 것은 죄일 수 있겠지만, 이토의 작용을 없앤 것은 죄가 아닐 것입니다. 제가 재판에서 이토를 죽인 까닭을 말할 수 있었던 것은 저의 복이고, 이토가 살아 있을 때 이토에게 말하지 못한 것은 저의 불운입니다, 신부님.

빌렘이 말했다.

—너의 말은 다만 말일 뿐이다. 인간의 행위는 몸과 마음으로 분리되지 않는다. 너의 말은 뉘우치는 자의 마음이 아니다. 너는

너의 마음의 진실을 말하라. 뉘우침의 힘으로 새로워져라.

안중근이 메모를 들여다보지 않고 말했다.

—제가 이토를 죽인 일을 뉘우친다면, 제가 이토를 죽이는 사업에 성공했기 때문일 것입니다. 제가 만일 이 사업에 실패해서 이토가 죽지 않고 살아 있다면 저는 이토를 죽이려는 저의 마음을 뉘우칠 수가 없을 것입니다, 신부님.

—그것은 세속의 마음이다. 뉘우침이 아니다.

—그것이 저의 진심입니다.

—너의 마음의 깊은 곳에 또다른 마음이 있을 것이다. 말하기 힘들어도 그것을 말해라.

안중근은 눈을 감고 혀로 마른 입술을 축였다. 안중근이 말했다.

—이토를 쏠 때, 이토를 증오하는 마음으로 조준했습니다. 쓰러뜨리고 나서, 신부님께 세례 받던 날의 빛과 평화가 떠올랐습니다.

—그 평화가 너에게 다가오고 있다. 계속 말해라, 도마야. 너는 1907년에 조선을 떠나서 대륙으로 갔다. 그후에 네가 한 일을 다 말해라. 옥리들이 입회해 있으니 작은 소리로 말해라. 다 말해라. 모두 다 말해라.

안중근이 몸을 앞으로 굽히고 낮은 목소리로 말했다. 빌렘이 몸을 앞으로 굽히고 들었다. 안중근의 목소리는 점점 작아졌다.

사형수의 머리와 사제의 머리가 가까워졌다. 안중근의 목소리는 숨소리처럼 들렸다. 옥리들은 아무 소리도 듣지 못했다. 목소리가 끊기고, 침묵이 길게 이어졌다. 빌렘은 침묵 속에서 안중근에게 고해성사를 베풀었다.

전옥이 면회 시간 종료를 알렸다. 옥리가 안중근을 다시 포승으로 묶어서 감방으로 데려갔다.

31

대련의 봄은 바다 쪽에서 왔다. 봄의 발해만은 부풀어 보였다. 바다의 비린내가 안개 속에 풀려서 감방 안까지 스며들었다.

빌렘이 마지막으로 다녀간 뒤 나흘 만에 안중근은 『안응칠 역사』를 탈고했다. 안중근의 글은 사형선고를 받은 뒤에 감옥으로 면회 온 빌렘에게 고해성사를 받는 대목에서 끝났다. 탈고하기 나흘 전까지의 일들을 적었다. 안중근은 글의 마지막에

> 3월 15일 여순감옥에서
> 대한국인 안중근은 쓰기를 마친다.

라고 덧붙였다.

탈고한 지 열하루 뒤에 안중근은 집행되었다.

아침에 옥리들이 감방에 새 옷을 넣어주었다. 안중근은 집행 절차가 시작되었음을 알았다. 고향에서 어머니가 보내온 명주 두루마기와 바지가 개어져 있었다. 두루마기는 흰색이고 바지는 검은색이었다. 안중근은 새 옷으로 갈아입었다. 흰 두루마기 아래로 검은 바지 자락이 드러났다. 명주 두루마기는 부드럽고 포근했다. 새 옷의 향기가 몸에 스몄다.

옥리 네 명이 안중근을 앞뒤로 감시해서 사형장으로 갔다. 사형장은 감옥 구내 북쪽 모퉁이에 있었다. 아침에 안개비가 내렸다. 사형장으로 가면서 안중근은 안개를 들이마셨다. 안개에 바다의 냄새가 스며 있었다. 안중근은 몸속으로 펼쳐지는 바다를 느꼈다.

사형장에는 미조부치 검찰관, 구리하라 전옥이 통역과 서기를 데리고 미리 와 있었다. 안중근이 중앙에 앉고, 미조부치 일행은 연극의 관객처럼 빙 둘러앉았다.

구리하라 전옥이 집행을 선언하고 나서 안중근에게 말했다.

—할말이 더 있는가?

안중근이 대답했다.

—없다. 다만 동양 평화 만세를 세 번 부르게 해다오.

구리하라가 말했다.

—허락하지 않는다.

옥리들이 안중근의 머리에 흰 종이를 씌웠다. 안중근은 종이가 버스럭거리는 소리를 들었다.

옥리가 안중근의 겨드랑을 팔에 끼고 계단 위로 올라갔다. 옥리가 안중근의 목에 밧줄을 걸고, 교수대 바닥을 밟았다. 바닥이 꺼졌고, 안중근의 몸이 허공에 매달려서 아래쪽으로 내려갔다.

십일 분 후에 검시의檢屍醫가 절명을 확인했다. 안정근, 안공근이 감옥 문 앞에 와서 시신을 돌려달라고 요구했다. 구리하라가 옥리를 보내서

—불가하다.

라고 통보했다.

안정근, 안공근은 땅을 치며 울었다.

옥리들이 안중근의 몸을 마차에 싣고 가서 감옥 공동묘지에 묻었다. 하관 때 가는 비가 내렸고, 문상객은 없었다. 관동도독부는 집행 날짜를 25일로 정해놓고 있었으나 서울의 통감부가 25일은 한국 황제의 생일이므로 날짜를 바꾸어야 한다고 여순감옥에 전보로 알렸다. 집행은 하루 연기되었다. 안중근은 3월 26일에 죽었다.

3월 25일에 대한제국 황제 순종은 서른일곱 살의 생일을 맞았다. 아침에 황제는 덕수궁으로 가서 태황제 고종에게 인사를 드

렸다. 오후에는 창덕궁으로 돌아와서 인정전에서 생일 하례를 받았다. 소네 통감과 통감부 고위 관리, 내각 대신들, 각국 영사들이 입궐해서 황제의 만수무강과 대한제국의 번영을 기원했다. 황제는 귀빈들에게 음식을 베풀어서 답례했고 시종무관들과 근위대 장교들에게는 따로 자리를 마련해주었다.

산수유와 매화가 잇달아 피어서 창덕궁의 봄은 화사했다. 후원 숲에서 뻐꾸기가 울었다. 봄 뻐꾸기 울음은 농사일을 재촉하는 소리라고 황제는 옛 시문에서 읽었다.

황제는 백성의 농사를 걱정하고 장려하는 뜻을 밝혔다. 4월 상순 안에 동적전東籍田에 나가서 친히 소를 몰아 밭갈이해서 솔선하는 모습을 보이려 하니 빈틈없이 준비하라고 황제는 내각에 지시했다. 높고 낮은 신하들과 백성들에게 선왕들의 뜻을 깊이 헤아려서 실천하라고 황제는 당부했다.

3월 27일은 부활절이었다. 조선 대목구장 뮈텔 주교는 서울 명동대성당에서 부활 대축일 미사를 드렸다. 여러 나라의 외교관들과 통감부 관리들과 서양인 기술자들과 신자들이 참례했다. 봄의 햇살이 비쳐서 스테인드글라스의 빛이 영롱했다. 팔십여 명이 영성체했고 예비 신자들이 영세 받고 입교했다.

성가대가 부활 찬송을 노래했다. 뮈텔 주교와 신자들이 따라서 노래했다.

하느님의 어린양 살해되시어
그 피로 우리 마음 거룩해지나이다

죽음의 사슬을 끊으시고
무덤 속의 승리자로 부활하신 이여

하느님의 어린양 살해되시어
그 피로 우리 마음 거룩해지나이다

3월 29일에 관동도독부는 안중근 사건의 수사와 재판과 사형 집행에 이르는 과정에서 애쓴 관리들에게 직급에 따라서 상여금을 내렸다.

미조부치 검찰관 250엔
마나베 재판장 150엔
소노키 통역, 기시다 서기 80엔
구리하라 전옥, 나카무라 간수부장 80엔
요시다 경시, 사이토 경부 30엔
순사부장급 3명 20엔
순사 5명 10엔

안중근에게 고해성사를 해주고 나서 빌렘은 황해도 신천으로 돌아와 있었다. 3월 26일 저녁에 빌렘은 안중근의 사형이 집행되었다는 소식을 들었다.

27일 아침에 빌렘이 신자들을 소집했다. 안중근의 문중 사람들과 마을의 신자들이 청계동성당에 모였다.

빌렘은 여순감옥에서 안중근을 만나 고해성사를 베푼 일을 마을 신자들에게 말했다. 빌렘은 '나의 시체를 하얼빈에 묻으라'는 안중근의 유언을 신자들에게 전했다. 안중근의 시체는 하얼빈으로 가지 못하고 여순감옥의 공동묘지에 묻혔다고 빌렘은 전했다.

빌렘은 신자들과 함께 기도했다.

주여 우리를 불쌍히 여기소서
주여 망자에게 평안을 주소서

후기·주석

후기

소설이 감당하지 못한 일들을 후기에 적는다. 여기서부터는 소설이 아니고 안중근의 거사 이후 그의 직계가족과 문중의 인물들이 겪어야 했던 박해와 시련과 굴욕, 유랑과 이산과 사별에 관한 이야기다.

안중근安重根, 1879~1910

안중근의 거사 이후 팔십 년 동안 한국 천주교회는 공식적으로 안중근의 행위를 역사 속에서 정당화하지 않았고 교리상으로 용납하지 않았다. 안중근은 1910년의 뮈텔 주교의 판단에 따라, '살인하지 말라'는 계명을 범한 '죄인'으로 남아 있었다.

1993년 8월 21일 서울 대교구장인 김수환 추기경은 안중근

추모 미사를 집전했다. 이 미사는 한국 천주교회가 안중근을 공식적으로 추모하는 최초의 미사였다. 김 추기경은 이날 미사의 강론에서

—일제 치하의 당시 한국 교회를 대표하던 어른들이 안중근 의사의 의거에 대해 바른 판단을 내리지 못하고 그릇된 판단을 내림으로써 여러 가지 과오를 범한 데 대해 저를 비롯한 우리 모두가 연대적인 책임감을 느끼고 있습니다.

라고 말하고 안중근의 행위는 '정당방위'이고 '국권회복을 위한 전쟁 수행으로서 타당하다고 보아야 한다'고 말했다.

2000년 12월 3일 한국 천주교회는 대희년을 맞아서 '쇄신과 화해'라는 제목의 문건을 발표하고 한국 교회가 '민족 독립에 앞장서는 신자들을 이해하지 못하고 때로는 제재하기도 했음을 안타깝게 생각한다'는 입장을 밝혔다. '한국 천주교 주교회의'의 이름으로 발표된 이 문건은 한국 교회사에서 중대한 의미를 갖는 것으로 평가되고 있다. 천주교정의구현전국사제단은 안중근 현양 사업을 선도적으로 전개해왔다.

1945년 광복 직후에 김구는 여순감옥 공동묘지에 묻힌 안중근의 유해를 발굴해서 봉환하려는 노력을 시작했고, 그후로 정부와 민간의 유해 발굴 노력은 계속되어왔다. 2006년 남북한이 합동으로 발굴단을 구성해 조사를 실시했으나 성과가 없었고, 그후로 유해의 행방에 관한 유의미한 정보는 없다.

1946년 3월 26일 안중근 순국 36주기를 맞아 서울운동장에서 십만 군중이 모인 가운데 기념식이 열렸다. 1946년 7월에 김구의 주도하에 이봉창, 윤봉길, 백정기의 묘가 서울 용산구 효창공원으로 이장되었다. 이봉창 묘 옆자리에 안중근의 가묘가 마련되어서 유해가 봉환될 날을 기다리고 있다.

우덕순禹德淳, 1879~1950

우덕순은 출감 후 만주로 가서 대종교에 참여해서 항일운동을 계속했다. 우덕순은 광복 후 귀국해서 대한국민당 최고위원으로 활동하면서 안중근 현양 사업을 펼쳤다. 우덕순은 1950년 서울에서 사망했다.

이토 히로부미伊藤博文, 1841~1909

이토는 사후에 도쿄시 시나가와구 니시오이의 묘지에 묻혔다. 1932년에는 이토의 명복을 빌고 그의 업적을 기리는 사찰 박문사博文寺가 서울 장충단공원 동쪽 언덕에 세워졌다. 장충단은 1895년 명성황후시해사건 때 순직한 무관들을 제사하는 자리였다.

박문사 건립 운동은 조선총독부의 제창으로 시작되었고 조선과 일본에서 모금 운동이 벌어졌다. 조선의 모금 목표는 이십만 엔이었고 이 액수는 각 도에 할당되었다. 조선 왕궁인 경희궁의

홍화문을 옮겨서 박문사의 정문으로 삼았다. 1973년에 박문사 부지는 삼성 재벌에 매각되었고, 이 자리에 1979년에 신라호텔이 건립되었다.

1938년에는 메이지 헌법 공포 50주년을 기념해서 일본 국회의사당 중앙 광장에 이토의 동상이 건립되었다. 그 밖에도 야마구치현 히카리시의 이토 기념관, 하기시의 이토 고택, 시모노세키의 청일전쟁 강화 기념관 등에도 이토의 동상이 세워졌다.

이은李垠, 1897~1970

이은은 1910년 한일합병으로 국권이 상실되고 순종이 폐위되자 왕세제王世弟로 격하되었다. 이은은 1920년 일본 왕족 나시모토노미야梨本宮의 딸 마사코方子, 한국명 이방자와 결혼했다. 이은은 일본에서 육군사관학교, 육군대학을 졸업하고 육군 중장의 지위에 올랐다. 1963년 박정희 국가재건최고회의 의장의 주선으로 이방자와 함께 귀국하였으나 심한 뇌혈전증에 시달리다가 죽었다. 이은은 진晉과 구玖 두 아들을 두었으나 진은 어려서 죽고 구는 미국 여인과 결혼해서 미국으로 귀화했다.

안분도安芬道, 1905~1911

안분도는 안중근의 장남이다. 본명은 우생祐生이다. 안중근의 거사 후인 1909년 11월 7일 관동도독부 검사 미조부치는 하얼빈의 일본 총영사관에서 다섯 살인 분도를 신문하고 청취서를 작성했다. 분도는 이때 어머니 김아려와 함께 하얼빈에 와 있었다.

안중근은 아내 김아려와 어머니 조마리아 앞으로 작성한 유서에서 장남 분도가 자라면 천주교 신부가 되게 해달라고 당부했다.

안중근 일가는 안중근의 거사 후에 블라디보스토크를 거쳐서 중국 흑룡강성으로 이주했다. 분도는 흑룡강성에서 일곱 살에 죽었다.

안준생安俊生, 1907~1952

안준생은 안중근의 차남이다. 1907년 안중근이 집을 떠날 때 안준생은 어머니 김아려의 몸속에서 육 개월 된 태아였고 아버지 안중근이 처형될 때는 약 삼십 개월 된 아기였다. 안준생은 아버지의 얼굴을 본 적이 없고, 안중근도 차남의 얼굴을 본 적이 없다. 안중근의 거사 후 안준생은 유랑하는 가족들과 함께 러시아 극동 지역과 북만주 일대를 옮겨다니며 자랐고, 1919년 이후에는 상해에 자리잡았다.

1939년 가을에 안준생은 한국에 왔다. 안준생의 한국 일정은 조선총독부 외사부장 마쓰자와 다쓰오松澤龍雄와 촉탁 아이바 기요시相場淸가 동행하면서 안내했고 소노키 스에키園木末喜가 통역했다. 소노키는 안중근 사건 관련자들의 신문과 재판의 전 과정을 통역했던 인물이다.

1939년 10월 15일 안준생은 총독부 관리들과 함께 박문사를 참배하고 이토의 위패에 분향하고 위령했다. 안준생은 이 자리에서 '이토의 명복을 빈다'고 말했고, 통역 소노키는 기자들에게 '안중근이 처형 직전에 자신의 행위가 오해에서 비롯된 폭거임을 인정했다'고 말했다.

안준생은 다음날인 16일, 서울 조선호텔로 찾아가서 이토의 차남 이토 분키치伊藤文吉, 1885~1951를 만났다. 이토 분키치는 도쿄제국대학을 졸업하고 농상무성에서 관료로 입신해서 남작의 작위를 받고 일본광업주식회사 사장으로 있던 인물이었다. 이토 분키치는 안준생과의 사전 약속 없이 '우연히' 서울에 들른 것으로 언론에 알려졌다. 안준생은 이토 분키치에게 '사죄하러 왔다'고 말했고, 이토 분키치는 '함께 지성으로 황도皇道를 보필할 것이기에 개인적인 사죄는 필요없다'고 답했다. 안준생과 이토 분키치는 17일 함께 박문사를 참배하고 분향했다.

조선총독부의 기획과 연출로 이루어진 이 삼 일간의 '박문사 화해극'은 조선과 일본의 언론에 감격적인 필치로 크게 보도되었다.

김구는 광복 직후 중경重慶에서 장제스蔣介石를 만났을 때 안준생을 체포 구금해줄 것을 요청했고, 그를 '교수형에 처해달라'고

중국 관헌에게 부탁했다. 안준생은 광복 후 조용히 한국으로 돌아와서 6·25전쟁 중에 부산으로 피란 가서 폐결핵에 걸렸다. 안준생은 1952년에 부산에서 죽었다.

안현생安賢生, 1902~1959

안현생은 안중근의 장녀이며 안분도와 안준생의 누나이다. 1909년에 안중근의 처 김아려가 두 아들을 데리고 한국을 떠날 때 여덟 살 안현생은 명동 수녀원에 맡겨졌다. 안현생은 1914년에 블라디보스토크에 살고 있던 가족들과 합류했고, 1919년 이후에는 상해에 정착했다.

안준생이 '박문사 화해극'을 벌인 지 일 년 오 개월 후인 1941년 3월 26일에 안현생은 남편 황일청黃一淸과 함께 서울에 와서 박문사를 참배했다. 3월 26일은 아버지 안중근의 기일이었다. 이번에도 총독부 촉탁 아이바가 안현생 부부를 안내했다. 이날 안현생은 '아버지의 죄를 사죄한다'고 말했다고 서울에서 발행되는 신문들이 보도했다. 안현생 부부는 상해에서 아이바와 가까운 사이였다. 안현생은 1946년 서울로 귀국했고 1959년에 사망했다. 황일청은 함께 오지 않았다.

김아려金亞麗, 1878~1946

1894년 안중근과 결혼해서 2남 1녀를 두었다. 안중근의 거사 후 가족들과 함께 러시아 극동 지역과 만주, 상해를 옮겨다니며 살았다. 1910년에 남편 안중근이 처형당하고, 그 이듬해인 1911년에 큰아들 분도가 일곱 살로 만주에서 죽었다. 1939년, 1941년에는 둘째 아들 안준생과 맏딸 안현생이 총독부의 기획에 이끌려 서울에서 '박문사 화해극'을 벌였다.

김아려는 중일전쟁 이후에 상해에 남아 있었던 것으로 보인다. 광복 후에도 귀국하지 않았고, 1946년 상해에서 죽었다. 김아려의 생애는 거의 알려져 있지 않고, 김아려의 고통과 슬픔에 대한 기억이나 기록도 남아 있지 않다.

조趙마리아1862~1927

안중근, 안정근, 안공근의 모친. 안중근의 거사 이후 블라디보스토크로 이주했고, 그후 다른 유족들과 함께 생활했다. 조마리아의 생애에 관해서 상세한 기록은 남아 있지 않지만, 여러 항일 혁명가들은 조마리아의 애국심과 희생정신과 용기를 기리고 있다. 조마리아는 1927년 상해에서 죽었다.

안정근安定根, 1885~1949

안정근은 안중근의 동생으로 여섯 살 연하이다. 안중근의 거사 직후 안정근은 진남포 경찰서에 연행되어 일 개월간 취조를 받고 풀려났다. 안정근은 풀려나자마자 여순으로 가서 안중근이 처형될 때까지 옥바라지를 했다. 안중근이 처형된 후 안정근은 자신의 동생 안공근과 형 안중근의 가족들을 데리고 블라디보스토크로 이주했다. 안정근은 잡화상을 경영해서 성공했고, 독립운동을 위한 물적 토대를 마련할 수 있었다.

안정근은 스물다섯 살 무렵부터 대가족의 가장 역할을 떠맡았고 북만주 독립운동의 지도적 역할을 수행했다. 안정근은 안창호와 긴밀한 관계를 유지하면서 독립운동 자금 모금과 모병, 교육에 헌신했다. 안정근은 여러 독립 투쟁 단체들의 통합을 추진했고, 청산리 전투에 참가했다. 1920년대 중반 무렵에 안정근은 지병이 발병해서 위해위로 이주했다. 안정근은 십 년 동안 요양했다. 1937년 중일전쟁이 발발하자 그는 가족들을 데리고 홍콩으로 이주했고 그후 중경으로 옮겼다. 1940년에 그의 딸 미생美生이 김구의 장남 인仁과 혼인하였다. 안정근은 광복 후에 귀국하지 못하고 망명지 상해에서 사망했다.

안공근安恭根, 1889~?

안공근은 안중근의 둘째 동생으로 나이 차이는 열 살이다. 안공근은 상해에서 구미 공사관의 통역과 정보원으로 활동하면서 안중근 가족의 생계를 부양하는 한편 여러 독립운동 단체에서 지도적 역할을 수행했다. 안공근은 김구의 최측근으로 활동했다. 안공근은 김구가 기획한 이봉창, 윤봉길 의거에서 핵심적 역할을 했고 대외적으로 김구의 대리인 역할을 했다.

1937년 10월, 일본군이 상해를 공격하자 김구는 안공근을 상해로 파견해서 김구 자신의 어머니 곽낙원과 안중근의 직계가족들을 데리고 오라고 했는데, 안공근은 김구의 가족을 데리고 왔으나 안중근의 가족을 데리고 오지 못했다. 김구는 이 일로 안공근을 심하게 질책했고 이것이 한 원인이 되어서 김구와 안공근의 관계는 불편해졌다.

안공근은 1939년 5월에 중경에서 실종되었다.

안명근安明根, 1879~1927

안명근은 안중근의 큰아버지인 안태현安泰鉉의 장남이다. 안명근은 안중근의 거사에 감화받아서 무장 독립 투쟁의 길로 나섰다. 안명근은 안중근이 처형당하기 한 달쯤 전인 1910년 2월 21일 뮈텔 주교를 찾아가서 빌렘 신부를 여순감옥의 안중근에게 보내서 고해성사를 베풀어줄 것을 요청했다. 뮈텔은 이 요청을 거절했고, 이날 안명근의 태도가 '무례하게 보였다'고 일기에 기록했다.

안명근은 북간도에 독립군을 양성할 군사학교를 세우려고 황해도 일대의 부호들을 설득해서 기부금을 받아냈다. 이 모금 운동은 상당한 성과가 있었는데 모금 과정에서 정보가 노출되었다. 안명근은 1910년 12월에 평양에서 체포되었고, 이 사건과 연루되어 황해도 일대에서 백육십 명이 검거되었다. 일제는 검거된 인사들에게 잔혹한 고문을 가해서 이 사건을 데라우치寺內 총독 암살 모의 사건으로 부풀리고 관련자들에게 내란미수죄를 적용했다.

안명근은 이 사건으로 십 년간 복역했다. 안명근은 출옥 후 만주로 망명해서 독립투쟁을 계속하다가 길림성에서 죽었다.

빌렘Nicolas Joseph Marie Wilhelm, 1860~1938

빌렘 신부는 뮈텔 주교의 금지명령에도 불구하고 여순으로 가서 처형 직전의 안중근에게 고해성사와 성체성사를 베풀었다. 빌렘은 안중근의 거사를 이해하고 지지했다기보다는, 성직자로서의 종교적 책무를 수행한 것으로 보인다. 이 일로 뮈텔 주교는 빌렘에게 이 개월간의 성무 정지 처분을 내렸다. 빌렘은 뮈텔 주교에게 강력히 항의했고 파리 외방 진교회와 교황청에 부당함을 호소했다. 그후로 빌렘과 뮈텔의 불화는 계속되었고, 빌렘은 1914년 프랑스로 돌아갔다. 빌렘은 모젤 지방의 사랄브에서 일흔아홉 살의 나이로 사망했다.

뮈텔Gustave Charles Marie Mütel, 1854~1933

뮈텔 주교는 19세기 말과 20세기 초에 천주교가 한국에 정착하는 과정에서 중추적인 역할을 수행했다. 1892년의 약현성당

완공, 1898년의 명동대성당 완공, 그리고 1925년 로마에서 거행된 '한국 순교자 79위에 대한 시복식'이 모두 조선 대목구장 뮈텔 주교의 지도력 아래서 이루어졌다.

뮈텔은 안중근의 정치적, 민족적 대의를 인정하지 않았고 하얼빈의 거사를 교리상의 '죄악'으로 단정했다. 그는 안중근의 거사에 대한 부정적 견해를 공공연히 표명했고 안중근에게 성사를 베푼 빌렘 신부를 중징계했다.

안중근이 처형된 후 안명근이 독립군 군사학교 설립을 위한 모금 운동을 전개할 때, 빌렘 신부는 이 모금 운동을 안명근이 주도하고 있다는 정황을 포착하고 뮈텔 주교에게 이 같은 정보를 편지로 알렸다.

빌렘의 편지는 1911년 1월 11일 명동성당의 뮈텔 주교에게 도착했다. 이날은 눈이 많이 내려서 서울 전역에 눈이 덮였다. 뮈텔은 편지를 받은 즉시 눈길을 달려서 조선 주둔 일본군 헌병사령관 겸 조선총독부 경무총장 아카시 모토지로明石元二郎를 찾아가서 이 정보를 제공했다. 아카시는 크게 감사했다.

안명근은 1910년 12월에 체포되었고 뮈텔은 1911년 1월 11일에 안명근의 동태를 아카시에게 제보했다. 그러므로 뮈텔의 제보가 안명근 체포의 결정적 단서가 되지는 않았다. 뮈텔은 자신이 아카시에게 제보한 내용이 '조선총독부에 대한 조선인들의 음모'와 여기에 안명근이 관련된 사실이라고 일기에 적었다. 뮈텔이 말한 '조선인들의 음모'의 내용이 무엇인지는 알 수 없지만, 안명근의 모금 활동의 범위를 넘어서는 내용일 수도 있다. 이 사건의 수사와 재판은 모금 활동을 훨씬 넘어서서 광범위하게 전개되었다.

이 무렵 진고개(서울 중구 충무로2가)에서 명동성당에 이르는 구역을 일본인들이 무단으로 점거하고 있어서 명동성당은 통행에 불편이 많았다. 명동성당은 일본인들을 상대로 소송을 제기했으나 거듭 패소했다. 1월 11일 아카시를 만난 자리에서 뮈텔은 이 통로 문제를 해결해줄 것을 요청했다. 아카시는 부하를 불러서 현장의 문제를 해결하라고 지시했다. 이튿날인 1월 12일 도로는 정리되었다.

감옥에서, 안명근은 성직자들에게 거듭 편지를 보내 고해성사를 요청했다.

1911년 9월 17일에 르각 신부가 안명근을 면회했다. 르각 신부는 안명근이 '매우 쇠약해 보였다'고 뮈텔 주교에게 보고했다. 1912년 2월 3일에 빌렘이 안명근을 면회했다.

1915년 4월 2일 감옥에서 보낸 안명근의 편지가 뮈텔에게 도착했다. 안명근은 편지에서 뮈텔에게 고해성사를 베풀어줄 것을 요청하고 있었다.

옥중의 안명근이 성직자들의 면회와 고해성사를 거듭 요청하고 있는 정황으로 보아서, 안명근은 빌렘과 뮈텔이 자신을 일본 헌병대에 제보한 사실을 알지 못하고 있는 것 같다. 또 빌렘과 뮈텔도 이 같은 사실을 안명근에게 말하지 않았던 것으로 보인다. 그리고 빌렘과 뮈텔은 안명근이 이 제보의 사실을 모르고 있다는 것을 알고 있었던 것으로 보인다.

이 문제와 관련된 성직자들의 내면은 매우 복잡하거나, 또는 매우 단순한 것으로 보인다. 이것은 빌렘과 뮈텔만이 아는 일이고, 후인이 말하기 어렵다.

뮈텔은 조선에서 대목구장으로 사목하는 사십여 년 동안 매일같이 일기를 써서 남겼다. 『뮈텔 주교 일기』는 한국 천주교회사와 한국 현대사에서 중요한 기록으로 평가된다. 뮈텔은 1933년 여든 살의 나이로 사망해서 서울 용산 성직자 묘지에 묻혔다.

주석

* 1장 메이지가 이은을 접견하는 장면은 도널드 킨의 『메이지 천황 하』(김유동 역, 다락원, 2002) 57~58장을 참고하였고 순종의 조서는 『순종실록』 1907년 11월 19일자 기사에서 부분적으로 인용했다.

* 3장 순종의 순행 대목은 『순종실록』 1909년 1월 4일~2월 3일의 기사를 참고했다.
청일전쟁 때 벌어진 성환 전투의 장면은 도널드 킨의 『메이지 천황 하』 44~45장을 참고했다. 이중 메이지가 지은 노랫말의 일부를 인용했다.
만월대에서 순종 일행이 찍은 사진은 이경민의 『제국의 렌즈』(산책자, 2010) 50쪽에 실려 있다.

* 4장 여러 의병 부대들의 활동은 황현의 『매천야록 하』(임형택 외 역, 문학과지성사, 2005)와 『한국민족문화대백과사전』(한국정신문화연구원) 등의 관련 항목들을 참고했다.

* 5장 한국군 해산 대목은 『매천야록 하』와 정교의 『대한계년사 8』(조광 편, 김우철 역주, 소명출판, 2004)에 실린 1907년 8월 기사를 참고했다.

* 6장 신하들과 순종이 주고받은 상소와 비답의 내용은 『순종실록』과 『대한계년사 8』의 관련 부분을 발췌 인용하면서 문장을 조금 바꾸었다.

* 7장 안중근 부대의 전투에 관한 대목은 안중근평화연구원의 『안중근 유고—안응칠 역사·동양평화론·기서(안중근 자료집 01)』(채륜, 2016) 중 『안응칠 역사』의 관련 부분을 참고했다.

* 8장 대련에서의 이토에 대한 의전 절차는 안중근평화연구원의 『재만 일본신문 중 안중근 기사 I—만주일일신문(안중근 자료집 15)』(채륜, 2014) 중

1909년 10월 14일, 10월 15일 기사에 따랐다.

* 10장 대련과 여순에서의 이토의 일정은 『재만 일본 신문 중 안중근 기사 I—만주일일신문(안중근 자료집 15)』 중 1909년 10월 19일자 기사에 따랐다. 같은 책 1909년 10월 25일자 기사에는 이토가 봉천에서 지은 시 두 편이 실려 있다. 시의 제목은 '203고지'와 '이용산(二龍山)'이다. 10장에 인용한 이토의 시는 이 두 편의 일부를 각각 따와서 엮은 것이다.

* 11장 하얼빈에서의 안중근의 일정은 『안중근 유고—안응칠 역사·동양평화론·기서(안중근 자료집 01)』의 『안응칠 역사』를 참고했다.

* 12장 정대호와 김아려의 동선은 안중근평화연구원의 『안중근 가족·친우 등 신문·취조·청취기록(안중근 자료집 06)』(채륜, 2014)을 참고했다.

* 15장 이토와 코콥초프의 열차 안 회담 장면은 안중근평화연구원의 『일본인 신문·청취기록(안중근 자료집 08)』(채륜, 2016) 중 가와카미 일본 총영사의 신문조서를 참고했다.

* 16장 이토의 죽음에 대한 이은의 반응은 안중근평화연구원의 『일본 신문 중 안중근 기사 I—도쿄 아사히신문(안중근 자료집 17)』(채륜, 2016)과 『순종실록』을 참고했다.

* 17장 안중근이 뮈텔의 공소 방문을 안내하는 대목은 한국교회사연구소의 『뮈텔 주교 일기』(전8권) 중 1897년 11월 27일, 12월 1일, 1898년 5월 29일, 1909년 10월 26일, 10월 28일, 10월 30일자 기사를 참고했다.

* 18장 미조부치 검찰관과 안중근의 신문 답변 대목은 이기웅이 편역한 『안중근 전쟁, 끝나지 않았다』(열화당, 2000)에서 발췌 인용했다. 진술의 취지를 유지하면서 문장을 조금 바꾸었다.

* 19장 이토의 영결식(도쿄)과 추도식(서울 장충단)의 구체적 사항들은 각각 『일본 신문 중 안중근 기사 I—도쿄 아사히신문(안중근 자료집 17)』과 정교의 『대한계년사 9』(조광 편, 김우철 역주, 소명출판, 2004)의 1909년 11월 4일자 기사에 따랐다.

* 20장 미조부치가 김아려와 안분도를 신문하는 대목은 『안중근 가족·친우 등 신문·취조·청취기록(안중근 자료집 06)』에 따랐다. 진술의 취지를 유지하면서 순서와 문장을 조금 바꾸었다.

* 21장 조선 태황제가 이토의 죽음에 보인 반응에 관한 소문은 황현의 『매천야록 하』를 참고했다.
이토의 죽음에 대한 일본 화류계의 반응은 『일본 신문 중 안중근 기사 I—도쿄 아사히신문(안중근 자료집 17)』을 참고했다. 무당 수련의 이토 추모 굿에 대한 내용은 『대한계년사 9』 중 1910년 1월 기사에 따랐다.

* 22장 안중근과 우덕순의 신문 장면은 이기웅이 편역한 『안중근 전쟁, 끝나지 않았다』에 수록된 내용 일부를 옮겨왔다. 진술의 취지를 유지하면서 순서와 문장을 바꾸었다.

* 23장 공판 과정의 문답과 논고, 변론 부분은 안중근평화연구원의 『안중근·우덕순·조도선·유동하 공판기록—공판시말서(안중근 자료집 09)』(채륜, 2014)와 『안중근·우덕순·조도선·유동하 공판기록—안중근사건 공판속기록(안중근 자료집 10)』(채륜, 2014)에서 발췌 인용했다. 진술의 취지를 유지하면서 순서와 문장을 바꾸었다.

* 30장 안중근 유해의 사후 처리 문제에 관한 일본 당국의 입장은 한국역사연구원의 『그들이 기록한 안중근 하얼빈 의거』(태학사, 2021)의 기록에 따랐다.

* 31장 안중근의 사형이 집행된 후 순종의 거동은 『순종실록』 1910년 3월

25일, 3월 26일, 5월 5일자 기사를 참조했다.
관동도독부의 상여금에 대해서는 안중근평화연구원의 『재만 일본 신문 중 안중근 기사 II — 만주일일신문(안중근자료집 16)』(채륜, 2014)의 해당 사항을 옮겼다.

* '후기'는 아래의 자료를 참고해 썼다.
  - 도진순, 「안중근 가문의 유방백세와 망각지대」, 『역사비평』 2010년 봄호.
  - 윤선자, 「안중근 의거에 대한 한국 천주교회의 인식」, 『안중근 연구의 기초』, 경인문화사, 2009.
  - 안중근평화연구원, 『우덕순·조도선·유동하 신문기록(안중근 자료집 04)』, 채륜, 2014.
  - 안중근평화연구원, 『안중근 가족·친우 등 신문·취조·청취기록(안중근 자료집 06)』. 채륜, 2014.
  - 한국가톨릭대사전 편찬위원회, 『한국가톨릭대사전』(전12권), 한국교회사연구소.
  - 한국교회사연구소, 『뮈텔 주교 일기』(전8권), 1910년 2월 21일, 1911년 1월 11일, 1월 12일, 1월 22일, 9월 17일, 1912년 2월 3일, 1915년 4월 2일자 기사.

작가의 말

포수, 무직, 담배팔이

안중근은 체포된 후 일본인 검찰관이 진행한 첫 신문에서 자신의 직업이 '포수'라고 말했다. 기소된 후 재판정에서는 '무직'이라고 말했다. 안중근의 동지이며 공범인 우덕순은 직업이 '담배팔이'라고 일관되게 말했다.

포수, 무직, 담배팔이, 이 세 단어의 순수성이 이 소설을 쓰는 동안 등대처럼 나를 인도해주었다. 이 세 단어는 생명의 육질로 살아 있었고, 세상의 그 어떤 위력에도 기대고 있지 않았다. 이것은 청춘의 언어였다. 이 청년들의 청춘은 그다음 단계에서의 완성을 도모하는 기다림의 시간이 아니라 새로운 시간을 창조하는 에너지로 폭발했다.

이 청년들의 생애에서, 그리고 체포된 후의 수사와 재판의 과정에서, 포수, 무직, 담배팔이라는 세 단어는 다른 많은 말들을 흔들어 깨워서 시대의 악과 맞서는 힘의 대열을 이루었다. 깨어난 말들은 관념과 추상의 굴레를 벗어던지고 날것의 힘으로 일어서서 말들끼리 끌고 당기며 흘러가는 장관을 보여주었는데, 저 남루한 세 단어가 그 선두를 이끌고 있었다.

이 대하大河의 흐름은 일본인 법관들이 작성한 신문조서와 공판 기록 속에서 출렁거리고 있다. 적들의 공문서 속에서 새롭게 태어난 말들이 악의 구조를 머리통으로 들이받아서, 강과 약의 이항 대립으로 구성되는 이 세계의 벽을 부수고 있다.

나는 이 세 단어가 다른 말들을 흔들어 깨우고 거느려서 대하를 이루는 흐름을 소설의 주선율로 삼고, 그 시대의 세계사적 폭력과 침탈을 배경음으로 깔고, 서사 구조는 역사적 사건의 전개에 따르되, 이야기를 강도 높게 압축해서 긴장의 스파크를 일으키자는 기본 설계를 가지고 있었다. 이 같은 토털 픽처total picture를 만드는 일은 글쓰는 자의 즐거움일 테지만, 즐거움은 잠깐뿐이고 연필을 쥐고 책상에 앉으면 말을 듣지 않는 말을 부려서 목표를 향해 끌고 나가는 노동의 날들이 계속되지만, 이런 수고로움을 길게 말하는 일은 너절하다.

한국의 근대는 문명개화의 꿈에 매혹되었고 제국주의의 폭력에 짓밟혔다. 이 문명개화는 곧 서구화였고, 한국인이 수천 년의 역사 속에서 이미 이룩한 문명은 개화의 추동력에 합류할 수 없었다. 20세기 초의 한반도에서 과거는 미래를 감당할 힘을 상실했고 억압과 수탈을 위장한 문명개화는 약육강식의 쓰나미로 다가왔다.

한국 청년 안중근은 그 시대 전체의 대세를 이루었던 세계사적 규모의 폭력과 야만성에 홀로 맞서 있었다. 그의 대의는 '동양 평화'였고, 그가 확보한 물리력은 권총 한 자루였다. 실탄 일곱 발이 재여진 탄창 한 개, 그리고 '강제로 빌린(혹은 빼앗은)' 여비 백 루블이 전부였다. 그때 그는 서른한 살의 청춘이었다.

안중근의 빛나는 청춘을 소설로 써보려는 것은 내 고단한 청춘의 소망이었다. 나는 밥벌이를 하는 틈틈이 자료와 기록들을 찾아보았고, 이토 히로부미의 생애의 족적을 찾아서 일본의 여러 곳을 들여다보았다. 그러다 그 원고를 시작도 하지 못한 채 늙었다. 나는 안중근의 짧은 생애가 뿜어내는 에너지를 감당하지 못했고, 그 일을 잊어버리려고 애쓰면서 세월을 보냈다. 변명하자면, 게으름을 부린 것이 아니라 엄두가 나지 않아서 뭉개고 있었다.

2021년에 나는 몸이 아팠고, 2022년 봄에 회복되었다. 몸을 추스르고 나서, 나는 여생의 시간을 생각했다. 더이상 미루어 둘 수가 없다는 절박함이 벼락처럼 나를 때렸다. 나는 바로 시작했다.

나는 안중근의 '대의'보다도, 실탄 일곱 발과 여비 백 루블을 지니고 블라디보스토크에서 하얼빈으로 향하는 그의 가난과 청춘과 그의 살아 있는 몸에 관하여 말하려 했다. 그의 몸은 대의와 가난을 합쳐서 적의 정면으로 향했던 것인데, 그의 대의는 후세의 필생筆生이 힘주어 말하지 않더라도 그가 몸과 총과 입으로 이미 다 말했고, 지금도 말하고 있다.

이 소설을 쓰면서 여러 서물書物들에 의지했다. 이미 연구되고 기록된 사실들의 바탕 위에서 등장인물의 내면을 구성하고 이야기를 엮어내려고 애썼다. 인용하거나 참고한 서물 중에서 중복되거나 어긋나는 대목들은 소상히 밝히지 못했다.

안중근 사건의 신문과 공판 기록은 소설적 재구성을 용납하지 않을 만큼 완벽하게 긴장되어 있다. 그 짧은 문답 속에는 고압전류가 흐르고 있고, 그 시대 전체에 맞서는 에너지가 장전되어 있다. 이런 대목들은 기록의 원형을 살려나갔다. 조도선曺道先, 1879~1928, 유동하劉東夏, 1892~1918는 안중근의 조력자로 하얼빈에 동행했었고, 재판에서도 실형을 선고받았으나, 안중근 거사와 직접 관련성이 낮다고 생각해서 소설의 구성에서 제외하였다.

안중근을 그의 시대 안에 가두어놓을 수는 없다. '무직'이며 '포수'인 안중근은 약육강식하는 인간세의 운명을 향해 끊임없이 말을 걸어오고 있다. 안중근은 말하고 또 말한다. 안중근의 총은 그의 말과 다르지 않다.

2022년 여름

김훈

김훈
1948년 서울 출생. 장편소설 『칼의 노래』 『달 너머로 달리는 말』, 소설집 『저만치 혼자 서』, 산문집 『연필로 쓰기』 『허송세월』 등이 있다.

문학동네 장편소설
하얼빈

1판 1쇄 2022년 8월 3일
1판 18쇄 2024년 12월 6일

지은이 김훈
책임편집 정은진 | 편집 이상술 염현숙
디자인 김이정 최미영 | 저작권 박지영 형소진 최은진 오서영
마케팅 정민호 서지화 한민아 이민경 왕지경 정유진 정경주 김수인 김혜원 김예진
브랜딩 함유지 함근아 박민재 김희숙 이송이 김하연 박다솔 조다현 배진성
제작 강신은 김동욱 이순호 | 제작처 천광인쇄사(인쇄) 경일제책(제본)

펴낸곳 (주)문학동네 | 펴낸이 김소영
출판등록 1993년 10월 22일 제2003-000045호
주소 10881 경기도 파주시 회동길 210
전자우편 editor@munhak.com | 대표전화 031)955-8888 | 팩스 031)955-8855
문의전화 031)955-2696(마케팅), 031)955-1906(편집)
문학동네카페 http://cafe.naver.com/mhdn
인스타그램 @munhakdongne | 트위터 @munhakdongne
북클럽문학동네 http://bookclubmunhak.com

ISBN 978-89-546-9991-4 03810